上

朗声图书　中山大學出版社（广州）
SUN YAT-SEN UNIVERSITY PRESS

图书在版编目(CIP)数据

明窗小札1965/金庸著. 一广州：中山大学出版社，2016. 7（2024.6重印）
ISBN 978-7-306-05742-6

Ⅰ.①明… Ⅱ.①金… Ⅲ.①杂文集—中国—当代 Ⅳ.①I267.1

中国版本图书馆CIP数据核字（2016）第154519号

广东省版权局版权合同登记图字：19-2014-069号

朗聲圖書

明窗小札 1965 *Ming Chuang Xiao Zha 1965*

出 版 人 王天琪
总 策 划 欧阳群
责任编辑 何 娴
责任校对 林春光
出 版 社 中山大学出版社
（地址：广州市新港西路135号 邮政编码：510275）
电 话 编辑部020-84111996，84111997，84113349，84110779 传真020-84036565
网 址 http://www.zsup.com.cn E-mail:zdcbs@mail.sysu.edu.cn
发 行 广州市朗声图书有限公司（电话：020-34297719）
印 刷 湛江南华印务有限公司
规 格 720mm×1000mm 1/16 共34.25印张 总字数402千
版次印次 2016年7月第1版 2024年6月第2次印刷
总 定 价 98.00元（全二册）

编辑手记

多年前，金庸先生嘱我帮忙查阅和整理他二十世纪五六十年代撰写的专栏文章，其中之一，即用“徐慧之”为笔名，发表在《明报》的《明窗小札》专栏上的文章。

本来以为此非难事，只需径直前往香港《明报》集团的资料室查阅和复印即可，未料，事与愿违，大失所望。原因有二：其一，资料室虽保存有旧《明报》的原版，但因为当年印刷的纸张质量欠佳，时隔近五十年，已极易脆裂，基本无法翻阅，更谈不上复印和翻拍，所幸多年前资料室为保存《明报》专门制作了一套较完整的缩微胶卷。其二，所保存的原版《明报》，早期的残破和缺失甚多，尤其是很多报纸都出现被人剪裁的痕迹，留下一个个无法弥补的大窟窿。

心有不甘，我继续咨询和查阅了海内外诸多图书馆，包括香港各所大学和香港历史档案馆，颇出意料，居然没有一家图书馆和档案机构保存有完整的原版《明报》，他们所拥有的都是由香港《明报》集团制作的缩微胶卷。之后，我曾多方设法，并委托内地的朋友查询过北京图书馆、上海图书馆，以及政府部门的相关单位和档案室，回复同样令人失望。由于一些特殊原因，香港的多数报纸一直未能进入中国内地，尤其是五六十年代，还处于东西方冷战对峙时期，当时的香港是英国的殖民地，甚至被认为是敌对势力的桥头堡。又因为创刊早期的《明报》还不受人重视，因此，包括《人民日报》、新华社这类国内最大的报业集团和通讯社，其资料档案库都没有收藏早期的原版《明报》。现在能够查阅到的，均为中国内地改革开放之后，大约从八十年代初期至今的《明报》。这不禁令人扼腕感叹。

《明窗小札》是二十世纪六十年代《明报》为金庸撰写国际政局分析和时评专门开设的一个栏目，均署笔名“徐慧之”。这个专栏从一九六二年十二月一日开始，至一九六八年十月三十日为止，除了一九六七年曾经中断约五个半月外，几乎每日一篇，间或遇到金庸先生公务繁忙或出差在外，该版面的位置会刊登其他作者的文章填补空缺，但都不标明属于《明窗小札》专栏，有时在文章后面附上一句说明，如“(徐慧之先生因病，《明窗小札》暂停两天，谨向读者致歉)”(一九六三年七月八日和九日)，“(《明窗小札》续稿未到，暂停一天)”(一九六八年一月三日)。

为什么不从开辟专栏的当天开始选编，而从一九六三年起首呢？因为在查阅和整理过程中，发现三个棘手的历史遗憾：

其一，即前述的原版报纸本身的残缺。早期的《明报》，尤其是六十年代初的报纸，常常被人用剪刀裁掉一些文章，留下一个个方形的空白。我曾经就此事询问过金庸先生，他不无遗憾地告诉我，因为早期不太重视保存，之后由于有些编辑本身也参与撰稿，或创作连载小说等，当他们的文章和作品刊登在《明报》后，为了个人的保存，就将自己撰写的部分剪下来拿走了，于是留存的报纸就出现了大窟窿。更惨的是这危及其背面刊登的文章，金庸先生撰写的社评和文章比较多，其中有些文章就遇到这种被他人剪裁而导致残缺不全的命运。比如，一九六二年十二月份的《明窗小札》专栏，发表的文章应是三十一篇，但目前能查阅到的完整文章仅有七篇，其余二十四篇文章均遭剪裁，篇名和文章残缺不全。

金庸先生基本上不太留存手稿，无论他为《明报》，还是为其他报刊，以及外来的邀约撰稿，目前所存大多是从二十世纪八十年代末由秘书负责保留的，至于五十至七十年代的，几乎都无法寻觅到。原因之一，由于当时都是用铅字印刷，金庸先生每天写好文章之后，就交给排版的工人，由他们按照文字挑选出一个个铅字，然后排版印刷，可以想见，经由这些工人之手的手稿，当铅字版排好可以送去付印之时，那手稿可能已经揉皱到无法辨认，或是残缺破裂了，根本无法再收存保留。原因之二，金庸先生对写作十分投入，笔耕甚勤，但对于留存底稿，或是重新抄写一遍历来都不太重视。

其二，除了部分文章的残缺外，更为严重的是报纸的缺失。《明报》在早期创刊阶段，总共才有四五个人，不仅要负责采访撰稿和编辑报纸，还要负责市场发行，根本无暇顾及必须有意识地保存归档，可能连最起码的资料室都没有。这些报纸是丢失了，还是被人拿走了，原因不详。从某一版面，到某一整日，乃至一整个月的报纸，有的迄今仍无法见到。仅以一九六三年为例，其中一月一日、三月三十日、四月一日等的报纸属于残缺，二月二十八日的报纸没有，六月份整个月的报纸连一张都没有。

其三，由于当时使用铅字拼板印刷，许多常用字因使用的次数过多，磨损很快，于是在报纸上就出现这种现象，但凡是常用字使用一段时间后，变成残缺不全，比如“在”、“之”、“的”、“是”、“道”、“这”、“大”、“为”、“都”、“到”、“有”、“不”、“得”、“所”、“中”、“在”、“他”、“过”、“了”、“加”，等等，实在难以枚举。再经过缩微胶卷放大后打印出来的稿件，就更加模糊不清了。个别字词尚可由上下文来辨别判断，加以补遗，但有的文章因油墨消退或泛污，甚至整句话或一整段的文字模糊一片，难以辨清。

编选出版的《明窗小札》，即收录了金庸于一九六三年至一九六八年在《明报》的《明窗小札》专栏发表的文章。由于篇幅甚多，故按照年份各各结集，具体年份附在书名后面以示区别，如《明窗小札1963》、《明窗小札1964》等。若该年选编文章较多的，则分为上下册。

为了保持历史的本真面目，金庸先生对当年在报纸上发表的《明窗小札》原作不作任何修改。除了某些篇幅遗失，或残缺不全，或片断的字迹已无法辨清所造成的历史遗憾，此次编选尽量减少内容的重复，或大同小异。结集成书时，主要根据内容作分门别类，附上小标题说明；每一篇文字都注明了发表的日期，按照时间先后的顺序排列。

细心的读者会发现，《明窗小札》中的某些地名或人名，与现今流行的译法和使用的汉字存有差异。仅举二例，如美国总统坚尼迪（Kennedy），在内地通称为肯尼迪，台湾地区多用甘乃迪，而香港以前习惯用坚尼地，后来又多称为甘迺迪，其实均指一人，只是由于海峡两岸暨香港的音译所使用的汉字不同而产生差异。中国内地制定了统一的用法，可参照《新英汉词典》所附的“常见英美姓名表”，所有报刊文件均以此为准。而香港则没有划一的翻译用字标准，尤其是二十世纪五六十年代，多是根据译者的理解来定。加上须兼顾到广东话的发音，且受台湾的影响，因此“坚”字就转为“甘”，而“乃”字又变成“迺”。再如，英国首相麦米伦，现在已基本通用麦克米伦。事实上，保持原有的译名汉字，也有好处，可以兼顾到海峡两岸暨香港的读者。一般政坛的名人，只要略微熟悉当时历史的读者，均可明晓，而文中若遇到读者较为生疏的名字，通常都附有英文原文。

此外，由于当年的《明报》面向的读者主要是香港本地的居民，广东话是流行通用的母语，因此在《明窗小札》的某些文章中偶尔也会冒出一两句广东话，或是广东话的用词。熟悉方言的读者都知道，每一种方言都有其独特的魅力，尤其是其中有些约定俗成的通俗用词，言简意赅，形象生动，但却难以用标准普通话的对等词来准确地直接表达出来。比如“车大炮”，意指吹牛、夸大事实、瞎编滥造（《谈“自由谈”》，一九六三年三月二十六日）；再如“杰桥”，意指最佳的方法、手段、计谋（《康熙出术 折辱俄史》，一九六三年三月二十日）。方言运用恰到好处，往往增添生动活泼，颇有画龙点睛之用。比如，一九六三年三月十六日的《二千五百年前的一封信》，这篇文章论及当年中苏两国关系，其主要部分则是引用《左传》的《郑子家告赵宣子》的一段文字，以此来讽喻苏联以强凌弱。所引用郑国的大臣子家写给晋国的赵宣子信，原文依然是文言文，但在每句话后面则加上括号的白话文阐释，这阐释并非停留在将文言文翻译成白话文，更夹杂讥讽言辞影射苏联，其中就使用了广东话中的俚语和俗语，如“你吹我胀乎？”（这是用来挑衅别人的用语，意指你能把我怎么样）；“你大国乌龙龙的乱发命令”（乌龙龙即乌龙，意指糊涂冒失造成的错误）。文言文本身是很典雅的，尤其是这封信词藻讲究，但整封信中却是“充满一团愤懑之气”，郑国表面上对晋国畏惧，内里却一连串直斥晋国。耐人寻味的是，金庸刻意将白话文阐释化为出自社会底层的引车卖浆者之口，粗鲁而直率，毫不修饰，俗话连连，笑骂自如。典雅谦恭的文言文和率性粗鄙的白话口语，乃至方言的俚语置放在同一文本内，二者之间形成鲜明强烈的对比，更显出辛辣讽刺的张力。究其因由，唯有这样才能将中国人胸口所有的愤懑全部宣泄出来，面对苏联根本无需以小国自谦去扮演貌似的战战兢兢，而应当理直气壮，据理力争。倘若将这些话语改成一般普通话的书面语，字里行间的讽刺意味全失，言语的改动将导致身份的模糊，更会令整体文章无法显出其内在的深刻寓意。显然，唯有保留其原汁原味，才是最佳的编辑方式。

李以建

二〇一三年五月十八日

目　录

国际：联合与对抗

中国：外交与军力

苏联：社会与政局

美国：政坛与军事

西欧：结盟与争斗

东欧：经济与政治

东西德：统一与割裂

拉美：危机与军政

非洲：内争与外斗

中东：宗教与政治

杂感：哲理与和平

各国：世态与风情

联合国秘书长宇丹

1965年4月周恩来总理在印尼参加亚非会议十周年纪念活动

国际：联合与对抗

宇丹有意辞职

一九六五年一月三十日

联合国秘书长宇丹最近又传出辞职的消息，辞职的原因是他本身健康不佳，加上联合国的种种困难使他难以处理。宇丹向人表示，他对这份年薪四万余美元的职务已不感兴趣。

所谓联合国的难题，最主要的当是众所周知的联合国经费问题。联合国在刚果等地用去很多军费，各共产国家都不肯负担。但按照会规，不肯付出经费的国家，将要在联大中丧失投票权。宇丹是不是坚决这样执行呢？如果这样做了，会有什么后果呢？

由于印尼退出联合国之后，一般人心中有一个暗影，如果联合国将共产国家逼得太急，他们可能以集体退出联合国为威胁。但如果不了了之，则联合国的经济势难维持下去。

宇丹本身也有顾虑，他如果逼得共产国家太紧，可能受到前任秘书长韩玛绍相同的遭遇。在韩玛绍任职时期，共产国家一度极度杯葛他，制造对他不利的言论，令他很是难堪。

宇丹仔细一想，三十六着，还是辞为上着。

“有人辞官归故里，有人半夜赶科场”，宇丹辞职的消息还未获证实，早已有人在准备取而代之了。热门的下届秘书长人选是本届联大主席佳逊萨基（加纳）及戴努泰利（几内亚代表、非洲团结组织总书记）。

这二人都是非洲的杰出政治家。联合国目前的状况，是非洲国家占尽优势，看来下一任的秘书长非选出非洲人不行。此外还有一个原因，宇丹是亚洲人，宇丹以前两任秘书长是西方人，而联合国组织的高层人物有许多拉丁美洲人，秘书长不应再由美洲人出任。于是非洲是最后的选择。

宇丹的任期本来要到一九六六年十一月。如果他有兴趣，还可以继任，但现在他能否做到一九六六年任满，已是一个疑问，那全看局势的发展如何了。

美英苏法的巨头外交

一九六五年二月八日

一九六五年，国际外交有一种新现象，各国的巨头都“蠢蠢欲动”，兴出国访问之想。

首先是苏联总理柯西金接受英首相威尔逊的邀请，准备到英伦去访问。这是一个大消息。接着威尔逊也宣布，他要在柯西金访英之后，前往莫斯科报聘。

在美国方面，美总统詹森早就向国会表示，他要在今年前往西欧和拉丁美洲访问。访问的国家包括英国、法国及西德，可能包括意大利。在美洲将要访问巴西、智利、秘鲁及阿根廷。此外，詹森邀请苏联领袖访美，他本人也可能到莫斯科去访问一次。

英首相威尔逊除了要到苏联访问之外，他在一项谈话中表示，准备在二月十日，再次前往美国与加拿大访问，并在联合国发表一项演说。这位英国首相还计划到西德、意大利和法国去。

法国总统戴高乐也是一个活跃的人物。他除了经常与西德保持密切关系外，今年据说也打算到苏联访问。

这四大国巨头往来访问，秩序频繁，如果一一实现的话，则今年无异是巨头活动最多的一年，这种活动的结果极可能导致一次巨头会议。

英美苏领袖之所以纷纷出外访问，大抵因为他们都是新人的关系。美总统詹森因坚尼迪之突然遇刺而接任，对外的声望一直不隆。他想借这次访问而增高他本人的声价。

在苏联方面也是如此，柯西金和比列兹涅夫急需建立他们的名望，以巩固本身的政治地位。比列兹涅夫在国内坐镇，由柯西金到外面去联络，这当然是合理的安排。

英国方面，工党一直未能占到压倒的优势，在议会中的形势岌岌可危。威尔逊很需要以他个人的声望来提高工党的地位，如果他与苏联、美、法等领袖多来往，毫无疑问是对工党政府有利的。

从今天的形势看来，联合国已虚有其表，今后的国际大事将在各大国巨头的握手言欢中解决了。

联合国一场外交战

一九六五年二月二十六日

中共虽没有出席联合国，但据《新闻周刊》载，他却在联合国内与美国打了一场“外交战”，令美国几乎败下阵来，也令联合国几乎崩溃。

原来联大自十二月一日开会至今，始终没有采取投票的正常手续。苏联和美国为了联合国经费的问题，彼此仍在僵持中。美国一定要苏联缴纳所欠的会费，否则他就要根据联合国规章行动，“凡欠下会费达二年以上者，即取消该会员国投票的资格”，即苏联将被取消其投票权。但苏联也发表强硬声明：他对联合国所欠的经费，是因为联合国的某些行动（例如派兵维持刚果秩序）使他不愿负责。如果联合国一定要取消他的投票权，他就二话不说，立即退出。

联合国为了顾全美苏两大国的面子，在过去两个多月来，不论表决任何事情，一律不采投票手续，到了最近，实在拖不下去了，联大已有意休会，让所有重要议案暂时搁一搁，到秋天再说。

殊不知此时半路杀出程咬金，阿尔巴尼亚代表布多忽然在会上建议：“联合国大会应当即日恢复正常的投票，否则，会议太不像话了。”这一建议恍似晴天霹雳，联大登时为之震动，因为一旦采纳了，则美苏立时要摊牌，无异使联合国崩溃。主席在无可奈何之下，宣布休会两天，讨论此一问题。

在私下里，各国都向布多施压力，埋怨的埋怨，责骂的责骂，无非都叫他收回这建议。但布多坚持不肯收回。一般人开始想到，这可能是中共向阿尔巴尼亚示意，让他用出这厉害的一招，令美国、苏联及联合国，同时陷入尴尬之中。

最后，美国为他的立场退后了一步，才解决了这个问题，美代表史蒂芬逊发表声明说：“为了避免在这个重要关头中，让中共的外交手法，破坏了美苏的感情，美国决意让步，如果联合国只做一次投票表决的话，美国将不予反对。”

于是，联大做了今届首次（也是唯一的一次）投票，以九十七对二票赞成休会到九月，无形中将阿尔巴尼亚的建议搁置。布多虽大声抗议，但已无法阻止。这一幕外交战至此终结，联合国又拖延了它的“寿命”。

“不结盟”的衰落

一九六五年四月二十八日

过去十年间，在东西两大集团之外，出现了一个“第三势力”，名为“不结盟国家”集团，这个集团的发起人是南斯拉夫的狄托、印度的故总理尼赫鲁和印度尼西亚总统苏加诺。

有一个时期，“不结盟”集团的声势很大，约有四十余国。但由于这些国家到底是不结盟的，它们没有共同的宗旨和持久的政策，一时倒向这边，一时倒向那边。一些国家倒向这边，另一些国家又倒向那边，因此一直显不出力量来。到了今天，且有日渐“衰落”的趋势。

最显明的例子，是在美国轰炸北越这个事件上。“不结盟”国家领袖之一南斯拉夫主张全体签署一个谴责美国的宣言。但另一个领袖国印度就不同意。印度喜欢见到美国用强硬的态度对付它的边境强敌——中共。此外，还有好些不结盟国家都不同意南斯拉夫的意见。在没有办法之下，南斯拉夫只好退而求其次，将谴责的本意改为“呼吁南越和谈”，而且也仅得十七国签署。

由此可见，南斯拉夫在这一中立集团的号召力并不强。事实上，不结盟国家缺少有力的领袖，这是缺点之一。

其次，不结盟国家并不是真正的不结盟，南斯拉夫近年来已与苏联及东欧集团十分接近，而印尼则与中共同声共气。去年在开罗举行的不结盟国家会议中，苏加诺高声谴责帝国主义与“和平共存”政策。阿联与印度，近年的发展是明显地各奔东西，印度越来越倚赖英美。从这种种形势看来，“不结盟”的前途当然是极不乐观的。

今年六月，亚非会议在阿尔及尔召开时，可能予“不结盟”集团更大的打击，因为它的声势要比后者大得多了。虽然事实上两者的成员相差不远，但亚非集团有地域的标榜，有明显的目标。这就比“不结盟”集团显得结实得多。

亚非国家与巴黎

一九六五年六月十日

尽管美国和许多西方国家觉得戴高乐的行为很不合理，背叛了西方集团的利益，但亚非二洲国家却认为戴高乐很可爱，他近年的各种政策特别引起亚非人民的好感。

巴黎已成为一个吸引亚非领袖的地方，他们到巴黎去寻求同情、援助与调解。最近就有两个重要的角色到巴黎访问，一个是阿尔及利亚总统本贝拉，一个是刚果总理冲比。

本贝拉的访问尤其具有重大的意义。如所周知，阿尔及利亚过去被法国统治，血腥的战争打了好几年，死了数十万人，花了无数的冤枉钱，幸亏戴高乐做出明智决断，法军自阿尔及利亚撤出，给予阿国独立的权利。否则打到今天，只怕还没有结果。然而，阿国与法国的关系，许多人以为还是很尴尬的，这一次本贝拉的访问，将大大增强二国的情感。而戴高乐更将以此向美国炫耀，反映美国对古巴政策的失败（古巴是亲共的，阿尔及利亚是亲共的，美国对古巴却不能采取友善的政策）。

不过在法国还有一些极右的军人，由始至终反对戴高乐对阿尔及利亚的政策，经常要行刺戴高乐。这一次本贝拉之访问巴黎，也可能有很大的危险，这恐怕是多年来访问法国的人物中，最容易引起“暴乱”的角色，法国军警将倾全力以为护卫。

刚果总理冲比是非洲国家亲西方集团的代表人物，与本贝拉刚好相反。两个集团的领袖人物，前后访问法京，可想像戴高乐之得人心处。

亚非会议本月底在阿尔及利亚开幕，届时本贝拉将以主人身份演讲，他可能在会上宣读法国总统戴高乐的贺词，这又是法国向亚非国家讨好的机会。

印度与日本的新联盟

一九六五年六月十三日

今届亚非会议在非洲阿尔及利亚举行。在五十个可能参加的国家中，现时只知有三十七国是必然出席的。有十四至十六个亲西方的非洲国家准备弃权。阿拉伯国家除沙特阿拉伯外，全部出席。土耳其和伊朗也将参加。在亚洲国家中，只有菲律宾尚在犹疑。南越表示愿意参加，南韩也自信能收到一张请帖，但至今这请帖还未到。

在会前活动中，除中共、印尼甚为积极外，印度是出奇的忙碌。它的目标有二：(一)欲使苏联能够出席此会议，以削弱中共的声势。(二)欲游说参加的国家，组成一条与中共外交政策不同的新阵线，俾与中共、印尼一派势力抗衡。

到目前为止，印度已取得相当成就，他争取了日本作为盟友。本来日本是坚决反对苏联出席亚非会议的，但经印度游说后，他表示不再反对，但也不投票赞成，这已是一个很大的让步。

苏联到底能不能参加亚非会议，至今还不能“揭晓”。周恩来最近又一次访问非洲，是尽最后的努力，力图说服非洲国家阻止苏联参加。但主人国阿尔及利亚已陷入进退为难的境地，他与莫斯科关系日益加深，与中共的旧情又不错，两面都不想得罪。

阿尔及利亚已派遣一个代表团到北京去亲谒毛泽东，请他不要再阻止苏联出席，因根据阿尔及利亚的判断，有很多亚非国家都同意苏联参加，中共的阻挠，恐难成功。

阿尔及利亚除派出这一代表团外，还另派遣十个代表团分别至亚非各国，试图减少亚非会议期内的各种争端与障碍。如此费心安排，做主人者，亦云苦矣。

亚非会议与新联合国

一九六五年六月二十三日

亚非会议就快开幕，苏联与马来西亚，能否获得出席，很快就要揭晓。

现时会议成员分成三派，左派：以中共和印尼为首。右派：以日本、土耳其和伊朗为首。中间派：以印度为首，可能大多数国家属于此派。

有十个非洲国家（多数为前法属地）声明他们将不参加。这些国家是象牙海岸、刚果、达荷美、加蓬、马达加斯加、尼日尔、塞内加尔、多哥、乍德和上伏达，此外，干比亚与塞拉勒窝内也考虑退出。理由是上次在开罗举行的不结盟国家会议已使他们满足，不必再参加亚非会议。而他们主要的兴趣在经济，不想参与国际政治的漩涡。

退出联合国的印尼，对亚非会议期望很大，他想在会议上讨论成立一个“新兴力量”的联合国。但一般人以为，“新联合国”不大可能组织成功，大多数非洲国家正在联合国里取得重要的地位，今年的联大主席就是一个非洲人。他们对联合国的兴趣正是越来越大，不愿加以放弃。

中共在极力阻挠苏联参加，但能否成功，亦在未知之数。从亚非各国表现的态度来看，不愿在东西方集团两边采取态度的国家们，同样，也不愿在中苏斗争中有所偏袒。

亚非会议如让苏联出席，则中共多年的心血白费了一半。会议可能成为中苏舌战的擂台，闹得不欢而散。

在亚非会议上，可能要爆一个冷门，最出风头的国家不是中共，不是印度，不是苏联，而是日本。

日本在亚洲俨然是一等先进国家，大多数国家都愿与他为友，取得他的经济和技术援助，而日本所采取的中间偏右的政治立场，也是一些国家所拟效法的。

中共将用什么方法在亚非会议中，达成他所要求的政治目的？或是用什么花样来出一次风头？这是全世界的观察家们有兴趣地等待着的。

联合国诞生二十年

一九六五年六月二十五日

明天，是联合国庆祝他的二十岁生辰的日子。一九四五年六月廿六日，共有五十一个国家在三藩市开会，签订组织联合国的各项章程。

今天，不但当时的五十一个国家代表团都到齐三藩市庆祝这有意义的日子，其他尚有六十二个国家一同参加。合起来共是一百一十三国。

联合国的会员本有一百一十四国，在明天的庆祝会里，只少了多米尼加。多国因本身的内战问题，叛军与军委会都自称是“合法政府代表”，联合国避免对任何一个“政府”做出承认，所以不邀多米尼加出席。

美国总统詹森预备在庆祝大会上发表一篇演词，一般人企盼他在演词内能表示对苏联的谅解，使面临崩溃的联合国能够保全（苏联拖欠联合国经费，美国坚持凡拖欠会费者，将失去在联大的投票资格。苏联则表示，如果不能投票，便将退出这世界组织）。美总统可能还利用这机会，发表重要的政策声明，大概是有关裁军或财政方面的。

除詹森外，联合国秘书长宇丹和廿六国代表将分别发言。对某些代表来说，在三藩市开会，使他们回忆起往昔的日子。菲律宾代表罗慕洛和秘鲁代表贝朗特都在二十年前亲手签署过联合国宪章，他们后来都出任过联大主席，也都在十年前到三藩市庆祝过联合国的十岁诞辰。

不过有许多会员国都是最近始加入联合国的，他们对往事不大了解，这些国家主要是非洲的新独立国家，他们在联合国中已取得多数席位，对任何政策的决定，举足轻重。

今次联合国二十周年纪念典礼，与十周年之纪念仪式略有不同，它不作为联合国活动的一部分，而作为三藩市的活动。三藩市拿出三十万美元举办这个庆典。以此之故，每个国家代表团只能派一人参加，由三藩市招待。

不过由此也可见联合国的寒酸，连一个自己的庆典，也不能拿钱出来举办！虽说是为了节约，但由此已可见这机构前途的黯淡了。

八个火药地带

一九六五年七月二十日

今天世界上没有大战，但有八个地区是经常发生战事或随时有触发大战的可能的。

一、越南　这个灾难的国家，早已成为新闻的焦点。战事每天在进行中，不必多说。

二、多米尼加　自发生内战以来，至今还是无政府状态。由卡曼奴领导的叛军占领首都一角。由巴拉巴斯将军领导的军事委员会占据首都的另一角。在中间地带则由美洲组织控制，称为和平区。美军在多米尼加负责维持和平区的秩序，最多时出动二万二千人，现在已减为一万零九百人。

三、以色列　以色列与阿拉伯国家处于战争状态中，已有十七年的历史。最新的危机是，以色列从约旦河取水以灌溉沙漠地带，阿拉伯国家则威胁随时要切断河水的供应。双方摩拳擦掌，战事一触即发。

四、马来西亚　印尼总统苏加诺说："我们的战术可以在一天内改变廿四次，只要那能够符合我们的目标即可。在不能粉碎新殖民主义计划（指马来西亚）以前，我们决不休止。"这种强硬的谈话与横蛮的态度，使马来西亚永远笼罩一层战争的阴影，而且不能不提高警惕。

五、也门　也门的内战打了三年。表面上，革命军与保王军之间达成休战状态，但双方战事时常爆发。革命军得阿联援助，但保王军也有沙特阿拉伯为后盾，双方相持不下。

六、刚果　非洲最危险的区域，虽然独立五周年，局势却还未稳定，政府军（由白人雇佣兵组成）与转入地下的左翼军对敌，后者在开罗有一个流亡政府组织。

七、哥伦比亚　据说去年十一月共党在夏湾拿会议，拟定哥伦比亚为今年主要颠覆对象，因哥国的政治与经济均陷入极度混乱之中，有一个“民族解放军”的组织要在山区中组成一个卡斯特罗式的政府。

八、委内瑞拉　与邻国哥伦比亚有同样的苦衷，共党游击队潜伏山区，待机而动，最近三名苏联训练的意共分子被捕，罪名是运送三百三十万美元给共党游击队做活动之用。

和平会议勾心斗角

一九六五年七月二十一日

今年的“世界和平大会”(全名是“和平、民族独立与普遍裁军世界大会”)在芬兰召开，这个会议有全世界的著名作家、科学家以及许多致力和平的人士参加，但基本精神是亲共的。

今年的和平大会还未开始，中苏共就在勾心斗角。中共坚持要在“越南问题”上宣布美国为“侵略者”，但苏联不肯。在该会的筹备会上，经过冗长的讨论，结果用投票方式，否决中共的建议，改为“促美自越撤兵”，字眼略为温和了些。

在投票的时候也不大愉快，因为每一票的宣读，等于明白指出谁人亲苏，谁人亲中，大家面子上都不好看。最奇怪的，北越与越共(南越)代表都没有投票支持中共，仿佛他们对于美国的痛恨远不及中共，而事实上他们却身受着战争之苦。

在北越和越共代表的谈话中，也没有强烈指责美国的字眼，他们只强调越南人民所受的痛苦，据说，在越南没有一县没有一镇不遭到美国的轰炸。越南人民为“抗帝”而被杀者一十七万，受伤达八十万之多。

每一次越南代表的发言，都受到中共的积极支持，而奇怪地，苏联却十分冷淡，当越共代表指出美国曾在越南使用毒气及细菌作战时，苏联人也只是懒洋洋地听着，仿佛说:“是的，那又怎样?”

据说，北越和越共代表在会上都提不起劲来，他们自知在会上不论怎样发言，也不过只是中苏两大国的傀儡而已。

苏联为了增强声势，一共做了几项安排，其一是邀得芬兰总统出席开幕礼。芬兰总统本来没有义务出席，这纯粹是给苏联面子。其次是芬兰总理维罗拉连在会上发表演讲，盛赞苏联一番(中共代表听这次演说时，板起面孔，没有拍掌)。其三，苏联设法邀得非洲几个尚未独立的国家(民族革命分子)代表，这些代表几乎是使用偷渡的方法才通过莫斯科抵达芬京出席的。但令苏联人不悦的是，这些非洲人不论表面上怎样感谢苏联，而在内心却仍倾向中共。

世界上的两种国家

一九六五年八月三日

这世界上可分成两种国家，一种是富有的、进步的国家，一种是贫穷的、落后的国家。

在参加联合国的一百一十四个会员国中，有约百分之八十的国家是属于经济落后的，这些国家包括亚洲各国（日本除外）、拉丁美洲各国，及非洲各国（南非联邦除外）。欧洲的南斯拉夫和塞普鲁斯，也归入经济落后国家之列。

在这些国家中，居住有全世界三分之二的人口，但他们所得的收入却只是全世界人口收入的六分之一。换言之，其余的六分之五，却由全世界三分之一的少数人去平分。

以一九六二年为例，落后地区人民每年平均收入是一百三十六美元，但北美洲（美国、加拿大）人民的平均收入却是二千八百四十五美元，西欧国家的人民收入是一千零三十三美元。

正如联合国秘书长宇丹所说，一方面，人们吃着牛扒和巧克力，另一方面，人们却只能吃一碗酱油和白饭。这就是今天两种国家人民的区别。

最可怕的是贫穷国家的发展依然是那么缓慢，而富有国家的发展却依然那么快。在过去五年来，富有国家人民的收入增加了一百美元，而落后国家却只增加了五元。

这种情况发展下去，贫穷的国家就越穷，富有的国家就越富。如果没有一个世界机构从中加以设法调整，前途是十分悲观的。

联合国自成立以来，一直担任着这种工作，宇丹最近在联合国经济社会理事会的常会上演说称，有关机构将继续努力，务使落后国家能加速发展，减少“有”与“无”间的鸿沟。

他有一个例子举得好，在十九世纪中叶，英国社会贫富悬殊，几乎是两个世界，当时以为这道鸿沟是无法打破的，但时至今日，英国社会贫富距离已大大拉近，人人都向中产阶级的标准发展，其他的富有国家也是如此。可见没有什么困难不能克服。

但宇丹表示遗憾说，东西方的政治冷战，使国际间的信赖与友谊遭到破坏，这使联合国的工作日趋困难，他呼吁各会员国致力促进和平，无形中也等于促进援助落后国家工作的进行。

1965年中国军队取消军衔制，
统一佩戴红领章和红五星帽徽

中国军队援越抗美

北京群众反美示威集会

被中国击落的美军U-2无人侦察机

中国：外交与军力

“大陆印象”的公式

一九六五年二月七日

欧洲人到中共大陆去访问，现已日益普遍。这些游客回国后，为了夸耀他们到过红色中国(被认为“谜”一样的国家)，总不免要写一篇游记，记述一番。然而细看这种游记，却是千篇一律的居多，几乎闭起眼睛即能想像有如下的内容：

(一)中国人是好客的。中国菜味道可口，天下第一。

(二)大陆人民勤劳工作，安静生活。食粮并不缺少。中共不像外国人所想像的恐怖，也不像外国人所想像的糟糕。

(三)人民穿着朴素，触目处几乎是一片蓝色，男女的服装没有显著的不同。妇女不涂口红、不穿丝袜、不戴乳罩(后者尤为外国人所“津津乐道”)。

(四)男女工作平等。上海有很多的女士司机。女人迟婚，视家庭为累赘。

(五)清洁，十分的清洁。大多数地方一尘不染。食物店工作人员全部戴口罩，令欧洲人觉得印象深刻。

(六)宗教信仰自由。但信教的青年会受到嘲笑，多数教堂、神庙改为学校或医疗所。

(七)人民缺乏精神寄托，如果他们不能把感情放在政治上，只好浑浑噩噩地度日。有人愿意死后将身体交给实验室做科学实验。

（八）生活是单调的。娱乐很多，但以人口为比例，一个人每月大概只能看一两次电影或舞台剧。大部分时间是工作、工作、工作。

（九）街头巷尾，宣传画或口号奇多，画得相当精美。然而不外两个主题:歌颂中共政策与反对美帝国主义。反美情绪十分强烈。最容易看到的新闻片是反美时事片。

（十）博物院、展览会、图书馆惊人的多。书籍出版，又多又廉。

（十一）公社大大变了质。人民并不集体吃饭。家庭也没有被拆散。农民有私有土地，约占公社的百分之七。公社与公社之间，贫富悬殊，最富有的公社，人人有收音机，家家有自行车。

（十二）水利、造林工作，十分成功。

中共的影响力

一九六五年三月七日

《远东经济新闻》周刊在一篇以《毛的影子》为题的文章说：毛泽东最近接见美国记者史诺时提到一点，中共并没有在边境外派出一兵一卒。这句话表面很简单，但却指出一种现象，世人对中共是多么的畏惧。不容否认，毛泽东的影子是在任何一个角落被人感觉到的，今年初，英国《观察家报》就有一条这样的头条大字标题："苏加诺行动的背后——中共的影子"。

英国前首相许谟在一篇演辞中说，未来世界经济与政治的中心，乃是美国、欧洲、苏联和中国(大陆)。这句话坦率地说出英国首脑人物对中共的重视。值得注意的是，许谟将英国列入欧洲的范围，表示英国所起的作用已经不大了。

英国报界毫不保留地夸张中共的一举一动。《每日电讯报》读者来信版，刊登过一个名人的来信，指出中共在控制非洲的计划上，占有许多有利的条件，他可以使出传统的扰乱的法宝，暴动、抢掠、谋杀、叛变……终令非洲不可收拾为止。一向以稳重见称的《金融时报》最近也刊了一篇耸人听闻的报道，说非洲国家桑比亚的一条铁路在建设中，标题是"中共将给予经济援助吗?"。(后来事实证明这是一个莫须有的谣传)

西方人最担心中共在亚洲及非洲的影响，但奇怪的是，非洲人本身倒是毫不担心的。这原因分析起来也不奇，非洲人甚至欢迎中共的势力，因为有了中共在一旁，白种人就不能为所欲为，视非洲为他们的禁脔。而有了中共的威胁，白种人的援助，更不得不源源而来。有此两便，何乐不为？白种人对非洲之特别担心，却因为这块地方过去是他们所独占的，现在诚恐被中共夺去。在提防之外，合有妒忌的成分。

但不论人们对中共在非洲的影响力说得如何神奇，根据事实，中共在非洲的全部人员，不过三百人，这数目包括使馆人员、记者、文艺团体及过境游客在内。

《毛的影子》一文的结论说：毛泽东的影响力虽然在世界各地出现，但对中共感到畏惧，那是大可不必的。这种心理是因对中共缺乏了解而产生。有两点应该知道：（一）中共的物质力量还很贫乏，不应将他估计得太高。（二）中共的野心很大，而且很自豪。西方人应当找出他们心中所想的是什么，所要求是什么，而加以适应。盲目地对中共惧怕或歧视，只足以增加时局的混乱。

意大利与中共

一九六五年三月十八日

“如果意大利不承认中共，曼陀波利斯共和国会承认他。”这是意大利国营石油公司ENI的已故创办人麦蒂说过的预言。ENI在意大利是最权威的商业性机构，它几乎等于是一个王国，也是意大利国内的小意大利。所谓曼陀波利斯共和国，即是指ENI而言，因该公司总部设于曼陀波利斯。

麦蒂说过的预言，现在已经实现了。ENI已公开与中共签订一纸贸易协约，供应一百九十四万英镑的肥料与中共。这协约是在罗马签署的，ENI隆重其事，应邀各国记者参加，其中只少了美国记者。

这是第一次意大利与中共的官方协定，中共上月才在罗马设立他的商业代表机构，一般人以为那是意大利议员访问中共大陆回来的结果。中共代表团一到罗马即受到意大利国会副议长的接待。所有中共人员的汽车虽然没有标上CD的外交特权的牌子，却都有EE字号，是政府对外国新闻记者的特许权利的标志。

不仅是中共，许多意大利人都觉得这是意大利行将承认中共的先兆。有一点迹象使人更加深信的是，在意、中签署协约的时候，中共只派出副代表团长去出席，团长却不露面。意大利人甚为奇异，后来在询问之下，才知道中共将这位团长“保留做更重要场合的用途”。是什么场合呢？人们不难猜到。因为在私下里，意大利人已称该团长为“大使先生”。

ENI事实上与中共在一九五八年已开始做生意，每年输出肥料与人造橡胶到中共大陆，但是保持高度的秘密，今天才首次公开。等待今天，是觉得时机已成熟了么？

美国对这件事情还没有表示态度。台北驻罗马大使曾向意大利政府送出一份正式的抗议，这抗议所得到的答复是“不能接纳”。

中共在瑞京的会议

一九六五年四月一日

中共的外交使节们最近在瑞典首都斯德哥尔摩开了一个秘密会议。这个会议从地点、形式到内容，无一不充满高度的神秘性，它已成为欧洲外交界的公开谜团。

这个会议在举行前后，中共都没有向外透露。然而整个斯德哥尔摩都知道这件事情。中共驻西欧各国使节飞到瑞京机场时，当地报章一一报道。而瑞典外交部也接到他们抵达的报告。

在表面上，这是一个例行的地区性外交使节会议，许多国家都有这种形式的会议，但中共的成员和开会的时间使人怀疑它不止于这样简单。它足足开了一个星期，除了中共驻瑞典、丹麦、芬兰、挪威、法国使节，驻英国和荷兰代办外，还有三位从北京来的外交大员。这三位大员先在匈牙利京城和中共驻东欧各国使节开过会议，才赶到瑞京来。

三位大员为首一人是中共副外交部长罗贵波，他向瑞典外交部做了一次礼貌的访问，除此之外，一切的行动都在保密之中。有一点肯定的是，他们没和苏联外交部打过一句招呼。

一般人猜测，这个会议的用意是检讨中共最近对西欧扩大外交及商业关系的结果，同时，进一步决定以后的行动。瑞典外交界人士则猜测，中共要充分利用苏联日渐消退的形势，设法取代其地位。

但中共为什么把开会地点选在瑞典？为了它是一个中立国家，环境适宜吗？当然可以这么说，但同样的环境，中共可以选择瑞士，不需要老远跑到北欧来。

有一个猜测不能说完全没有理由：中共故意挑起苏联的注意。瑞典是与苏联极邻近的国家，在这里的一举一动，都会令苏联特别注目，中共跑到他的眼前开会，颇有粤语“剃眼眉”的意思。而中共一方面又保守高度秘密，这是故意引起苏联人的怀疑与猜度。

至于这会议的真正原因是什么，那恐怕只有北京才知道。然而仅就它的形式去看，已可发现它的不寻常之处了。说不定在一二个月后，欧洲会出现中共的某种政治攻势，那时人们会得出这会议的端倪。

毛泽东接见法国人（上）

一九六五年四月六日

最近一批法国官员访问大陆，他们在杭州获得与毛泽东先生见面和晚餐的机会，席上谈到许多问题。

首先是南越，一位法国官员提到中立化越南作为和平解决越局的方法时，毛氏说："说得好。你们的意见是有力的。法国有过在越南作战的经验，如果美国人继续在那地区打下去，他们也会遭遇到奠边府的命运。美国人没有你们的经验，但他们不肯听你们的劝告。"

有一位法国客人问："你看南越危机有和平解决的可能吗？"毛答："不可能有迅速的方法。我们一定要等待美国人觉得需要撤退的一天……一定要继续战斗直到美国人不想再打为止。但如果他们要打，还有什么法子？能够马上在明天开十四国会议讨论固然很好，但美国反对。我们的同志——苏联也不见得怎样赞成。

"再说，南越政府目前是极度的混乱，这种混乱会继续下去，直到越南统一为止。南越政权的各党各派都不是共产党——所以不要把这种混乱的责任又归咎我们。"

谈到中印边界的问题，毛说，他极愿意通过谈判寻求解决。但印度列出无理的要求作为谈判的先决条件。例如要求中共在某七个据点撤退，但毛说："我们是一个也不会撤退的。印度人因此便说会谈不可能。……我们继续通过外交文件在吵架中，在短期内大概不会有什么改善。我们也不急。我们愿等待。

“在麦克马洪线以南，有九万方公里的地区。你们看，就因为那么一位名叫麦克马洪的英国先生，他有一天画了一条界线……但中国以前的政府从来不曾承认这条界线，现政府也不承认它。”

毛氏又说，影响及一百五十万方公里地区的中苏边界问题尤为严重，他解释，在过去有许多不平等条约使中国割让这些土地。中国是被迫接受的。赫鲁晓夫同志喜欢干涉别人的事务，他问为什么中国不收回香港和澳门，我答道：“还有许多比香港和澳门更严重的问题……”

在客人问及中苏的理论纠纷的时候，毛氏避开正面的答复，他说：“我们不必对那问题看得太严重。”

毛泽东接见法国人（下）

一九六五年四月七日

毛氏把话题转到国内的事务上，谈到一个显然是他所最关心的问题——年轻的下一代。

“年老的一定要教育年轻的，”他说，“青年人应向年长的工农兵榜样学习。军队中的指挥官大多数有战斗经验，但经过一段和平时期，有战斗经验的人就减少了。在敌人侵犯我们的时候，青年人可获得吸取经验的机会。”

他承认，年轻一代的中国人，由于缺少第一手的革命和战争的经验，可能不及他们前一辈的质素。

“他们不认识战争。他们不认识富农和地主。不知道什么是斗争。或许他们可以慢慢地学习。……但多数中国人已感到自足了。他们中的一部分且不喜欢社会主义。阶级质素使他们妥协。这是很自然的，但并不危险。在一百个青年中，只有很少数的此类分子，他们尚不至于造成损害。”

毛简短地接触到中共的经济问题，他说：“在经济计划上，我们缺少你们（指法国）的丰富经验。尤其是建立社会主义的经济，我们更显得经验不足，目前并没有整套的计划，不过已在制订中。以前，我们设计经济的方法不正确，只依赖外来的经验。我们有许多须要改正的地方……这两年总算有些进步了，但不是很大的进步，所以必须加倍努力。我们要依赖自己，虽然也需要外国朋友。”

回到国际问题上，毛说：“我们不会为那些所谓大国的威胁所吓倒，就算在我们弱小的时候也不会。我们非常钦佩法国所采取的独立政策，不再跟着少数强国的音乐跳舞。那些强国说什么，其他国家便照样追随……

“时代在变化中，已不是一二个强国可以控制世界的时代。每一个国家应当管理自己的事务，老的、帝国主义国家没有权利再干涉他们。

“你们会说，我们也插足在东南亚中。这是不正确的。直到今天为止，我们只以空言去鼓励和支持游击战争。那并不是秘密，而是绝对公开的。世界哪里有游击战争，我们就支持他们。目的是反对美帝国主义及其他压迫者，我们并不隐瞒这种目标。”

谈到将来，毛预测：“混乱还会增加。但如果这样，并不是一件坏事。混乱会激起东南亚人民反对美帝国主义的火焰。在美国之后，斗争的目标会转向英国……”

中共在欧洲的据点

一九六五年四月八日

中共总理周恩来最近到阿尔巴尼亚访问，据说除了友好会谈之外，还签订了一纸军事协约。这是南斯拉夫传出的消息，如果属实，则中共已为他自己在欧洲找到了第一个军事据点。

根据这个传说，中共将在阿尔巴尼亚建造火箭和海军基地，虽然中共援助这个东欧小国是很寻常的事，但这一次却是最有“挑拨性”的，特别是对邻国南斯拉夫而言。

较早以前，南斯拉夫总统狄托就为一个消息吃惊，那消息说，中共有一批很大数目的武器运抵阿尔巴尼亚，包括一批火箭和一队潜水艇，已进入阿尔巴尼亚港口。当时，南斯拉夫报纸即撰文说：“中共对阿尔巴尼亚的冒险和不负责任的政策，将会引起危险的后果。”

后来那些火箭在地拉那（阿国首都）的一次游行中露面，据说目的是为了鼓舞阿尔巴尼亚人的士气，因为这个小国家的经济情况一直是恶劣的。

阿尔巴尼亚最近也承认他们拥有地对空式的飞弹。虽然没有说出飞弹从何而来，但以阿国本身的落后的技术，绝对不能把飞弹造出来，那是可以肯定的。最敏感的还是与他为邻的南斯拉夫，后者猜测，由于阿尔巴尼亚刚好在周恩来的访问之前，强调那些火箭的威力，说“将予侵略我们国家的人一个重重的打击”，那么，这些火箭武器当然是中共所供给的了。

阿尔巴尼亚大量接受中共的援助，是自一九六一年起，即阿尔巴尼亚与苏联闹意见之后。阿国在理论上站在中共的一方，指责苏联领导人奉行修正主义。不久，苏联即中止对阿国的一切援助，由中共负起了照顾这“小兄弟”的责任。

许多中共专家在阿国首都地拉那出现，初期主要是经济指导的技术人员，后来形势发展，中阿关系日益密切，中共驻阿人员中，已增加了许多军事人员，包括海军工作人员在内。

周恩来离开阿京时，也说，中共将给予阿尔巴尼亚全部的军事需要以应付任何外来的侵略。这似乎很清楚地说明了中共与地拉那军事合作的决心。而在东欧诸邻国眼中，这自然是中共在欧洲建立“基地”的一种努力。

中共军事的九强九弱

一九六五年四月十二日

中共的军事力量如何？据日本的军事专家们分析，有九强九弱。

九强是：

（一）吃得苦，经得起困难的考验。

（二）长途行军的能力。

（三）步兵战斗的惊人的坚韧性。

（四）部队有单独作战的能力，能持续四至七天。

（五）进攻的速度极佳，与行军的速度相媲美。

（六）战术集中的高度技巧，常用十对一的比率，以优势打击敌人的劣势，中国人称“以众搏寡”，或称“人海战术”。

（七）强调出其不意的包围战术。

（八）极善利用宣传技巧。

（九）长久以来培养成的强烈的对敌人的憎恶心。

九弱是：

（一）普遍缺乏军事科学知识。

（二）缺乏现代新式战争知识。

（三）指挥阶层中的军、政人员有或多或少的心病。

（四）在军队中，党员与非党员之间也存在着心病。

(五)过分以军队用之于政治的目的。

(六)新式武器使用的训练不足。

(七)陆军与海、空军联合作战的方法不懂运用。

(八)普通士兵的教育程度低劣。

(九)未来可能发生的粮食危机，随时有打击中共士气的可能。

美国加州大学的“中国问题研究中心”专家查尔马斯詹逊，最近也写了一篇讨论中共军事能力的文章，题为《北京的龙爪究有多利?》。

该文说:中共军队首先给人的印象是巨大的数字，中共解放军有二百七十万人。十年前，中共声称随时可以号召一千万的民兵作战(约等于台湾全省的人口)，这些民兵的年纪在十八至廿二岁之间。

中共军队的士气是不坏的。因为比较起来，作为一个中共士兵，其待遇与生活不见得比其他职业为差，他们乐于作为一个士兵。

中共军力的分析

一九六五年四月十三日

美国加州大学"中国问题"专家查尔马斯詹逊在分析中共的军事力量时说，一九六〇年苏联停止援助，给予中共的打击最大。但其后，中共即极力发展他本身的军器生产。过去使用的苏制或捷克制的枪械坦克，逐渐被中共出品所代替。到了今天，中共制的军车与大炮，已远远超过苏联出品的数目。去年十二月，中共答应为高棉装备二万人的军火，足见在这方面，中共是很充裕的。

在空军方面，据日本方面所得资料，中共约有各式军用飞机二千六百架。其中有一千六百架是可以作战的米格十五及十七型飞机，另外一千架是老式的轰炸机、侦察机及直升机等。中共不会有超过一百架的米格十九型新式战机。

中共空军的最大的弱点是缺乏机械零件及喷射机燃料，使中共空军不可避免地缺少飞行训练时间，战斗质素不高。

但中共仿制新武器的力量不能忽视。最近他已能自制米格廿一型战斗机。同时，中共屡次击落台湾U-2型侦察机，证明中共拥有强有力的地对空飞弹。而这种飞弹不可能是苏联所供给的，这几年，苏联与中共一直未停过争吵。

中共具有一流的军事科学家，钱学森是美国人最重视的一个。他有能力制造各式火箭武器及原子装置。不过中共至目前为止，仍然注重防御性的武器多过进攻性的武器。

中共的海军力量极弱，几乎完全不能参加正式的海上战事。他拥有一批苏制的旧式潜艇及数量颇多的快速鱼雷艇。这些鱼雷艇对防止台湾游击队登陆具有很大的作用。

中共地面部队，以一军四万人、一师一万人计算，共有一百九十三万人。公安部队数目五十万。空军人员二十万。海军人员十万。地面防空人员五万。总数比二百七十万略多。

中共军的士气是不容怀疑的，但军事训练一般都嫌不足，中共军队向来在战斗中吸取经验，这些年来，缺少了战斗，它的质素可能已降低。

詹氏的结论说，中共军如开入南越作战，而打出与韩战时同样的水准，则仍是很难抵挡的。美国海空军力量可能令中共死伤极大，但即使在原子战争中，要阻止一支军队的进攻，仍然要倚赖军队，除此之外，别无他法。

中共拉牢巴基斯坦

一九六五年四月二十二日

巴基斯坦总统阿尤布汗访问过北京之后，紧接着是访问苏联和美国。这三个访问计划，使他一夜间成为国际上的要人之一。一般人相信，他会或多或少地负起缓和三大国矛盾的责任。

本月初，阿尤布汗出发访问苏联时，中共总理周恩来亲到喀拉嗤送他上机。后来，周恩来在达喀向巴基斯坦记者说：他衷心祝福阿氏此行成功。这一戏剧化行动，使巴基斯坦全国人民都受到感动。他们的报章更预测，另一个亲西方的亚洲国家土耳其，可能因见到中共这种友好姿态，而步巴基斯坦的后尘，与中共建立正常关系。这“假定”如果实现，则中共是在外交上获得一个极之意外的收获了。

巴基斯坦报章说：中共对阿尤布汗的苏京之行是毫无忧虑的。苏联在争取亚洲国家的友谊方面，绝非中共的对手。况且，苏联一再予印度以军事援助，使巴基斯坦极之反感（巴印二国间的敌视，多年来并无改善）。阿尤布汗此行可能要求苏联停止或减少对印度的军援，否则巴基斯坦不可能对苏联表示如何好感。

在苏联方面，却很希望取得巴基斯坦的支持，以参加在阿尔及利亚举行的“亚非会议”。只要在不影响与印度关系的情形下，莫斯科将对巴基斯坦做若干口头上的让步。

阿尤布汗之访问苏联是第一次，不论其结果如何，在二国来说都是一件大事，因此克里姆林宫给予第一级的欢迎，苏联三巨头轮流招待。二国在国际问题上，有两点是意见一致的：(一)反对印度向英美要求核子伞保护，保持印度洋各国的“无核子状态”。(二)为南越问题举行和平谈判。

在阿尤布汗启程之前，周恩来与他做了数小时的长谈，想来为国际问题有不少建议，使阿氏在莫斯科讨论时，有一稳固的基础。整个来说，中共是在极力拉牢巴基斯坦，以发挥其特殊的国际上的外交作用，与尼赫鲁全盛时代的印度一样。

联合国中的天真想法

一九六五年五月八日

据《远东经济评论》(*Far Eastern Economic Review*)载：最近在联合国中，有一种相当天真的想法，是建议仿效苏联的情况，用“多席位”方式解决中国席位的问题。

这就是说，让中共取得“中国”席位的代表权，但另增设台湾、西藏及内蒙古三席。就像苏联之外也有乌克兰、白俄罗斯二席一样。建议这方法的人，以为中共可能会接受。原因有三：

(一)中国有四张票数，声势强大。在讨论任何问题时，都可左右大局。

(二)台湾的一票虽暂时归国民党控制，但无形中已承认中共才是中国代表。中共将顺理成章地取得安全理事会席位的代表权。

(三)为国共和谈开出一条路，说不定双方因此携手合作，展现一番新现象。

提议这计划的人，觉得唯一的障碍是，台湾只是中国一省，未成为中国的自治区。西藏与内蒙古，则嫌人口太少。这使“多席位”的办法有小小的技术困难，但并不算原则性的困难。

这项“计划”，据说联合国内的许多代表团都在“认真考虑中”。他们认为只有这样，才可解决联合国多年来搁置的一个难题。而这难题很快就要在联大展开讨论了。

至于台湾方面，那些联合国代表们大概认为，国府是不会怎样拒绝的。因为若在联大正式投票表决，中共眼看要压倒台湾。即使今年所获票数不超过，明年后年也一定超过。那么，与其失去此席位，倒不如退而求其次。

此“理论”虽未说明是由谁设计，但相信多数是美国人的杰作。设计者虽未见得有什么恶意，或许是一片热心，急欲解决中国问题的僵局，但唯其如此，越显得其“一厢情愿”的天真程度。因为在整个计划中，根本未考虑中国人的感情。不论是大陆、台湾或海外的中国人，对这种“一分为四”的计划都是不会赞同的。凡是在“认真考虑”的联合国人士，也正表示他们的天真而已。

中共日本关系转劣

一九六五年五月十八日

日本与中共的贸易，前两年一直显得很乐观，但自新首相佐藤上台之后，形势就略微改变了，到了现在更是急转直下。中共不喜欢佐藤的亲美的政策，又因佐藤对台湾所做的友好的姿态而激怒，到了今天，中共日本贸易已有全面崩溃之势，一连串的合作计划被陆续取消了。

中共的指责，一部分针对日本老政治家吉田茂，这个战后曾任四届首相的八十四岁的元老，去年五月曾访问台北，又写了一封信给蒋介石先生，据说曾向他保证，日本官方再不会以财政支持商人向中共输出工厂设备器材，使中共能享受分期付款的优待。以吉田茂在日本政坛的地位，这封信自是相当能代表日本官方的态度(吉田茂现仍是日本执政党的幕后最高首脑，前后两个首相池田勇人与佐藤荣作，对他都是唯命是从)，何况后来佐藤内阁还表示他对这封信是“负责”的，中共就不得不光火了，廖承志(日中友好协会主席)马上发言指责佐藤政府敌视中共，并下令取消一些重要的商业合约。

日本商人对中共市场一向是很重视的，如果因为这次事件而失去了中共的贸易，那是一个相当重大的打击。在中共来说，当然也不愿意，但中共一切以政治为前提，他是能够硬着脖子牺牲一切的。

日本议员与报界都要求政府发表“吉田茂信件”，以澄清这一事件。但佐藤内阁不肯这样做，无形中承认了中共所指摘的关于该函的内容是正确的。日本报界已开始向政府攻击，谓这种政策将使日本在中共的市场逐渐丧失于西德、英国、法国与荷兰，这些欧洲国家与中共或建交或不建交，但寻求贸易却是同样的热烈。他们的强大的“劲敌”是日本，日本一退出这竞争集团，英法等国不免暗暗开心。

日本首相佐藤有点左右为难。他向美总统詹森保证过，将与台湾保持较亲切的关系，但又不可能违背国内一致的要求，丧失中共的贸易，今后的转变，就看日本如何处理这局势了。

上海火车直达新疆

一九六五年六月十八日

中共执政以来，对新疆的开发和移民不遗余力。自中苏发生争执以后，新疆的地位更无形中重要起来。这一省份与苏联接壤最广，而人口最疏，且多为少数民族，如果苏联兴兵侵犯，极难阻挡。

中共的当务之急，除加派大军驻守之外，是从东南部稠密人口的省份，移民新疆，一面协助新疆开发，一面增加新疆的人口，调和少数民族控制一方的局面。

中共调到新疆的人员，多是十五至廿二岁的青年，主要来自上海。因上海人口过密，与新疆交换一下再适合不过。一九六三年，上海发动青年学生赴西北开发，起初响应热烈，后来因大多数学生家长反对，志愿参加的人数又减少下来，结果未如理想。

一九六四年，中共发动一批已赴新疆的青年回到上海，向各校和应届毕业生宣传新疆的好处，并向学生家长游说，减少他们对遥远的西北地区的顾虑。这一年，赴新疆的青年学生较六三年为多。

今年五月，也有一批新疆宣传队返沪，目的与去年相同。大概今年赴新疆的青年还会多些。

从新疆的乌鲁木齐到上海，全程二千五百四十七哩，现在有火车直达，隔天开一班，沿途停八十个大站，经过江苏、安徽、河南、陕西、甘肃多省，共需一百一十小时完成全程。

此外，新疆的空中交通相当发达，以乌鲁木齐为起点，飞机可达大陆各主要城市。这较之过去以骆驼、马车为交通工具的情况，是不可同日而语了。

在新疆工作的人员，都穿一色的制服，生活军事化，只从工作上才能发现他们与军队有别。一般志愿赴新的学生，工作期限据说是三年，但大多数满期后，仍留在新疆工作，或成家立室。由于各省赴新的人员日渐增加，加以中共的大力推动，现在，“普通话”已经在新疆全省流行了。

联大否决中共

一九六五年十一月十九日

联大讨论中国席位问题，投票结果，中共再一次被拒于门外。

今届的辩论，可以说绝无一点刺激。主要因为陈毅在事前已声明，中共须在若干条件解决后，才能加入联合国。而这些条件(要求联合国承认错误)是联合国一辈子也不会答应的。

中共既无意于立即进入联合国，则他的“拥趸”们自然也不会热心。所谓提议让中共加入，好像是例行公事，做了便算。不出所料，美国代表高德伯果然提出陈毅的话来，请联大代表想一想:“应不应该让中共加入联合国?”

当联大代表挤在走廊上休息和闲谈的时候，非洲独立国尼日利亚的代表说:“我不是共产党。我对中共最近表示的态度，一样感到泄气。但如果中共老是被拒于联合国外，他的偏激的言行是不会改变的。美国代表所持的反对中共进入联合国的理由是他目前的‘态度’，但‘态度’常会改变。我想，中共终有一天要加入这个机构，谁能想出另一种答案?美国采取拖延的政策，似觉有失大国的风度。”

据美国《新闻周刊》载，大多数非洲国家同意尼日利亚代表所说的话。就是美国代表团也有许多人认为他说得非常有理。不过私人的感觉是另一回事，在进行辩论时，美代表仍按照已定的方针，将赞成中共加入的议案击败。

据说在会上还有一个插曲，阿尔巴尼亚和高棉提出让中共加入联合国的议案之前，曾做私下的辩论。阿尔巴尼亚主张在提出时加上一句“应同时逐出国民党中国代表”，高棉代表则认为不必，这一个问题可含糊些，以争取较多国家的同情。阿尔巴尼亚代表仍坚持，高棉代表大怒说：“你不信，去问问北京看，他们也认为可以含糊些的！”

黎巴嫩与中共

一九六五年十一月二十五日

黎巴嫩的首都贝鲁特，是中东一个繁盛的城市，它是自由贸易和世界飞机航线的中心。在这里也有比较轻松的政治空气，各派人物，可以自由辩论。这个国家是亲西方的，黎巴嫩与台北保持着友好的关系。

但是每星期总有一二次，中共驻大马士革（叙利亚首府）的外交人员会驱车越过边界，开进黎巴嫩，来到地中海边的贝鲁特。

黎巴嫩的安全人员、美国及苏联使馆人员都密切注意中共官员的行动，而后者的目标却是相当明显的，不外欲刺探台北与黎巴嫩的关系，争取黎巴嫩与北京建交。

到目前为止，中共似乎还没有什么收获。在黎巴嫩，确有一派人物是主张承认北京的，为首的是黎巴嫩的少数党进步社会党领袖钟毕烈，及一些议员、记者和大学教授，钟毕列在一月间到过北京访问，但回国后无法说服多数的政治力量，以达到承认中共的目的。

但中共最少有一点小小的成功，是使黎巴嫩共党新建立一派“亲北京派”。在贝鲁特出现了他们的“机关报”，与原有的一份亲苏共党报章对抗。

一般来说，中东各国对中共的感情，在一二年前，较今天为佳，以前他们认为中共被阻于联合国外而感到同情，但自中共近来口气较自满自大之后，有一些国家就改变想法了。同时，中共不讳言地要支持世界各地的“革命”，使许多亚非国家十分警惕。中共说：非洲的任何地区都已达到“成熟的革命阶段”，这句话是没有哪一个非洲国家听得进去的。

许多落后国家的民族主义分子，现在是共产党的敌人，这绝非中共始料所及。

联大投票秘闻

一九六五年十二月一日

一位读者署名“心水清”，来信询问在联大讨论“中国席位问题”的时候，阿尔巴尼亚和高棉的动议案到底有没有提到台湾。即除了提出“让中共加入联合国”外，有没有附上关于“国民党代表的资格应取消”的问题。因为拙作在日前提到，阿尔巴尼亚和高棉意见不同，阿尔巴尼亚主张加进后一条件，高棉不主张加入，图争取更多的同情票。其后高棉代表对阿代表发脾气说：“北京也认为不须提到台湾，不信你去问问看！”

“心水清”先生说，据他在报上所见，后一“条件”结果还是加上去的，这是不是说明高棉代表输了？还是报上的新闻错了？

关于这一问题，我当时确说得含糊不清，现将手上一些新的资料，补述如下：

在联大讨论“中国席位问题”之初，高棉与阿尔巴尼亚的提案确乎没有提到台湾，只提出让中共出席联合国。直到投票之前二日，高、阿似乎接到中共的指示，忽然在提案上加上一段文字，要求“联合国立即从所有机构中逐出国民党的代表”。换言之，投票者如赞成中共加入，也就要同时赞成对国民党不利的条件。

据《伦敦观察家》报载，因为这样的缘故，最少有五个本来要投中共一票的国家，结果变为弃权。

《观察家报》又说，本届联大出现一个可笑的情况，有一个新国家马尔代夫(Maldives Islands)申请加入联合国，许多会员国代表根本不知道世界上有这样一个地方，有的虽听过这地名，却不知它在哪里。原来它是印度洋上一群英属岛屿，只有九万三千人口，新近获得独立。它要加入联合国的申请获准了，而代表七亿人的、关系许多国际问题的中共仍在联合国外。

《观察家报》说：在联合国大会上，如果完全摒弃一切利害关系，要求各国自由投票，大概多数国家会赞成中共出席联大，而同时又保留台湾的席位，这在中国人看来是出现了“两个中国”，无论是国民党政权或中共政权都不会赞同，然而外国人自然不理会这些，正如我们不计较东西德是一个国家还是两个国家一样。

“海上游击战”

一九六五年十二月二十九日

看到两篇有关中共的报道，一篇在西德的报上，谈论中共潜艇的发展；一篇在《远东经济评论》，谈论中共与美国交换记者的问题。

西德是世界上最注意中共发展的国家，各种反对中共的文字和漫画在西德报上多到不可胜数。毛泽东、周恩来几乎天天在漫画上出现。在我们看来，这样注重中共，未免有点过分。但是西德人像美国人一样，确是以中共作为他们未来的“大敌”，这种情况正好反映他们的心情。

这篇关于潜艇的报道说：在各种传统武器上，潜艇仍然有极大的威胁性。大约两年前，中共只有二十艘潜艇，到今年中，已发展至五十艘，这数目约等于第二次世界大战初期德国的潜艇数目。当时，德国曾靠这些潜艇呼风唤雨。

中共的最小的潜艇是仿效苏联初期的M-1型和M-5型，这种二百吨的潜水艇只能在沿海岸区域使用。六百吨的SH和八百吨的S-1型是苏联制造的，威力较前者为大。不过最厉害的还是W式，此种潜水艇模仿德国在大战末期推出的新式潜艇，配备八个鱼雷管、一口卅九毫米的钢炮和两挺机关枪，排水量一〇五〇吨。

中共的潜艇大部分集中于海南岛、湛江、上海、青岛等基地。

从各种已透露的军事资料看，中共有意用潜艇在海上打“游击战”，实施一种“打了就跑”的方式。

中共曾扬言在五年内将要拥有原子潜艇，这或许夸大一些。不过美国防部长麦纳玛拉对中共也估计很高，麦氏说中共在一九六七年将有中程火箭和原子武器。

关于台北传出的“中共与美交换记者”的报道，载于上周的《远东经济评论》，该刊的“台北通讯”说，台湾官员透露，在波兰的中(共)美会谈中，最近再次讨论交换新闻记者的问题。六十名美国记者已取得可前往中共的护照，只待枝节问题解决，便能成行。在中共方面也派出六十名记者赴美，作为交换。据说目前真正的障碍在于中共方面，中共代表对其记者入美国境，有许多额外的要求，令美方难于应允。

苏联国家百货商店

苏联城市大街

苏联集体农庄舞会

莫斯科大学

苏联：社会与政局

苏联的“占士邦”

一九六五年一月三日

一九六四年，香港最卖座的影片是英国纸上间谍占士邦的《铁金刚勇破间谍网》。一九六四年，英国最卖座的明星是饰演占士邦的辛康纳利。

想不到在苏联，去年最卖座的影片也是间谍影片，苏联少年最欢迎的故事，也是“占士邦”式的故事。

最近，在《青年团真理报》有一篇连载小说，那最后一段的内容是这样的：一个瘦长的青年，臂下紧紧挟着一袋文件，仿佛十分悠闲地站在莫斯科广场中央。一家戏院的门口排着购票的长龙。有一对年轻的夫妇在街头拍照。一切似乎很正常，正当六时五十五分的时候，一辆计程汽车驶到那青年的身边，车上走下一个漂亮的少妇，从她的装束看来，显然是一个外国人。她用朗臣打火机点燃了一枝骆驼牌香烟，那青年悄悄走近她，把文件递过去，并说：“快把这个带回使馆，里面有一切的秘密！”

那青年是谁？答案是苏联一个叛徒，出卖国家秘密的人。那少妇是谁？她也是苏联人，但伪扮作美国大使馆的人员，去接收那叛徒的一包东西。这一次，苏联秘密警察的反间谍战获得大大的成功。

以上是一个凭空构思的故事，但苏联的青年们很欣赏。同样，在莫斯科上映的间谍故事片，也收到场场爆满的效果。

一部影片写苏联的特务人员很有人情味，他居然堕入情网，爱上了敌人的养女。

又一部影片，写苏联的出色的间谍李察索基，他侦察出德国入侵苏联和日本进攻珍珠港的计划，于一九四四年被日本处死。影片写他机智绝伦，与三个漂亮的日本女人周旋，当苏联观众看到其中一个女人半裸地在浴室中和索基谈话时，紧张得喘不过气来。

这些影片与《青年团真理报》的故事，都有一个目的，是将苏联的特工人员与秘密警察加以“人情化”。凡经历过斯大林时代的中年以上的苏联人，都知道秘密警察的厉害，苏联当政者似乎急欲洗刷这种印象，于是许多美丽的间谍故事应时而兴了。

苏联的政治新浪潮

一九六五年一月七日

自赫鲁晓夫下台之后，西方的时事观察家们一直很有兴味地追寻这次政变的原因，以及谁是真正的幕后发起人。现在，某些人总算觉得有点眉目了。

最初，人们以为推翻赫鲁晓夫的是苏联军方的人物。但后来一直没有迹象显示哪一个军人与这一次政变有关。事实上，也没有哪一位军人有足够的政治背景与条件去进行这个工作。

后来，人们又猜想这是与赫氏不同政见的人所发动的，然而，苏联新政权的三巨头（比列兹涅夫、柯西金、米高扬）所实施的一套政策，并无与赫氏在位时相背的地方。有之，只是更能发挥赫鲁时代精神的一套，或者说，修正得更厉害些。

又有人以为，赫氏之突然下野是中苏共理论斗争的结果。特别是中共方面，对这一点尤深信不疑。从周恩来之匆匆上道，到苏京与新巨头联系，即表示北京方面以为赫氏之下野是中共最大的胜利。但柯西金等对周氏很冷淡，从最近的发展看，连中共也知道，苏联的政变完全不是他们想像的那么一回事。

那么，政变的真正原因在哪里？西方观察家以为，在于赫鲁晓夫忽然畏缩起来。赫氏改变了斯大林时代的面貌，给予人民更多的自由，但当社会逐渐向自由发展的时候，赫氏却又怕做得太过分，忽然来了一个“悬崖勒马”，恢复了许许多多的限制。岂知苏联人要求改变的巨浪早已不可遏止，青年一代成为“新浪潮”的主流，赫鲁晓夫欲加抑制，徒然使自己下了台。

真正发动政变的，据推测是一批青年政治家，他们有新的思想，但是他们的声望与资历，尚不足以立时取代领袖的地位。这才让比、柯、米三人权充过渡时期的领袖，而他们所实施的一切，均是青年一代的要求，更自由一些，更宽纵一些。让苏联在新的条件下发展。

青年政治家的领袖是谁？谢里宾可能是主要的一位。这位过去的秘密警察领袖，如果没有他的合作，赫氏的下台不可能那么顺利，没有流一点血。而这位四十六岁的政治家在赫氏被推翻之后，立即从政治的后台转到前台来。他头脑开明，似乎没有先天的秘密警察的残忍冷酷的特性。如果推测不错，他在苏联领导阶层的地位一定会越来越重要。

苏联领袖作风改变

一九六五年二月十六日

在苏联新领袖的备忘录上，有五点是经常写在那里，要求他们动脑筋的：（一）与北京的关系；（二）如何令苏联社会产生一个新面貌；（三）农业与消费品生产问题；（四）柏林问题；（五）与西方的关系。

克里姆林宫的领导人很愿意与中共改善关系，这从柯西金最近之访问北京可以看出。但是中共态度很冷漠，苏联也不便做出过分的热情。两国所走的路线显明地有所分歧，问题是两国能不能在不同的路线上，保持温和的君子之交。

苏联农业的改革还在不断进行，去年的丰收对改革计划很有帮助。但一切还在实验阶段，前面有很长的路要走。

苏联人要求更多的消费品、更多的粮食。据莫斯科传出的消息，在一九六三年年尾和六四年头几个月，苏联各大城市发生过严重的暴动，这些暴动与政治是无关的，那是袋中有钱而买不到食物的人民，在愤怒的情绪中，临时组织起来的示威。

赫鲁晓夫答应过给予人民更多的消费品，至今苏联人没有忘记。因此新政权努力的目标之一，是满足人民这一点愿望。说得严重一点，柯西金、比列兹涅夫等人的地位之能否稳固，有赖于这一个目标之能否实现。

仿佛这还是第一次出现的现象，苏联领袖要向人民“讨好”。但的确是如此，苏联社会已有很大的改变，人民不再是畏首畏尾的，他们敢于说出他们的要求，敢于表示他们的不满，在斯大林时代，决没有这样的权利。

在对待西方的政策上，苏联渴望与美、英举行一次巨头会议。他们知道柏林是最难解决的问题，却想不到良好的方案。老实说，西方国家如果有哪一个想出圆满的解决方法，苏联一定十分欢迎。

“冷静”是苏联领袖的座右铭。像这两天，北越事件闹得如火如荼，克里姆林宫的态度仍是不痛不痒。由这一点我们可以看出，比、柯二公的“修养”已到了无可再“好”的地步。赫鲁晓夫的炸药一般的性格，与脱去鞋子在联合国拍桌大骂的日子，已一去不返了。

苏联重视商业广告

一九六五年二月二十七日

前两天，本港《德臣西报》刊载一篇特稿，谈到苏联在模仿资本主义的经济制度上又跨前了一大步，莫斯科的工会报刊开始呼吁各商号、工厂刊登商品广告了。

如所周知，广告制度是被共产国家视为西方资本主义的罪恶象征的。但苏联一位贸易官员最近在《劳动报》中发表一篇文章，采取完全相反的论调。他说："正常的广告宣传能帮助人们选择他所需要的东西。电视在这方面应当负起重大的责任，它要为商店中的各种最新的货品宣传。"

该文并说：苏联需要组织一个全国性的广告委员会，并设立一个广告公司，这个公司在各大城市中设立分号，主持商业广告事宜。

此文作者拉殊可夫是苏联国家贸易委员会的一位首长，他说：苏联应发掘大量的美术家，把他们训练在广告事业的新战线上。每一家百货商店也应该有它自己的专门广告设计人才。

《劳动报》不厌其详地解释广告的好处："广告，在不久以前，世界上的人们曾向我们的经济官员投下嘲讽的微笑，他们说这是资本主义竞争的手段，与共产国家的体制是完全不符的。但现在，相信没有人再怀疑广告的优点，即使在社会主义的环境中，对商品的宣传仍然是正确的，而且是重要的。事实上，在我们的国家内，它适合广大工人阶级的利益。”

接下去，该报说：“谈到广告宣传的问题，最适合的莫如电视了。它有广大的观众，能够在工厂或商店中简便地拍摄宣传影片，给予各工厂、商号一个解释他们商品优点的机会。

“广告之所以显得需要，是因为这几年来，我们国家积存的旧货品太多，不能达到‘货如轮转’的目标。这是缺乏宣传的结果。目下我们广告的支出，只及国内货品销流总值的百分之零点零二。而花在窗橱的装饰费要比它多三分之二。”

该文又说：“窗橱装饰也是十分不够的，许多百货店陈列的货品已经旧得落伍了，包装的技术也不好，大多数货品包得又粗糙，又难看。商品的包装应该向其他东欧国家学习，颜色要鲜明，图画要美观，并且能使人一眼就知道内容是什么。”

苏联又传政变

一九六五年三月二十五日

五个月前，当比列兹涅夫与柯西金上台的时候，许多人就说那只是过渡式的政权。上星期，这种说法又在莫斯科活跃起来了。

首先是因赫鲁晓夫的露面。三月十四日，赫鲁晓夫与太太驱车赴苏京参加莫斯科市的选举。当他出现在人丛的时候，苏联人礼貌地向他表示欢迎，赫鲁晓夫招手还礼，一个西方记者报道，当时他的眼中流出了眼泪。

这一天，距离赫鲁晓夫被推翻的日子，恰好是五个月。摄影记者的照相机没有离开过赫氏，一个西方记者向他问好，他感伤地说：“很好，我过着一个普通的领退休金的人的生活。”

敏感的人士很快地就传出赫鲁晓夫有复出的消息。因为比、柯政权并不见得比赫氏当权的日子要好。但专家们则否定这种说法，他们认为赫氏之复出是不可能的。克宫新巨头让赫氏到公众场所露脸，不外是一种作用，让东欧国家的人民觉得安心，缓和他们对比、柯政权的敌意。东欧国家有许多人是怀念赫鲁晓夫的。此外，赫氏是与北京斗争的主要人物，他的出现，也象征着苏联在加强赫鲁晓夫路线，把这老招牌再捧出来，以振奋人心。

但尽管赫氏之出现与克宫之政治动向无关，也有许多传说，谓比、柯二氏的地位已经不稳了。柯西金本来是经济方面的领导人，自他出任总理后，由于工作太忙，已完全放弃他原来的事务。而经济工作正是苏联目前最重要的工作。柯西金为了不能照顾，发了很多牢骚。

对于越南事件，柯西金因为在访问河内之时，被牵涉入纠纷之内，更是十分愤怒。反之，比列兹涅夫则表现得较为冷静。据说，比、柯二人的意见越来越有距离，这从《真理报》与《消息报》之意见常有出入可以看出。一般以为,《真理报》的意见是代表比列兹涅夫的,《消息报》的意见是代表柯西金的。

谣传说，如果比、柯二人再不能做出什么表现，则他们的地位将被年轻的波狄葛尼及谢礼宾所取代。前者为第一书记，后者为新总理。

苏联的海军力量

一九六五年六月三十日

西方国家开始注意苏联海军的发展，大约不到十年。在这之前，许多人都以为苏联的海军是不值一顾的。

苏联也知道这一环的薄弱，战后，急起直追。由于各种舰只的大量制造，加上海洋导向飞弹的发展，使它在短短十数年间赶过了英国，而成为仅次于美国的第二名海军国家。

它目前的海面部队，有廿二艘重巡洋舰，每艘有重型大炮十二台，航行速度三十四海里，威力颇大。此外，最少有一百艘配有飞弹的驱逐舰。据美国情报透露，在过去短短十四个月内，苏联的飞弹驱逐舰增加了十七艘。

苏联的各式潜水艇数量庞大，大约有四百六十五艘。最新式的原子动力导向飞弹潜艇，类似美国的北极星飞弹潜艇形式，有三十艘以上。据说苏联曾以发射飞弹的潜艇（非原子动力）供应阿联及印尼，可见其必有大量在手。

苏联所缺乏的大概只是航空母舰，但分驻于各基地的空军，足以补偿这个缺陷。

苏联海军的特点，除注重潜艇发展之外，是辅助商船和渔船甚多。这些高速度的商船队和渔船队在平时负责侦察、运输和供应燃料，但在战时，随时摇身一变，可成为一艘战舰。

苏联海军舰只虽不断增加，但服务人员则不断减少，这是因科学机械高度发展和集中管理的结果，现在苏联海军人员比十年前少了三成，这三成人员都拨到商船队和渔船队服务，他们受过作战训练，故随时能改为战舰，毫不稀奇。

古巴之赤化，对苏联海军的发展有很大的影响。它成为苏联大西洋舰队的补给地。印尼则在亚洲为苏舰队担负相同的任务。以前苏联海军的活动区域只限于波罗的海、黑海、北冰洋等地，现在苏海军已无远弗届，大西洋、印度洋………到处都有苏联舰艇的影踪。

苏联的“轨道飞弹”

一九六五年七月十三日

在苏联领袖最近的各种声明中，最使人注意的是关于“轨道飞弹”的声明。

比列兹涅夫在向陆军军官学校毕业生演说时说，苏联现在已拥有一种最新式的“轨道飞弹”，这种飞弹可以发射在一定的轨道上，然后随时由电讯操纵，使其下坠以袭击特定的目标。

西德科学家对这一段演说比任何人都要注意。他们观察七月二日苏联所做的一次太空试验，认为极有关连，因为在这次试验之次日，比列兹涅夫就说苏联拥有“轨道飞弹”。

“轨道飞弹”与“弹道飞弹”有别，这种飞弹真正的危险，在于无法探测它的来势，而加以预先摧毁。美国现有的防备飞弹的雷达网及袭击飞弹的武器，届时将无所施其技。

西德科学家加明斯基说，苏联七月二日的试验，共放射两个卫星。他当时录得三种有关的不同音波讯号。

四小时后，苏联塔斯社宣布说，苏联放射了“一枚”卫星上天空，这是第七十次的“宇宙”系卫星，目的在收集登陆月球的资料。

西德科学家对塔斯社这项宣布指为不尽不实。加明斯基博士坚持，苏联在七月二日确曾放射了两个卫星，而且这次试验是苏联陆军进行的，从它的一连串的复杂布置看来，分明是为“轨道飞弹”收集资料。

加明斯基估计，苏联已有两枚此型飞弹在轨道中，现在所试验的是无线电对它们的操纵。

比列兹涅夫虽没有详细说明“轨道飞弹”的特点，但从理论上说，这种飞弹相当可怕，它可以大量放射在天空轨道上，对于地球的任何地点，均能破坏，而令人无法防备。

或许苏联目前对这种攻击性武器的操纵，还未完全成熟，但从西德科学家之严密注视，可见其重要性远甚于其他飞弹了。

苏联爵士转入地下

一九六五年八月十日

最近，苏联的共产主义青年团领导干部与苏联作曲家协会的领导干部关起门来，一连秘密地大听了三天爵士音乐。他们的目的是要彻底研究一下，爵士音乐到底是不是“资产阶级的堕落玩艺”。

这问题本来不成其问题的，因为依照一向的共产理论，爵士音乐绝对要不得。但是近年以来，爵士音乐早已成了苏联朝野上下普遍爱好的东西。尤其赫鲁晓夫下台，柯西金上台执政之后，爵士音乐越发地盛行一时——原来柯西金总理就是个爵士音乐迷，他收集的美国爵士音乐唱片之丰富，堪称全国第一。

然而青年团与作曲家协会鉴定的结果是：难以决定爵士音乐的本质。所以原定秋天去阿尔及尔参加共产青年节的苏联音乐节目，也只得暂不宣布了。

苏联音乐界中，正统派与爵士派之间的纷争仍然方兴未艾。自从那次开会检讨，未得结论以来，苏联的音乐首长克伦尼可夫发表了一篇文章，责备那些共产主义的青年人“对靡靡之音做过分热情的辩护”。原来共产主义青年团的机关报在攻击他对于青年人爱听的音乐毫不关心，指出他在访问美国的时候去听爵士音乐。他又公开宣称，青年人不能在古典音乐中跳舞，因此需要爵士音乐。

苏联最初流行起爵士音乐来的城市是列宁格勒，时在一九五八年。当时的共产主义青年团在列宁格勒举行一连串集会，有演讲和音乐节目，音乐节目中有古典的巴哈，也有美国的现代爵士音乐。大家一听到美国爵士就着了迷。

一九六二年美国爵士音乐家古德曼访苏举行音乐会，赫鲁晓夫听到一半，中途离场，爵士音乐因此颇受打击，转入了地下。翌年，美国爵士唱片在苏联黑市上大告抢手，一张旧的大密纹唱片被炒到两百四十元港币之巨，还不是原版货，而是从外国游客那里买来，在莫斯科大学实验室中偷偷翻制的东西。

这样到了去年，群众对爵士音乐的要求实在太热烈了，苏联当局才不得不睁一只眼，闭一只眼。但是爵士音乐和爵士音乐产生的背景实在与共产主义太不调和了，所以，苏联群众尽管盼望，要当局公开表示赞成爵士音乐，恐怕为时仍早。

克宫新领袖的苦衷

一九六五年八月十五日

去年十月间赫鲁晓夫下台之后不久，白宫曾经电询克里姆林宫，问这两宫之间直接通话的“热线”，以后如何叫法，到底是找柯西金总理讲话，还是找布列兹涅夫书记呢？克里姆林宫过了很久才答复道：“叫苏联政府。”由此可见，克里姆林宫里的政情还不安定。

集体领导在苏联只是个过渡现象，不会长此下去的。苏联的历史已经显示，苏联老百姓预期着，而且比较喜欢受一个人的统治，在沙皇时代如此，在共产主义时代也如此。苏联共产党、政府、国家的结构限定了，最后总会有一个人爬到顶上，君临全国的。

但是，这个人爬到顶上去，需要时间。斯大林爬上去花了四年时间，他死之后赫鲁晓夫往上爬，也花了差不多这么久。当然，不是说一定需要四年才有一个新的独裁者出来，不过由此可见，要有新人出来总需要经过若干年。记住这一点，便可以知道苏联今后的政策动向如何了。

决定苏联政策的有两个基本因素，一是思想意识，一是实际情况。基本上，现在克里姆林宫里的领导集团对于共产主义世界革命的大目标并无异议，问题在于实际情况。目前的苏联领导集团景况并不好，他们从赫鲁晓夫手里继承了一笔负数遗产过来，需要清理。赫鲁晓夫以其短视鲁莽，犯过不少错误，例如与中共关系搞坏，在古巴失尽面子，在国内开垦处女地失败，在文化上用人不当等。所以柯西金、布列兹涅夫等人目前一定有许多国内国际的问题需要处理。这些问题都不是一朝一夕所能解决的，至少经济和农业问题如此。苏联的党内领袖们目前在不声不响地努力改善经济，办法之一就是向西方国家学习，例如采取利润制度的生产，目前有大约百分之一的工厂已经在用这新制度了。农业方面则由政府大量投资，同时给集体农庄的经理们有更大的自由来制订生产计划，目的是要把农民的经济地位提高到与城市居民相等。这些当然都需要和平的环境。苏联新领导人的困难就在此地：他们迫切地需要与西方和平共处，不同意中共的看法，却又不能表现出太不正统的共产主义作风来，以免丧失了苏联在国际共产主义运动中的地位。因此，他们不会冒险，不会在国内外采取触目惊心的行动。

苏联青年诗人活跃

一九六五年八月二十三日

最近苏联报刊报道，有几名军人因为擅离职守去参加诗歌朗诵会，在军事法庭受审。说来似乎奇怪，怎么苏联会有这样风雅的军人，其实并不奇怪，苏联人对诗有普遍的爱好，当代几位大诗人的名气可以说家喻户晓，犹如披头士之在英国，猫王之在美国，碧姬芭铎之在法国那样。但是正因为诗人是苏联青年人的偶像，所以给苏联当局带来了头痛的问题。

一个美国诗人的作品能够卖上两三千册，已属大幸，但是苏联诗人的一部诗集可以在二十四小时内卖出二十万册之多，如果苏联诗人举行朗诵会，如果当局不予干涉限制的话，非假座运动场不可，因为前来参加的听众数以万计。最近莫斯科一个青年剧团在演出伏兹尼森斯基的诗剧《对立的世界》，尽管那些诗晦涩难懂，但是场场客满，许多人看了一遍又一遍，简直上了瘾。

伏兹尼森斯基是目前苏联最红的诗人，声望比一向鼓吹思想自由的伊夫杜森科更胜一筹。伊夫杜森科的前妻是一个鞑靼人与意大利人的混血儿、漂亮的女诗人阿玛杜玲娜，她专写情诗，情愿挨批评也不写别的，然而她是苏联女孩子的偶像，许多妇人和更多男人偷偷地爱慕她。以往赫鲁晓夫的文学侍臣伊利且夫曾经把许多诗人赶出莫斯科去，但是他们不久又潜回来活动了，赫鲁晓夫简直没有办法。现任的苏联领导人比较聪明，对他们采取放任政策，原因是加以抑制的话，反而使他们更为出名，更得同情。

必须指出，这批青年诗人并不反苏，只是作为诗人，他们对不幸的人和不公道的事情不禁愤慨，不得不提出抗议而已。青年诗人们差不多一致反对苏联官方所订的“社会主义现实主义”作风，尤其在老作家爱伦堡的回忆录出版之后，他们看到二十年代，即俄国革命初期苏联文坛上那种蓬蓬勃勃、百花齐放的情形，无任向往。

现在的苏联领导人对诗人们采取的放任政策，表面上看起来并没有多大关系，但是这些歌唱自由的诗人在活动，自然会产生影响，这影响之大之深，却是不可估计的。

苏联靠拢资本主义

一九六五年八月二十五日

从莫斯科市区乘车出来半小时，可以看到一座装饰得美轮美奂的大牌坊，邀请大家去参观一个专门展览“苏联经济成就”的公园。这公园里有好些风格笨重的斯大林式展览馆，一九五九年，公园中到处有牌子表明，苏联的各项成就已经超过美国，或是接近美国的水准了。那正是赫鲁晓夫大事宣传要“赶上并超越美国”的巅峰时期，但是去年，这些牌子已经被除下来，显然是默认苏联还太落后，要说赶上并超过美国，为时尚早了。今年有美国游客去参观这个公园时，有导游小姐给他说明道：“这些都是斯大林式的建筑，又浪费又难看。不晓得斯大林——赫鲁晓夫也一样——为什么故意要造这样的东西，否则把钱用到别的方面去，不是可以有点真正的成就吗？”

要进步，坦白承认事实乃是必须的。柯西金总理在造成这种态度上厥功甚伟。他在公开讲话中所表现的坦白老实，要比以前的苏联领袖们好得多。柯西金非常注意苏联的经济，他几乎召集了所有的经济学家，悄悄地去莫斯科开会，讨论预算，订立五年计划。他们决定要增加农业投资，提高农民收入，使城市居民有更多的消费品享用。

但是这些任务全需要钱；要完成这些任务，就得削减国防费用才行。大举削减又会有害于国家的军力，影响军人的士气。以前的苏联领导人对这个问题所采办法是：整顿国防工业，竭力减少浪费而已。

为了促使经济上效率提高，产品改善，如今苏联在采用“李伯曼计划”，即在工厂中推行利润制度。李伯曼教授的计划最初是在一九六二年赫鲁晓夫时代提出的，却因为遭受反对，搁了下来。一九六四年五月赫鲁晓夫总算指定两家工厂试行李伯曼计划，成绩大佳，此所以赫鲁晓夫下台之后，他的承继人扩大推行了这个计划。现在已经有四百家苏联工厂在追求利润了，其他工厂正在准备试行。西方国家的报刊有时候嘲笑苏联，说是他们在靠拢资本主义了。但是苏联领导人反驳说：“苏联经济中利润一向占着地位。”这则是事实。

反飞弹的飞弹

一九六五年十二月五日

美苏二国目前在倾力研究的武器，不是杀伤力更大的飞弹，而是防备飞弹袭击的“反飞弹”飞弹，或可称为防卫性飞弹。

这门学问与攻击性的飞弹比较起来，还在很幼稚的阶段。后者已经达到无远弗届、无坚弗摧的地步，而前者的性能还在试验与研究之中。

美国已有两种初步认为满意的防卫飞弹。一是“飞毛腿”，这种飞弹具有高度加速能力，其快如一枚离枪的子弹，能在四十哩外拦截来袭的敌人飞弹。一种是“胜利女神”，能在敌弹重入大气层后拦截，这种防卫飞弹能达四百哩的距离。

“胜利女神”有一优点，是能分辨真伪飞弹。所谓“伪飞弹”可能是敌弹在最后一节放出来的外壳，或是气球，当这些伪物在大气层漂浮时，真正的敌弹已迅速向地面袭到。“胜利女神”利用一种“大气过滤”的方法，能如影随形般将真正的敌弹截获，却放过了无害的“伪弹”。

苏联对反飞弹武器的研究最少也有三年的历史，在列宁格勒附近有专门研究的基地。今年五月和十月，苏联的军队游行都展出了“反飞弹”飞弹，但截击性能如何，西方人颇怀疑。

在这里有一个危机，由于反飞弹系统是一个无穷无尽的学问，美苏二国竞赛下去，可能带来二国的经济崩溃。在研究一种反飞弹的同时，必然会同时研究另一种能攻破这种防卫的飞弹（即反“反飞弹”飞弹）。谁知道什么时候才有止境？

这一来，将使核子力量较小的国家得益，如法国与中共，他们根本不研究反飞弹，而只制造攻击性飞弹。可以在不大长的期间内，追到有威胁性的程度。中共可用各种普通潜艇配备三枚中程飞弹，法国可用核子潜艇配十六枚中程飞弹。这都是飞弹国家的最幼稚的装备，但不能否认，仍然有威胁美苏的攻击能力。

因此，美国一些专家正请求政府与苏联订立“三年内暂搁研究反飞弹武器”的协定，以减少经济的压力，及避免其他国家得渔人之利。

一九六五年的苏联

一九六五年十二月二十六日

一九六五年的苏联，是比列兹涅夫与柯西金执政的一年（赫鲁晓夫在去年底下台）。这一年中，苏联国内有两件大事。

第一件是加强对农业的投资。今年三月，比列兹涅夫建议在今后七年内拨款约八百亿美元的数目，以加强农业生产。这些钱将用在机械化、化学化（增加肥料、杀虫剂）及农人的津贴上。后者包括用更高的价格购买农人的产品、减少税收，给农人更多的自耕地，让他们有额外的收入。

第二件是在工商业上局部采取“利润制度”。这是柯西金建议的，他允许各工商业机构有个别自主的权利，由他们自己管理生产，自己注意利润，政府的干预减至最低的限度。至于这些机构的效率如何，将由他们所获的利润多少来决定，获利最多的表示管理得最完善。今后，苏联的工厂领导人将以如何赚钱发财为目标，而不是以完成上级指定的计划为目标。

在国外方面，对苏联政策最大的影响是越南战事，这一战事使苏美和苏英的关系转趋冷淡。今年初，赫鲁晓夫初下台不久，而詹森又表示将访问莫斯科之际，一般人期望美苏关系会有戏剧化的好转，但结果因越战加剧而形成一种障碍。加以美国有意以核子武器供给西德，使苏联经常保持一种警惕，而欧洲的紧张关系也就不能改善。

中苏的理论争执在一九六五年基本上是“沉寂的”，没有赫鲁晓夫时代的热烈争吵和“书信往还”，比、柯政权采取装聋作哑的手段，对中共各种指摘一概不理。但私下里两位苏联领袖却不停访问东欧各国，以加强其本身与卫星国的团结，作为与中共拗手瓜（编注：拗手瓜，广东话，即掰腕子，暗喻双方较量）的资本。

苏联与中共对亚非洲的影响力的争夺，因阿尔及利亚政变（本贝拉下台）及印尼事件的影响，已经逐渐转弱。不过，苏联最近为印度与巴基斯坦安排了一次和谈，对他的声望有不小帮助，表示苏联对亚洲事务也有资格参加一手，而且，以一个共产国家的身份，能作为两个“资本主义”国家的和事人，也是很少见的。

1965年3月美国海军陆战队在越南岘港登陆

华盛顿纪念碑前的反越战示威游行

美国民警卫队驱赶提倡民权选举的游行人士

美国：政坛与军事

美国的特种部队

一九六五年一月四日

美国在南越有一种特种部队，这种部队的作用很复杂，美国人对之寄望颇深，认为这是将来对付共产党的唯一有效的武器。

一般人以为“特种部队”即是受过丛林作战训练的军队，事实上并不尽然。丛林作战虽是他们必学的学科，但其他的学科还有：

（一）柔道以及徒手格斗的技术。

（二）跳伞的技能。

（三）宣传工作，散发传单与广播。

（四）医学常识，要能在任何地区施动外科手术。

（五）反暴动专科。

（六）简单心理学，与各地民众迅速打下友谊的能力。

（七）适合特殊环境的语言。

（八）建筑、爆破桥梁、各式新旧通信技能。

（九）丛林战、山地战、游击战等战术。

由此可知，特种部队的战士几乎是一个全能，他们要兼有一个特务工作者、一个普通士兵及工兵的专长。机智、勇敢、具有充分的政治认识。他们不一定能学会以上的每一种学科，但最少兼有数项的知识。

美国人总结过去对共党作战方法的失败，痛定思痛，才感到一般的军队不足以应付当前与共党作战的复杂情况。最高当局接受智囊的建议，乃在布拉格堡设置“特种部队”训练中心。大量训练官兵，准备派到世界各地去与共党游击队周旋，越南不过是其中之一。

特种部队不是空军，不是陆军，也不是海军。戴的是一项特殊的扁形帽子以资识别。他们每一特遣队由十二人组成，这十二人各有专长，合在一起，能够应付各种各样突发的事变。

在训练阶段中，据说最重要的是心理学的课程，例如在“反暴动”一门中，强调“不能仅仅以镇压措施作为手段，要找寻发生暴动的原因，用和平方法，从根本去解除不满的情绪”。

不过，反对特种部队训练的人也不少，陆军、伞兵、航空部队、战事部队，都一致反对这个新设的“兵种”，主要出发点是由于妒忌美政府把他们当作“精华”看待，在越南战场上，普通部队与特种部队的心病早已发展得很深了。

最可怕的开支

一九六五年三月三日

最近，美国的政要们都有一种风气，不断地发表演讲，强调美国武力的强大。自美总统詹森以下，国务卿鲁斯克、国防部长麦纳玛拉，以至什么陆军司令、海军司令，等等，几乎每人都有一篇这样的文章。而且一律地受到重视。美国驻在各地的文化机构照例是翻成当地的文字，加以推荐，介绍一番。

这种作用大概有二：一来是为美国巨大的国防费用做个交代，让纳税人觉得，他们的钱没有冤枉花掉。二来是向共产党提供“备忘录”：你们决不能来侵犯美国，如果有这个念头，等于是自取灭亡。这或许就是核子阻吓力量中“阻吓”二字的定义——隔了一段时间就要有人出来“阻吓”一番。

不过，这种文章看得多了，就有千篇一律的感觉。像《读者文摘》二月号的一篇麦纳玛拉的《世界上最强大的和平力量》（节录自《星期六晚邮报》。香港出版的中文版《读者文摘》创刊号也有翻译，但“节”得更多一些），就是一个例子。

这篇文章先是说世界共产力量的可怕，美国不能不维持高度的军事力量以保卫和平。接着是罗列十几项美国的新武器，表示在阻击共党侵略上有充分的信心。最后，画龙点睛的是：美国为了适应国防的需要，在军事预算上就不能有所限制，应当随时增加。

美国的国防费是多少，麦纳玛拉在文中说，是每年五百亿美元。等于美国联邦政府所抽取的税款中，每一元占去五角。但老麦的口气，还有不足的意思。

国防武器最要命的一点，是必须“时兴”。今天最新的武器，说不定到晚上就过时了。花了几十亿美元赶制的一种飞机，说不定只用了一个月就变了“老爷机”，要全部毁掉。这种钱财才真是花得令纳税人心疼。

但若不是这样，就怕被对方抛在后头。这就是“军事竞赛”的可怕之处。从这一点可以想到：假使世界上没有军事竞赛，许许多多的钱花在建设之上，可有多好。因此，英国工党最近决定不制造某种国防武器，而改向美国购买，乃是十分聪明之举。反正一下子就过时的，何必一定去造它！

白宫的“四巨头”

一九六五年五月十三日

在白宫，每逢星期二有一个例会。这会议由美总统詹森、国防部长麦纳玛拉、国务卿鲁斯克和总统特别助理彭德（McGeorge Bundy）四人参加。白宫人士称之为“四巨头”。事实上，他们是美国政策的最高制定人，每逢星期二，他们的会谈将影响美国以至全世界。不论这决策是正确的还是错误的，必然成为历史上的话题。从这种意义来看，说他们是美国目前最有权力的四人并不为过。

这个例会并没有副总统参加（在美国当副总统，权力是很有限的）。有时加上副国务卿波尔。在会谈举行时，照例是吃午餐，菜单多数是烤牛肉、沙律和冰淇淋。他们谈的虽是极严重的问题，但会上的气氛却还轻松。有时彼此交换一二个笑话，或是友人间的趣闻。

美机在北越轰炸的目标，是在这会上决定的。换言之，每个攻击目标都得到詹森个人的同意。此外，会上还经常讨论“可能的伤亡人数”，损折太大的计划不拟进行，如果事后伤亡超出预算，也要加以检讨。

在与会的四人当中，最缺乏影响力的据说是鲁斯克，与前任国务卿杜勒斯之强硬作风相反，鲁斯克是个懦弱而缺乏主见的人。

美总统詹森主要所做的是最后决断。因此有人说，美国政策的实际决策人乃是麦纳玛拉与彭德。

这种情况，已受到白宫外间很大的批评。最近因越南战局和多米尼加事件的决策问题，连《纽约时报》都做了强硬的对白宫政策的攻击。美国的评论家，像李斯敦、格拉夫特、李普曼、莫根瑟，几乎连成一气向白宫开炮。莫根瑟说："在詹森总统周围的顾问们，像彭德与麦纳玛拉，缺乏充分的对国际形势的了解与判断力，然而不幸的是，总统竟深信他们。"

坚尼迪炮轰詹森

一九六五年七月二日

美故总统坚尼迪去世后，他的兄弟罗拔坚尼迪有一度大出风头。这因为他们二人的言谈举止有点相像，而且是亲弟兄，许多人把对坚尼迪总统的怀念，寄托在罗拔身上，愿意他出任总统或副总统。

罗拔本人也沾沾自喜，以为这一次大有机会，纵然与总统的职位无缘，副总统这一席却是少不了的了。但结果，詹森宣布他所指定的副总统并非罗拔坚尼迪，这一来不啻给罗拔一个重大的打击。

自那时起，罗拔与詹森成了一对冤家。据说罗拔为了副总统的职位，有一次到白宫去见詹森，带有讨价还价的意味。殊不知詹森开了室内的录音机，把每句话都录了下来。事后且泄露了一部分出去，立刻成为政治圈的闲话。罗拔气得暴跳如雷，走去当面指责詹森，但詹森否认他泄露了任何秘密，罗拔气愤地骂道："你是一个说谎者。"

在美国政坛中，有一项几乎是众人皆知的规例，便是不能当面责总统说谎。罗拔这样大胆，自是忍无可忍才发出来了。但奇怪的是，后来罗拔坚尼迪再没有做什么剧烈的指责詹森政府的举措，有人说，那是因詹森有录音带在手为"要胁"之故。

直到最近，作为参议员的罗拔坚尼迪才做了最猛烈的一次演说，攻击詹森政府把全部精神去应付越南，却把世界上最主要的问题“消除核弹威胁”忽略了。

罗拔说：“世界上目前有五个国家可以爆炸原子弹（包括中共），最少有十二个国家在三年内要发展核武器研究。”罗拔说，他的兄弟坚尼迪总统在禁核计划上行了“一千里路程的第一步”，但至今为止，美政府还没有行过第二步。

罗拔且公开建议美国与中共谈判，以阻止核弹的散播。

这篇演辞已经引起美国政坛的轰动，但白宫保持出奇的缄默，越是缄默，越使人猜测詹森与罗拔之间嫌怨的严重。可能好戏还在后头呢。

美国等待中共四十年

一九六五年七月二十五日

台湾监委陶百川，在美国写了好几篇分析国际局势的文章，在台报发表，最近有一篇谈到美国如何对付中共的基本策略问题。

他说：对中共的看法，美国有许多派别。有主张战斗的所谓鹰派，有主张和平的所谓鸽派，有可进可退的所谓蝙蝠派，又有苟且偷安的所谓鸵鸟派，另有飞得不够高走得不够远的所谓鸭派。

但美国对中共的重视，可由海军部长尼兹六月九日对海军毕业学生的演讲看出来。他对学生说："你们未来四十年的主要政治问题，是中共的演变。……在中共的第二代共产分子长成之后，它能不能够逐渐地和勉强地稍稍尊重国际秩序呢？……中共能否不经战争而就范，现在殊难预料。真的，詹森总统正在建基础，俾能在几十年后赖以达到上述目的。"

陶氏说：尼兹的最后一句话极堪重视，美国准备以四十年的长时间去促成和期待中共转变，那么美国显然不急于和它拼个你死我活。这个主张较之李普曼的等待论更富于弹性，更不切实际，因为李普曼只主张等到中共拥有原子武器、长程飞机或飞弹的前夕（这个期间大约是五年至十年），中共过这期限犹不转变，美国只得先下手为强，诉之于预防战争。而尼兹则主张要等它四十年。以一个军事机关首长对军事学校学生宣示这样泄气的主张，而且说詹森总统正照这方针在进行，他一定有其依据。这就不是尼兹一个人的主张了，其重要性可想而知。

美国虽蓄意和中共和平共存，但有时在没有法子的时候，不得不使用“吓阻政策”，迫使中共暂不向外扩张，然而从最近越局的演变看来，这种吓阻似乎已行不通了。

过去，新闻记者问艾森豪有无方法足以有效对付中共和北越。艾森豪提出两P政策：Patience（忍耐）和Pressure（压迫）。而这正是詹森的处理方针。

稍远以前，詹森的方针是所谓三D政策：Determination（决心），Deliberation（熟虑）和Discussion（商谈）。据参议院外交委员会主席傅尔布莱德透露，詹森对付越战的方针，又有两R政策：Resolution（刚毅）和Restraint（节制）。这两P、三D和两R，都是基于“等待政策”而订定的。

什么人当美国兵？

一九六五年八月二十九日

由于美国在越南不断增兵的影响，国内征兵数额也逐渐提高。现时美国征兵额是每月一万七千人，到十月底，征兵额将增至三万五千人以上(美国在韩战时的征兵数额是五万人到八万人)。

在美国，征兵工作是一个复杂的过程。全国大约有四千个审查委员会，调查适龄的美国青年是否应当入伍。在其中工作的人没有薪金，都是义务的。更有一个特点，这些委员会只对总统负责，不对军方负责。

美国青年一满十八岁，就须向征兵委员会登记。这工作多数是通过学校进行，由学校发给一张调查表，询问学生的家庭状况、教育程度和其他有关问题。如果他们是符合当兵条件的，就归入(一A)档。如果某些青年表现出是“良心的兵役拒绝者”，则编入(一A〇)档，将来在军队中的医疗队伍服务。

目前，属于(一A)档的美国青年约有二百万人。他们的平均年龄是廿一岁。

在这些人中，先叫哪一些入伍呢？办事者认为他们的选取方法是十分公平的。年龄在十七岁而获得家长同意的志愿当兵者优先选取。年龄在十八岁的志愿者亦然(十八岁不需要取得父母亲的同意)。以前大约有三分之一的应召入伍者属于这一类，他们急于当兵的原因，是由于不耐烦，或是由于爱国思想，或是由于一种特殊的心理——愿意在成年之前，经过一段兵役，忘记少年时的往事。

次一类被选的入伍者，是从十九岁到廿六岁的未婚者。从年龄较大的开始选。

第三类入伍的是十九岁到廿六岁的已婚者。

二十六岁是年龄的最大限制，但如果有人因特殊情形，服役期限被延迟，则他在三十五岁前仍有机会应召，这一类服役者，从最年轻的挑起。延迟服役的人很多，延迟的原因也不少，属于教育或家庭的理由最多。体格不及格也是原因之一。

居住在美国的外国人，也有被征入伍的机会，如果他反对，则永远没有权利成为美国公民。

征兵的情况大致如此，每个入伍者服役期间是两年，在这期间内，他可能被派赴南越，接受残酷的战争的考验。

白宫中国专家

一九六五年十一月二十七日

由于联合国在讨论中国席位的问题时，得到四十七票对四十七票的结果，这使美国的一些敏感人士开始担心，明年还能不能把中共阻于联合国外？再者，既然有四十七国反对美国的意见，则美国对中共的政策是否已与现实违背，而需要重新检讨？

《新闻周刊》最近有一篇文章详谈这一问题。它说，据美国外交关系委员会所作的民意测验，显示有百分之七十一的美国人，愿意与中共促进关系。但美国政府之不愿采这一行动，是因有许多顾忌。

《新闻周刊》说，美国与中共隔膜之深，主要的关键是在美国政府的决策者中，没有一个真正了解中共的人。美总统的身边，有六个关于中国问题的高级顾问——美国务卿鲁斯克、副国务卿鲍尔、副国务卿尊逊、助理国务卿W·彭迪、总统特别助理M·彭迪、国防部长麦纳玛拉。这六个人没有一个会说中国话，没有一个在中国居住过，没有一个与中共高级领袖有私人的交情。

比较一下，美与苏联的关系就恰巧相反。美前任驻苏大使布伦和汤普逊等人，都对苏联有深切的了解。他们与苏领袖有一同钓鱼、打猎与醉倒的经验。

至于美国务院的远东问题的老手中，有不少对重庆的蒋介石政府是很有认识的，但没有一个曾在延安和毛泽东待过。这种隔膜对于美国政策的决定，不免有不良的影响。

因为这个原故，美国对中共的政策表面上虽是相当坚定，但实际上却是很混乱的。目前对中共的敌意，是根据中共领导人的言论，但中共是否有能力侵略美国或大量损害美国的利益呢？美国官员也表示否定。原因之一，中共国力不足与美抗衡，从科学、工业发展的观点去看，它仍是一个二等国家。其次，中共极力避免与美国做军事接触，这些年来只有朝鲜战争的一次，中共相信美国将进一步进攻，才出兵助战。在南越的战事中，中共情愿冒“纸老虎”之讥，而不出兵，可见其行动十分谨慎，与其言论迥然不同。

美苏高峰会议?

一九六五年十二月十六日

这几天，白宫中一连有三位国际贵宾到访：第一位是巴基斯坦总统阿尤布汗，十二月十四日抵达，做两天访问。第二位是英国首相威尔逊，在阿尤布汗之后两天到华盛顿，逗留一天。第三位是西德总理艾哈德，十二月十八日、十九日一连做两天访问。

作为招待这三位贵宾的主人詹森，可以想像其忙碌的情况。因为三个客人各带来了一个重要的问题。

巴基斯坦总统阿尤布汗是詹森的老友。一九六一年，詹森以副总统的身份访问亚洲时，他们开始建立了友谊。阿尤布汗此次到访，很明显地是为了要求军事与经济的援助。他曾威胁说，美国如果不援助巴基斯坦，巴基斯坦就会无保留地倾向中共。

经过印巴之战后，美国已声明暂不以任何物资援助两国，以免两国再度投入战争。不过因印度全国闹大饥荒，詹森已破例批准以粮食运往接济。这次巴总统到访，相信詹森将大拍其膊头(标注：拍膊头，广东话，意指向人表示讨好，或鼓励别人)，猛称老友，却暂时不会给予实际援助，要等待印巴和谈达成之后才能讨论。印、巴已定下月会谈。

至于英首相威尔逊到华盛顿，主要是谈论越战问题。据说工党内部要员促他向詹森建议，就越南问题与苏联总理柯西金做高峰会谈，取得越局的和解。其次，威尔逊将请求美国协助对罗德西亚做经济制裁行动，但詹森恐怕只能做口头答应，那得要议会批准。

最后一位客人西德总理艾哈德是白宫最欢迎的人物，西德是美国在欧洲的忠实盟友。艾哈德这个大胖子一向被人责备过分亲美，他此行是在国内的压力下，要求美国尽早给予西德以核子武器，或让西德参加北大西洋公约组织的统一核子部队。

美国对这一事情本来是十分情愿，却碍于世界舆论、盟国的分歧及苏联的强烈反应，而不想匆促决定。但詹森一定秘密向艾哈德做若干保证，好让他回国后向西德人民交待。

白宫小诸葛辞职

一九六五年十二月十七日

一直担任美总统詹森的特别助理、有小诸葛之称的彭德（McGeorge Bundy）上星期传出辞职的消息。

这消息也许不大为外间所注意，但影响却不小。在詹森身边的三个最有力的“智囊”——麦纳玛拉（国防部长）、鲁斯克（国务卿）和彭德——已去其一了。

彭德是前总统坚尼迪用下的人，他担任国家安全委员会主席，坚尼迪曾称赞他是“不可缺少的人才”，“杰出的头脑”。坚尼迪去世后，詹森对他一样重视，把他作为国际政策的顾问。据白宫人士统计，在多米尼加危机发生的前一段时期中，詹森与彭德商谈共达八十六次之多。在其他问题上亦可以想见。

彭德现年四十六岁，在过去五年的服务中，即使不能说他对哪一个问题有特别的贡献，最少也可以说他是制订每一项重大国际政策的参与人，这些政策足以影响整个美国及整个世界。

据说，彭德最大的心愿是想詹森起用他为国务卿，但自詹森表示过“有我在一天，鲁斯克就仍然是国务卿”的话后，彭德知道已没有希望，于是决定辞职。

至于这次辞职尚有什么内幕，外间不得而知。可能彭在白宫不大开心，詹森重视麦纳玛拉和鲁斯克的意见多过他的意见。另有人传说，詹森颇为忌才，不大容纳得有才气的人。

彭德的辞呈是上星期为詹森接纳的，但要到二月廿八日才生效。詹森要求彭德提出一个保证，在白宫有紧急需要时，随时回来担任他职。从三月起，彭德将回复“自由身”，成为福特基金会的主席，年薪七万五千美元。

至于彭德去后，谁来取代他的地位，一般人已开始注意他的第一名助手罗拔高玛（Robert Komer）已为总统赏识参加政策会议。可能他会成为第二个彭德。但他的重要性自然不能再与麦纳玛拉等相提并论了。

六十年代英国流行摩斯族

法国总统戴高乐接见中国大使黄镇

英国政府为邱吉尔举行国葬

西欧：结盟与争斗

英国两党的斗争

一九六五年二月十一日

这些日子来，英国人都在谈论另一次大选的可能。自从在一些区域的补选中，工党显得失利之后，人们对工党的信心有些动摇了。于是有人猜测：如果再举行一次大选，工党会不会得胜?

保守党的报纸《观察家报》评论说，尽管保守党在一些地区补选获胜，但这并不意味着全面的胜利。假使现在来举行一次大选，对工党还是有利的。保守党不会得到甜头。原因之一，是保守党缺乏一个有力的领袖。前首相许谟是一位谦谦君子，但不是一个有魄力的党魁。与威尔逊比较起来，远不及后者给人的印象深刻。

保守党党内一直在谈论另选党魁的问题，但至今没有结论。事实上，在许谟以外，也不见得有哪一位有力的继任者。许谟本人没有辞退的意思，保守党党人更不便公开请他退隐，否则又会给予工党宣传的机会了。

目前保守党内的积极分子是希斯，他领导各种组织，力谋革新党内的政策。一般以为，保守党并不是不采行动，不过要等待工党面临一个绝大危机的时候，才采取狠狠的一击，现在决不是那种时候。

工党领袖威尔逊知道，在今后几个月中的发展，一定是对工党有利的，进口附加税将会减低，银行利率亦然，经济将向正常方面发展。工党必然乘机推出最得人心的房租及地产管制政策，以使政府声望增高。

在工党所有政策中，最难获得通过的是钢铁方案。这倒并不是说人民不同意，而是人民太不重视了。但威尔逊声明他决不会退却，在议会中，工党虽只占极微的多数，他仍然要倚赖这点多数以求通过。必要时，他将倚赖自由党议员的协助，以通过这议案。

但即使失败了，这对工党政府是没有影响的。威尔逊是个颇有谋略的人，他一定会想出一些对人民有利的议案，与钢铁案一同提出。如果钢铁案失败，他就会摇头说：那些对英国人有利的议案也跟着不能实行了。

不管如何，在以后数个月中，将是英国两大党斗争剧烈的阶段，两方面都希望捉着对方的痛脚。在这种情形下，最有利的当是自由党，他们的议席虽不多，但夹在两大党之间，举足轻重，谁都要取得他们的协助。

英国空军驾美国机

一九六五年二月二十四日

大约一个月前，英国首相威尔逊宣布，由于财政困难的关系，他要下令停止两种军用飞机的制造，改向美国购买。这消息使英国航空工业界为之震动，也使英国国会为之震动。

保守党议员马上利用这个机会，向工党展开全面的责难与攻击。他们最厉害的问题是:“难道英国什么都要依赖美国了吗?”

威尔逊作出这个决定，当然大非得已。这几年来，英国经济困难，有目共睹。那么，在不影响国防的条件下，停止两种飞机的制造，节省一大笔费用，倒也合情合理。

在这种新措施下，部分制造飞机的工人要遭到失业，自不可免。因此在上星期国会进行辩论的同时，数千工人在国会门外示威，高举各种牌子，上面写:“伟大吗，英国?美国的一州而已!”“威尔逊，做个好样的，不要向美国人买!”

威尔逊在国会内，冷静地向议员们解释说:英国在西方国家中，是仅次于美国的第二名军费开支最大的国家，这不是英国所能负担的。如果向美国购买那两种飞机，可节省八亿美元。

保守党前任国防部长桑尼格罗夫站起来，面红耳热地向威尔逊指责:这种措施不啻将英国的航空工业置于死地。他宣读很久以前《每日快报》一篇文章，记述威尔逊在选举前的诺言，他说过:

工党政府可以保证造飞机的工人不会失业。但现在，这诺言到哪里去了？

威尔逊也很激动地站起来说："这是什么话？你不能断章取义。请你再读下去。"这时候，桑尼格罗夫把那段破旧的剪报抛到威尔逊面前去，说："你自己读去！"威尔逊又把那剪报抛回给他，说："我要你读！"

最后，威尔逊还是不得不自己读出那段文字的下文：工党政府保证航空工业工人不会失业，在"可能做到的最大的范围内"。这一下，威尔逊得胜了。

接着，秃头的工党航空大臣曾京士出来做冷静的分析，他的结论是："不管我们喜欢与否，英国皇家空军全部驾驶本国飞机的日子是过去了！"

最后，投票通过，工党的议案以极微的票数获胜（三〇六：三〇一）。

希腊总理将访莫斯科

一九六五年三月十六日

希腊总理白本特劳有一个人所共知的特点，他善以简短的言辞，表达他的思想。在谈话中有时会流露出像标语一般的词句，但却是十分清楚的，令人印象深刻的。

例如，关于他的外交政策，他说过：“我们的外交政策是希腊式的——我们是西方的盟国，但愿意成为东方的朋友。”

这句话表示，白本特劳的政府将维持对北大西洋公约组织的效忠，但不会像前政府一般对美国唯命是从。在适当时候，也愿意表示一下它本身的志趣——这是适合时代潮流的做法，也更容易得到人民的拥护。

或许是为了这个原因，白本特劳最近接纳了苏联的邀请，准备在短期内到莫斯科访问一次。这消息立时轰动了希腊，如果成为事实，白氏将是希腊有史以来以总理身份去访问苏联的第一人。

美国大使在接获消息之后，非常紧张，立刻要求晋见白本特劳总理，做了一次秘密的会谈。后来据说会谈与访问的消息并无关系，因为事前白氏就已取得美国的同意。他之所以未与苏联约定访问的日期，乃是等待适当的政治气氛产生时始成行，并保留随时拖延的权利。

尽管如此，白氏已经引起国内广泛的反对，右翼党派尤其对此，大肆攻击，他们并强调地说，土耳其的前总理孟德里斯也曾经答应到苏联访问，不久即被轰下野。言下之意，白本特劳在人民的压力之下，对莫斯科之访问也绝难成行。

然而，希腊人民对总理的决定却似乎是欢迎的，最少这表示希腊有独立的意旨。如果白氏真能排除万难成行，这在西方政坛倒是一件值得注意的事。

戴高乐令美国头疼

一九六五年三月十九日

法国总统戴高乐最近建议由美、苏、法、英及共产中国在日内瓦召开五国会议，商讨如何挽救联合国的前途。这项建议更扩大了英法之间在政策上的分歧。

最先是法国承认了中共，接着戴高乐又提出东南亚中立化的建议，现在戴高乐的这一项新主张，被华盛顿看作是巴黎方面进行腰斩美国在亚洲的政策的另一项行动。

戴高乐说，如果联合国的某些会员国不违背联合国宪章的精神或条文，则联合国便有良好的进展。在他这段话发表的一小时以后，美国总统詹森立即以讽刺性的语气回敬戴高乐，他说戴氏讲这样的话，不啻打了法国一个巴掌。因为法国拒绝缴付他应担负的一份联合国维持刚果和平行动的经费。

美国高级行政官员说，戴高乐提议召开包括中共在内的日内瓦五国会议以考虑联合国的改革事宜，这项建议是美国完全不能接受的。因为它暗示要让共产中国取代现在由国民党中国所保有的在联合国大会及安全理事会的席位。

戴高乐的另一项主张，建议改革国际兑换货币制度，恢复金本位制，也令美国大为头疼。戴氏认为美元已不再是衡量价值的公正国际标准，这一主张直接打击美国。

美国财政部指摘戴高乐这项主张，是复古的和不实在的建议，并跟世界上大多数的金融强国的愿望相反。

戴高乐在德国问题上也有新的见解，他说：德国问题乃是一项欧洲问题。“除非得到最有切身关系的人民——即是欧洲人民——的同意和一致行动，否则必须做到的事并不能做到。”这项言论不啻又要将美国一脚踢开。

总之，美国人对戴高乐真是恨之入骨也。

法苏关系日益密切

一九六五年四月十七日

随着时局的发展，苏联与法国的关系似乎越来越密切，与英苏的冷淡关系，恰巧成一强烈对比。

法苏关系的进展，不自越局紧张开始。大约在一年前，苏共要员之一波特葛尼访问巴黎时，就带来一种友善的气氛。波特葛尼的演说中提到两个字眼，至今仍常被法苏二国人引用。其一是赞扬戴高乐对时局的看法是“现实的”；其二是“法苏二国乃欧洲的二强”（将英、德撇开）。

苏联忽然对戴高乐感觉兴趣，原因有如下多点：

（一）苏联喜欢他对联合国的态度，法国不参加联合国派到刚果的和平部队，也不肯付出这支队伍的费用，这与苏联态度完全相同。如今法苏二国都成为拖欠联合国会费的国家。

（二）戴高乐要求更多的事项通过联合国安理会讨论。在安理会上，各大国有否决权，这是对苏联是有利的。

（三）苏联人赞扬戴高乐所提的恢复黄金本位的建议。

（四）苏联喜欢法国反对美国组织多边核子部队的计划。

在越南问题上，法国与苏联表面也取得协议，但实际上二国的态度颇有差别。法国呼吁各方无条件开会讨论越南局势。苏联则仍以美国退出越南作为第一条件。这是共方一致的看法，苏联不便提出异议。事实上，苏联在越南问题上，一直不曾主动采取过什么步骤，他只在口头上说些空话而已。苏联也从未要求法国出面做调停人。

因此，苏联拉拢法国的理由，主要不在亚洲，而在欧洲。苏联企图说服法国同意两个德国的政策；或最少令法国赞同，德国人的事应由德国人协议，别人不得参与——符合法国提出的欧洲人解决欧洲事的主张。

最近，苏联派遣外交部的第三巨头佐林出使法国，是一个很好的证明。一方面，以佐林出使，是给法国很大的面子。另一方面，佐林是苏联的德国问题专家，近来，法德的关系不十分融洽（以前法国的戴高乐与德国的阿登纳二老是很投契的），苏联想利用这关系将法国拉近一些。

德国战败二十年

一九六五年五月九日

昨天是五月八日，二十年前的这一天（一九四五年五月八日）是德国战败的日子。二十年后，德国的情形又如何？

最显著的是，西德高度繁荣了。战败后的德国只是一座废墟，一切都须从头做起。但只隔了短短的二十年，现在西德是欧洲的最大的出产钢铁的国家，各种工业出品，每年总产值达一百二十亿美元。它吸收了各国移民一千二百万人，但仍然感到高度的人力不足。

在军事上，西德也一跃而成西欧最强大的传统性（非核子）军事力量的国家，拥有不下五十万的武装军队。德国在欧洲成为举足轻重的力量，苏联固然紧紧拉牢东德，美国也以西德作为它的大西洋防卫的主力。法国的戴高乐更欲说服西德，组成“法、德中心”的欧洲联盟，以与美苏二大集团抗衡。

然而最显著的变化恐怕还是德国青年的本质。战后的一代（从一九四五年成长起来），吸收了美国人的作风，注重实际，不爱幻想。与外间的高度流通的文化，使他们培养成一种新的民主的风气。一位教授说：“这些二十岁左右的青年人，常常大胆地和我辩论，他们不再向权势低头了——你甚至会看到他们与警察吵架！”

民主的风气，尤以新闻界为然。西德的报纸是坦率而敢于评论的，电视也是如此。西德人民逐渐培养成对政府批评与要求公正的习惯。

战后西德的文化也在成长，新一代的作家、诗人逐渐诞生。歌剧极之流行，新的剧院建立如雨后春笋，而且大多数是国家公费建立的。

很多人担心纳粹思想在德国复活。会不会如此，谁也不敢说。但从这种种新风气看来，也许德国已在本质上改变了。这是人同此心的愿望。

鲁斯克舌战群儒

一九六五年五月二十二日

五月十一日，“北大西洋公约组织”的部长会议在伦敦举行，这个会议是由十五国的外交部长参加的。

会议内容主要是讨论越战问题。美国务卿鲁斯克在会上一一答复各国代表提出的关于越战的疑问，颇有舌战群儒的味道。因为在会前有一种气氛，美国的西欧盟友不大赞同美军在越南的强硬作风，不少人怀疑：美国已放弃以谈判为主的外交政策，而采取以武力为主的方针。

鲁斯克在会上解释说，美国的政策从来没有改变过，例如轰炸北越，无非是想令对方坐到会议桌上来。最终的目的是谈判，不是战争。

据英国记者报道，这次会议主要是鲁斯克个人的成功，他替美国总统詹森做了许多有力的辩护，说他不是一个好战者，也不是新的“高华德主义者”(强硬派)。

鲁斯克虽不能使西欧盟友完全同意美国的政策，但最少令他们较前了解白宫的态度。至于美国在越南待下去的结果将是什么，鲁斯克本人却不能下一个结论。西方各国对此仍很怀疑。

十五国会议的公报是相当含糊的。表面上好像美国已取得各盟友的同意，让他在越南继续干下去。但若细细体味一下，却发觉那公报实际上是美国代表尽量把字眼弄得好看些，而会议并没有真正的结果。

法国代表在会议上，也不如预期的出色。戴高乐要作为“欧洲代言人”的计划没有取得成果。各国对法国的拥护不热烈，所以法国代表也就见风使舵，不想在会上提出什么与众相反的意见。

最显明的一点是德国问题。戴高乐最近与苏联外长会谈后，声明德国的统一是欧洲问题，意思是要将美国一脚踢开。但在此次会议上，法国代表仍与英美等国声明，“德国的统一应由英美法苏同负主要的责任”。这是把戴高乐之言推翻了。

不过这一次北约会议主要是交换意见，下一次北约的国防部长会议（在本月尾召开）讨论的军事与负担问题，就要复杂而尖锐得多。

法国经援力争上游

一九六五年五月二十七日

法国为了争取在世界上的领导地位，对于援助弱小国家，不遗余力。据统计，在去年一年间，法国共以九亿八千万元援助小国，这数目等于法国生产总值的百分之二至百分之三。这是世界上极高的数目，英国只有四亿二千万元，等于国家总产值的百分之一。

自法国总统戴高乐访问过南美、法国总理访问过印巴后，法国更急于扩大他的援助网。以前，法国的经济援助，主要是限于非洲的前法属殖民地。现在他要推及亚洲和美洲。

法国在非洲的援助一向是积极的，大约有一万名技术专家、五千名教师从法国派往非洲协助讲法语国家的人民。此外还有各种顾问（包括军事范围），尽量与当地人士合作，以促进该等国家的发展。

法国要在国际上力争上游，这与中共的做法颇为相似。只要有哪一个国家向他开口要求经援，戴高乐无不尽快答允。法国虽然与美国处处作对，但美国对于法国援助落后地区的行动却十分欢迎，因为这大大减轻了美国的负担。说到最后，一个国家接受法国的援助，当然比接受共产国家的援助使美国安心得多。

法国对外援助增加，这与前两年的经济繁荣有关。但据经济专家分析，今年底到明年这个期间，西欧经济可能面临一次重大的危机，以今年来说，西欧普遍出现通货膨胀的现象，物价与工资不断上升。虽然生产大量增加，却无补于事。有些国家反而要减低生产速率以调和工资与物价之间的矛盾。法国当局最近在小心翼翼地力求渡过难关，务使法郎稳定，不至贬值。但前景未许太乐观。

在西欧国家中，受到同样影响的有瑞士、英国、荷兰、比利时、意大利诸国，只有西德不受牵涉，继续繁荣，可称得上是得天独厚的国家。

巴黎与莫斯科之间

一九六五年八月十七日

葛罗米柯访问巴黎的记忆已经相当陈旧了，但是巴黎与莫斯科之间的关系还在这次访问的余波中。

葛罗米柯访问巴黎的任务不外四个：(一)争取法国的支持，在越南谋和平解决，因为戴高乐一直主张谈判停火，使印度支那半岛中立化；(二)在德国问题上求取法国的同意，希望法国承认“现状”，即承认现在的德国疆界，甚至于要法国承认东德政权；(三)在联合国、裁军等问题上强调法苏两国观点相同，至少希望法国沉默反对美国在亚、非、拉丁美洲的政策；(四)造成法国在靠拢苏联的印象，企图动摇西方联盟。

当然，这些是苏联的最高希望。葛罗米柯在巴黎住了五天，大受款待，但是飞返莫斯科的时候，所得的结果只有一个：法国同意与苏联继续协商——一点具体的成就都没有。甚至于宣传了很久的戴高乐访苏之行，也仍然遥遥无期。

那么，既然戴高乐无意与苏联拉手，为什么又跟苏联眉来眼去呢？戴高乐从不宣布他的政策，他的真正打算，连他内阁中的各部长都不明白。但是人们看得出，戴高乐之与葛罗米柯长谈，无非为了要向世界表明(也是向法国人民表明)，法国已经是个一等强国，法国与美苏一样，在国际上举足轻重了。战后法国一直担心美苏两国私相授受，而戴高乐之与苏联单独会谈，可以使美国知道，美国是不能代表整个西方与苏联交易了。

一度，戴高乐曾经希望与西德携手，与美国对立起来，组成欧洲集团，由他领导，与美苏三分天下，但是西德对此并不十分热心，始终与美国站在一起。没有办法，戴高乐只得拉拢苏联了，一则也是给点颜色西德看，因为法国如果与苏联联合起来，就把德国夹在当中，不得动弹了。自然，这也只是一种姿态而已。

英国在东方的包袱

一九六五年八月十九日

印尼独立纪念集会上，印尼驻港总领事发表演说，大骂马来西亚一通，事后港府发言人就表示，这一通还是不骂的好。印尼这种态度当然是不礼貌的，因为如所周知，英国政府不但支持马来西亚，而且正在协助保卫马来西亚。

英国政客们喜欢讲“苏彝士运河以东”，事实上，英国防卫力量也集中在这一片地区，目前如此，据说今后一二十年内仍然不会改变的。

目前，有五万英军在担任协防马来西亚的任务，此外阿丁、波斯湾、香港三地大概共有一万五到两万人。这其间的中东和东南亚地区又吸住了大批英军。由于英国防卫费用的预算上没有分别列明，所以人们无法知道英国在东方花费的钱总数多少，但是就军队之多，补给线之长（一东一西，相隔半个地球）来看，英国的军费总有一半花在东方，乃无疑问。

看样子，今后这个地区对于英军的需要，只有增加，不会减少。据伦敦《经济学人》周报观察，英国政府显然有意于要求盟国让它抽调一些目前驻在欧洲的部队，前来东方。

现在的问题是：英国是否应该继续采取这样的政策至于一二十年之久？再设想一下，五年之后苏彝士以东的形势将会如何呢？

五年之后，印尼对马来西亚的仇视活动如非已经到达危机的高潮，几乎一定是已经解决了。如果情形还跟现在一样的话，那么英国和马来西亚的政策之目标，就需要认真仔细地检讨一番。

在阿丁和波斯湾，英国立足的日子恐怕更短。其实英国想要保护一个油田供应资源的话，大可不必这么费力，因为石油有国际市场，阿拉伯国家总会把石油投入市场的，英国与其用军队来维持它购油的便利，不如把军队收回的好。

但是英军有一个极有用的途径，即预备亚非国家的需要。今后几年中，亚非国家很可能会要求英国派兵抵抗某种侵略。

总而言之，英国在苏彝士以东是不应该维持这么大军力，消耗这么大费用的，《经济学人》认为：英国目前在东方背着这么个沉重的包袱，并非是履行它大国的义务，而是因为有些剩下的手尾尚待清理。这些手尾一一清理好，这包袱自然不必再背了。

英外相访莫斯科

一九六五年十一月十四日

本月底，英外相史栋华将访问莫斯科。他可能向苏联巨头提出三个问题加以讨论：（一）越南；（二）禁止核武器蔓延；（三）欧洲安全（包括德国问题）。

这三个问题影响都很大。但可以断言，在这次会谈上决不会有什么决定，因为英国和苏联各有本身的困难，英国处处须征询美国，而苏联则处处受中共的左右。例如，在越南问题上，苏联就不能撇开中共，而与西方达成任何协议。

由于中共最近遭受一连串的打击，其中以印尼的转向及亚非会议的变质，影响尤大。一般观察家乃推测，苏联可能乘机强硬起来，一改过去对中共事事容忍的态度，重新表现一种共产阵营大阿哥的作风。

英外相正是抱着这种希望而到莫斯科去的，在越南问题上，苏联一贯主张谈判，但是表示的态度很含糊，他要求以“美国停止对越南的侵略”作为谈判的先决条件，却没有说明何谓“停止侵略”，是“停止对北越的轰炸”呢，还是“美军须撤出南越”？苏联不弄清楚这一点，是因为北越对这一问题也很含糊。

北越受中共影响，坚持作战，但是他的最高领导者是否如此坚定，不得而知。假定苏联向北越施加压力，是否可以使北越接受和解的态度？这又不得而知。英外相很希望，苏联能一试这种压力，看看北越反应如何。

苏联很满意目前与美国所处的“和好”关系，如果越战延长下去，就可能破坏此种关系。况且，苏联与美国都有兴趣于签订一条“禁止核武器扩散”的条约，这将使目前没有核武器的国家(主要是东西德)，不能获得美苏的供应，这一条约有助于美苏关系的进展。

美国现时的心情很矛盾，一方面想拉西德加入“北约”国家的核子俱乐部，一方面想与苏联签订上述的条约，很可能，美国先等待苏联在越局表现一下他的影响力。如果苏联能使北越谈判，则国际局势必然大大和缓，美国也乐意签订不让核子武器扩散的条约了。

北约已经过时?

一九六五年十一月十五日

在欧洲防卫的问题上，法国与美国的意见相差得很厉害，法国的每一步行动都表示他有退出北大西洋公约的可能。

原定本月份举行的“北约”国防部长会议，法国已正式拒绝参加。这比以前的任何行动，更清楚地显示戴高乐的决心。

戴高乐说过：由于苏联的威胁日渐减少，像“北约”这种防卫组织已经失去它的重要性，应该由较简单的双方防卫条约所代替，例如法、德防卫条约。而欧洲的“末梢防卫”，像北欧和南欧的防卫网，根本可以取消。

戴高乐更不喜欢“欧洲最高盟军总部”之设，认为这早已过时了。不妨以一个“军事计划委员会”来代替，纯粹做纸上的规划，商量个别盟国间的军事合作问题。

其实戴高乐反对北约的意念不自此时始。他在一九五八年重新登台时，第一个行动就是要求美国将安置在法国的原子弹头撤出。跟着他逐步撤回法国在“北约”负担的军事力量。他撤回法国的地中海舰队，不久又收回一队空军。他将驻在西德的一师法军调到阿尔及利亚作战，但当阿尔及利亚战事结束后，他再也没有把这师军队调回西德去。

一九六三年，法国又自“北约”撤回他的大西洋舰队，同年，法国没有参加北约的大演习。一九六四年，法国从地中海指挥部调回他的海军将领。

总之，法国是在逐渐退出“北大西洋公约”，不过那些时候，目标还没有今天的显明罢了。九月九日，戴高乐在记者招待会中说：“一九六九年将是我们参加集体防卫的结束，这种防卫使我们的命运操纵于外国人手上。”所谓“外国人”指的是美国。

戴高乐这种态度受不受法国人欢迎呢？现在还不知道。到不久的大选揭晓后，就会清楚了。不过，无论法国的态度如何，英、美、西德是仍会将“北约”的防卫系统维持下去的。

法国的总统选举

一九六五年十二月十二日

今届法国的大选，七十五岁的戴高乐未能获得过百分之五十的票数，必须在本月十九日再参加第二次选举，与左翼支持的米特兰对抗。

关于这次大选，有如下的一些特点：

（一）最后官方统计，戴高乐获得百分之四十五的选票，米特兰获百分之三十二。议员李堪诺（大概有美国人在背后支持）获选票百分之十五。

（二）较早的民意测验，已显示戴高乐的支持者锐减。但“民意测验”这种玩意儿通常是不大准确的，“不幸”这一次却相当准确。

（三）在竞选之初，一般人对中立派的李堪诺估计过高，对左翼的米特兰却又过分低估。从这次竞选结果看，法国的左翼（社会党和共产党）远较以前团结，他们全力支持己方的候选人。

（四）过去，左翼分子的太太常常投戴高乐一票。今年，她们似乎不再偷偷“背叛”她们的丈夫了。

（五）在选前的大学生意见测验中，戴高乐只是第三名有希望的当选人，可见大学生不大支持老戴，觉得他不合新的潮流。

（六）教师们也不支持戴高乐。法国的五十万教师全力支持米特兰，由于他们反对现行的教育政策。

（七）米特兰得法国共产党之助极大，法共为他组织了大小约二千个会议，以增加他的影响力。

（八）右翼分子中也有人因不满戴高乐而投米特兰的票，他们明明不同意米特兰的为人，但只有他才可以有希望击败戴高乐。

（九）戴高乐二次参加竞选，获胜的机会仍是很大的。在这次选举中，只有他和米特兰对抗。他有希望取得议员李堪诺的大部分选票。估计米特兰将获得百分之四十选票，而戴高乐获得百分之六十。但届时弃权者可能较多，说不定比数可更为接近，自然也说不定会出现“冷门”。

波兰与捷克共同研发制造的装甲车

罗马尼亚农民收割季节

捷克军队

南斯拉夫总统狄托

东欧：经济与政治

东欧共党自扫门前雪

一九六五年二月十七日

苏联预备在三月一日召开的二十六国共党大会筹备会议，到今天为止，各国的反应依然非常冷淡。一般以为，苏联第一书记比列兹涅夫最近往访匈牙利，就是想请匈牙利共党利用它的影响力，去说服其他东欧国家参加这个会议。

殊不知东欧各国(捷克、匈牙利、波兰、罗马尼亚、保加利亚、东德)近来都学会了中国的一句成语“各人自扫门前雪，莫管他家瓦上霜”。各党对本身的利益越来越看重，对国际共党的利益却越来越不关心。苏联与中共的理论争辩，他们早就觉得是多余的了。谁胜谁负，对他们没有什么关系。老实说，中苏如果没有分歧，忽然重新团结起来，那才是对他们不利的。因为苏联必然对东欧各国加强压力，破坏它们现在所享有的“独立性”。

一个东欧国家的外交官员在维也纳坦白地说:“我们现在不论说什么话，都不能改变中苏共的关系。那么何必多费唇舌呢？一切还是听其自然的好。”

捷克的党中央机关刊物《新思想》说:“三月一日召开的共党会议，对于国际共党理论的分歧毫无改善的作用。”该刊又说:“兄弟党间有权利互相批评对方的政策，但要小心避免主观的作用，不要以为一党的真理便一定能适合他党。各党为了该国的特殊环境所采取的合理政策，不应当受到阻挠。”

这番话一方面是承认了中苏共的分歧已成定局，无法可想，另一方面却在向苏联暗示，各小国共党完全有必要增加它们的“独立性”。

罗马尼亚对三月一日的会议一直保持缄默，但这个对苏联“反叛性”最强的国家，很可能拒绝参加该会议，或许带去一套办法，令该会开完之后，得不到什么结果。

据说罗马尼亚在上次华沙的“高峰”会议中，采取了坚定的立场，表示：(一)凡得不到中共参加的国际共党大会应予无限度的延期；(二)假使中共答应参加，也要保证有一致的意见才能召开。

匈牙利少女的罢工

一九六五年二月二十三日

匈牙利人民的生活渐有改进之后，人民对服装、饮食的要求也日渐增高了。各种时装表演在妇女界引起很大的兴趣，表演的模特儿中有第一流的年轻貌美的姑娘。但正因如此，最近发生一次时装模特儿的罢工，事情闹得很大，结果由总理卡达尔出面，才算圆满解决。

原来匈牙利的模特儿事业是国营的。有一个机构专门管理这些女孩子。要当一个模特儿的第一件事，是先向这机构申请执照，然后由负责人编配工作。薪酬是固定的，参加每次时装表演的待遇是港币七十五元(约数)，由于表演次数很多，女孩子们并没有不满的感觉。

数星期前，匈牙利电视举办一次隆重的服装表演，这次表演有与东欧各国观众见面的机会，女孩子们都兴奋得不得了。后来她们听说，在匈牙利全国十八位最漂亮的模特儿中，有十四位接受邀请，到芝勒特大酒店参加这次表演。

但当她们到达那家布达佩斯最豪华的酒店的时候，却听说她们的表演费只有十元。比过去少了二元五角。此外，她们要自己负责化妆、做头发和舟车等费用。实际的收入只有十元左右。一场欢喜一场空，她们在过度失望之下，决定拒绝演出，全体走到附近的咖啡室去静坐，表示抗议。

然而她们没有察觉，这是罢工的行动！在罢工之前，她们更没有得到工会正式的批准。在共产国家中，任何类似这样的行动都是难以容忍的，纵使她们是一群漂亮的女孩子。于是二天后，模特儿管理处宣布，这十四位勇敢的姑娘的执照都被吊销了。姑娘们听到消息，恍如晴天霹雳，她们都没受过其他工作的训练，失业等于饥饿。有好几个都哭起来："怎么办？难道叫我们到街上去乞食？"

匈牙利的迅速发展的服装工业也受到巨大的打击，因为他们突然间失去了十四个优秀的模特儿。事情闹到总理卡达尔的耳中，卡达尔虽然日理万机，但他也是一个男性，还没有失去男性的审美眼光。他觉得模特儿管理处的行动太激烈了，一个国家炒了十四个美人的鱿鱼，那像什么话？他决定叫该处负责人重新考虑这一个行动，最好是让她们复职。

看来，这些女孩子们的罢工要成为匈牙利好多年来第一次成功的罢工。

东欧国家经济第一

一九六五年四月五日

共产国家过去什么事情都是“政治挂帅”，但在苏联大阿哥领头修正之下，东欧国家现在都不爱谈政治了。除了报章上的公式化社论或官员的演讲外，人们几乎绝口不谈政治。所谈的是娱乐、收入、旅行与饮食。

东欧各国早将经济放在第一位。如何与西方促进贸易，是他们的第一课题。其次是如何吸引西方游客。

东欧国家到现在为止，仍与苏联有许多商业条约束缚着，最少有百分之五十以上的贸易须与苏联进行。但他们还是极力寻求与西方交易，尤其是新工业所需的物资——那些苏联不能充分予以供应的——他们更急于向西方购买。

在过去数年中，罗马尼亚已与西方国家签订近五亿美元的贸易协约。最近，罗马尼亚考虑接受美国的投资，合股经营一些对双方有利的企业。

波兰与西德已正式进行合作，由西德供给科学知识与原料，由波兰供应地点与人力，生产工业品。匈牙利与捷克也在与西德谈判同样的设计中。

捷克与波兰加入了日内瓦的“坚尼迪回合”的关税会议，讨论减少欧洲国家贸易的障碍，不久，罗马尼亚与匈牙利也将加入。

在贸易之外，东欧各国正争着吸引西方的游客。他们把一些名胜地区与海滩打扮得花枝招展，一切的设备比西方的游览地区还要豪华奢侈。在这些国家中，做得最成功的是保加利亚，去年，他单在游客身上赚了二千六百万美元，等于对外贸易总额的十分之一。

保加利亚对西方游客的服务极尽周到之能事。有许多东欧游客抗议说，他们只受到次等的待遇，一切好的设备都留给西方人。

保加利亚准备在今年夏天开建两个豪华大赌场，与赌国摩纳哥争一日之短长，仅由这一点就可见东欧吸引西方游客之不择手段了。

讽刺东欧的笑话

一九六五年四月十四日

下面有一些据说是流行在苏联集团国家的笑话，虽可能是西方人的凭空创作，但幽默性很强，可博一粲。

△在苏联的一次盛大的庆祝会筹备中，有一个工匠挂起了比列兹涅夫、柯西金、赫鲁晓夫的巨幅画像。一个官员经过，看见已经下野的赫鲁晓夫像仍然挂在那里，大骂道："快把那坏蛋的画像拿下来！"工匠十分惶恐，问道："是哪一个坏蛋？同志，哪一个？"

△一个共产党官员问一个波兰人，他是否对文化生活有兴趣。那人说："呵，是的，我喜欢看电影。"官员再问："你喜欢看什么电影？"那人答："自然是苏联片。"官员兴奋地说："对了，这就符合党的精神。现在请告诉我为什么你特别喜欢苏联片？"那人答："因为只有苏联片才容易找到座位。"

△东德有一条新法例，容许六十五岁以上的东德人入籍西方国家。一个老人因为符合了这个规定，便请求当局给他通行证，让他到西德去。官员详细检查过他的纪录后，说："不能，你对共产主义的贡献不够，不能离开本国。"老人无法，回去后便积极参加各种对共产党有益的活动。半年后，他再向当局申请，官员说："你的贡献还不够。"这一次老人生气了，他回头指着东德党书记

乌尔布莱特和其他政府领导人的画像说：“请问，他们对共产主义的贡献够不够，同志？”那官员答：“自然是够的。”老人道：“请给一批通行证让他们到西德去吧，那么我留在这里也不要紧。”

△一个东德画家在逃到西柏林后多年，他的卧室内仍然挂着东德总理的照片。他的友人奇怪地问道：“你对他有特殊的敬意吗？”画家答：“不，我发觉这是阻止思乡病的最好办法。”

△在波兰庆祝“苏波友谊”的一天中，一家幼稚园的教师向小孩们说：“以前，我们天天讲的都是天方夜谭的无稽故事，今天我们要讲的是苏联和波兰的友谊。”

△一个苏联集团的显要到西欧旅行后，回来说，西欧的经济情况是十分恶劣的。一个听众问：“为什么他们的店铺里有许多货品呢？”显要回答：“不错，他们虽有货品，但人民没有钱购买。商店门前根本没有长龙。”

保加利亚的政变事件

一九六五年六月十七日

今年四月间，盛传东欧共党国家保加利亚发生过一次政变，但内情如何，外间不得其详，而保国政府也讳莫如深，一似什么事情都不曾发生。

综合西方所得的情报，这事件的始末大致如此：四月间，保加利亚军队中的斯大林派，企图推翻现总理齐夫可夫，重掌政权。或最低限度，企图影响齐夫可夫，使他不再追随苏联的路线，而奉行更独立性的政策(类似罗马尼亚)。

这个政变是以“亲中共”的姿态出现的。不过所谓“亲中共”也者，只是一种号召，在目前的共产集团中，不亲苏，便得亲中共。发起政变的基本人物，既是斯大林派分子，自然容易给人以“亲中共”的感觉。但政变人士是否曾以中共政策为号召，以打击齐夫可夫，则不得而知。

齐夫可夫是保共的“亲赫”主义者，个人与赫鲁晓夫私交甚笃。赫氏登台后，齐夫可夫大权独揽，开始对斯大林派进行清算，但齐氏到底不是心狠手辣之人，且保国之中，斯大林派的势力太大，尤以军队为然，因此齐夫可夫斩草不能除根，斯派势力依然存在，只是略为削弱而已。

于今赫氏已下台，东欧集团动摇不稳，斯大林派乃拟趁此机会，发动政变，以报过去清算的一箭之仇。而目标则除掌握政权外，更欲使保国脱离苏联轨道，更向西方靠近一步（这一点颇出人意料，也与中共的政策不同）。

但事机不密，主其事者终被捕获，牵涉在其中的，据说有保共中四位要人，他们是国防部长朱洛夫、内政部长狄哥地可夫、副总理朱希洛夫及巴加拉诺夫将军等。其他较低级人员很多，除被捕外，有些人已自杀毙命。

匈牙利总理换新人

一九六五年七月八日

在共党国家的人事变动中，最显得平静的是上星期匈牙利总理的更替了。

五十三岁的匈牙利总理卡达尔，本来身兼二职，他同时是党的第一书记。一方面要照顾五十万党员的事务，一方面要掌握国家的经济大计，使他忙得不可开交。他常常抱怨说：为了这两项职务，一天到晚困在办公桌旁，连看电视的时间都没有。

上星期，卡达尔终于实现了他的计划，辞去了总理职务，专心去做他的党书记。官方宣布此消息时，只简单地说：卡达尔同志为了将全副精神放在党的领导事务上，已辞去总理之职。

匈牙利官方很怕引起人民的惊扰，但事实上并不，布达佩斯居民很镇静地接受这个消息。凡是在共党统治下的人民都知道，只要这领导人仍然控制着党的最高位置，则一切就不会有什么变动。

驻匈京的西方各国外交家们也宁可接受这消息的“表面价值”。换言之，他们认为除了总理换上新人之外，不相信还有其他内幕(或政策的改变)。

卡达尔辞掉两个高位之一，是合乎共党国家的传统的。在目前来说，十四个共党国家中，有九个国家是由两人分别担任总理或党书记之职。这两个职位，从表面上看其重要性相等，但实际上谁掌握了党书记的地位，谁就是“波士”。

卡达尔也不例外，他这一次辞去总理，事实上是把政权控制得更紧。在他指定新总理人选的同时，将四名反对他的经济政策的要员降职。至于新总理卡赖（Gyula Kallai），更是卡达尔的亲信，今年五十五岁，在维也纳学过法律，可能是匈牙利政府中最有学问的人。一九四九年，他曾任匈牙利外长。一九五一年，因被指为“狄托主义者”而下狱，一九五四年获释，以后一帆风顺，一九六〇年被任为副总理。卡赖是一个内向的人，性喜深思。

这次匈京高阶层的人事变动，据说去秋已有安排。但当时苏联的赫鲁晓夫突然下台，卡达尔唯恐这事件被人与苏联的政变联在一起看，引起误会，所以拖延至今。

匈牙利自由色彩浓

一九六五年八月九日

匈牙利在东欧不算一个富裕国家，经济情形比起捷克和罗马尼亚来还要稍逊一筹，但是你如果在布达佩斯逛逛书店，几乎可以买到任何好书。物质缺乏的情形至少不会影响到文化出版事业。大书店里，苏联和东欧国家的书籍固然应有尽有，西方国家出名的书也总可以买到。这在共产国家中，几乎是不可能的事情。

但是匈牙利毕竟不同，共产主义在那里采取的是温和路线。九年前匈牙利发生反共暴动，在苏联坦克车的镇压之下得告平定之后，卡达尔总理当权，一直在采取比较开明的措施，竭尽一切努力争取人民的支持拥护。在文化出版上稍予放任，就是卡达尔一贯的政策。这一放任，匈牙利在文学艺术上就与西方世界发生了接触。

最近联合国文教组织发表了一个统计，显示匈牙利翻译出版西方国家的作品，数字比往年多有增加，以至使印刷能力有无从追随之苦。

举例来说，法国小说家萨特尔、柯克托、姚内斯科等人的作品，在匈牙利就很畅销。一家书店最近登出预告，说是即将出版美国诗人桑德堡的《论林肯》，以及一卷包括二十位美国作家研究的论文集子。

西方作品销数大都很好，相形之下，国营出版社出版的那些共产主义作品就有点呆滞。西方作品一好销，自然又刺激了本国作家企图做更为自由的尝试，匈牙利文教当局正在为此大伤脑筋。他们在想：这种自由化的尺度究竟应该多宽才对。

官方一直在劝促作家们以“社会主义的现实主义”写作，而且写得更“积极”一些。一家匈牙利报纸最近就在大声疾呼地说：照这样看来，不久党性坚强的作家恐怕就会以党的写作事业为可耻了。

匈牙利作家们现在最喜欢的题材是指出权力的腐蚀性，以及越俎代庖，在作品中议论起政治经济的问题来——讨论这些问题本来是党的特权，作家一讨论，党的威信就不容易维持了。

但是匈牙利政府在文化政策上不敢轻举妄动，因为一九五六年反革命的记忆犹新。局势是相当艰苦的。卡达尔政权目前的口号是：“不反对我们的人都可以是我们的朋友。”

罗马尼亚欣欣向荣

一九六五年八月二十二日

上月下旬罗马尼亚共产党举行代表大会，做出了两大决定：一是追认故书记德伊死后的七人领导集团，二是取消原来的“劳动党”名称，改称“罗马尼亚共产党”。初看这两大决定只是表面上的改变，其实意义深长。

改名的事情，乃是要把现在的共产党认为继承战前共产党的传统，故意无视一九四四与四五年间苏联红军帮助他们夺得政权的往事。罗共新的总书记梭塞斯古特别提出罗马尼亚社会主义者一八八〇年与恩格斯的联系，旨在指出罗共之取得马克思主义，是直接从源头而来，并非通过苏联而取得的。也就是说，罗共乃是国产，并非苏联的附庸。这一点表现在斯大林逝世之后罗共即故意地逐渐摆脱苏联控制，并且在中苏共的纷争中不做左右袒。这独立的新性格使罗共赢得了苏共中共两边的尊敬。

当然，单单力争独立是不够的，主要是罗共在德伊死后，能够维持内部团结。以往罗共也采取独裁制，由第一书记领导，现在则把原来的政治改成了主席团，主席团的七名委员天天开会，商量国家大计，而由第一书记改为总书记的梭塞斯古出面颁布一切决定。这七人主席团并且明白规定，领导人不能兼职，也就是把权力分开了，掌握党权的总书记不能兼握政权军权警权，不能独裁。这一分权有个直接的影响，就是任何一个主席团委员非给自己争取老百姓的支持不可。目前罗共领导人争取老百姓支持的法宝有二：一是独立自主，不事依傍，一是改善生活，放宽自由。这样实行的结果是老百姓的地位提高，提高到罗共领导人很难再把他们压下去的地步了。

然而使罗共领导人团结的真正原因乃是罗共的成功。罗马尼亚经济上相当落后，却有丰富的天然资源，能够自力发展，成为一个全面进步的工业国家。他们卖出天然资源，向资本主义世界买入最新的机器设备。一九六〇至六五年中，罗马尼亚的市场经济成长率是百分之十四点四。今后五年中，他们计划巩固前五年的成就，做更大步的迈进，他们的计划订得相当保守，却已经很了不起。

匈牙利人才外流

一九六五年十一月二十六日

在东欧各国中，边境管制最宽的是匈牙利。匈牙利西邻奥国，许多人民越过边界，逃到奥国，然后再由当地亲友协助，转往其他西方国家谋生。

这一两年，匈牙利放宽人民出国旅行的限制，几乎人人都可以申请到奥国去游玩。虽然去时是整车整车的游客，但回来时，却很少满座，不是有几个位子空了，就是减少了半车的客人。那些人都乘机在维也纳留下了。

据西方报刊报道：自今年秋天至今，不过几个月内，已有数万人从匈牙利逃到奥国。这个数目或许夸大了一点，但如果说数千人，大概相差不远。

数千人不是一个小数目，最要命的是逃到外国去的多数是知识分子，或是技术人员，他们自信有一技之长，到了人地生疏的外国去，也不愁揾不到食（编注：揾食，广东话，指谋生），这才大胆离开本国。

匈牙利全国人口一千万人，百分之六十以上是农民。知识分子一再逃亡的结果，将使匈牙利人才缺乏，许多工作无法继续，形成极大的危机。

同样的情形在英国也出现过，去年，英伦各报就叹息人才外流，许多科学家、大学教授贪图美国的入息好，研究的环境好，纷纷到彼邦去。但英国到底是大国，去了少数优秀分子还不算什么，匈牙利就不同了，他不能支持这种损失。

很可能，匈牙利将采取一项紧急措施，禁止科学家、教授、技术人员出国旅行，及恢复不准夫妇同时出国的办法。这一来，较为正常化的匈牙利边境措施又告绝迹了。

为基本上消除人民逃往外国的欲望，匈牙利政府保证给予更多民主的措施，明年的选举，允许人民为国民议会的每一席位提出不止一名竞选人。这使议会将增加约束和建议政府各项措施的权力。

布加勒斯特的传说

一九六五年十二月二十二日

罗马尼亚京城最近又传出消息，罗马尼亚可能与中共签订一个军事协约，规定两国在受到侵略的时候，互相援助。

据西德国际新闻社报道：这不能纯以谣言视之，很可能成为事实。罗马尼亚与北京的关系，一直在有增无已。今年，中共庆祝八一建军节，在罗马尼亚京城举行了一个空前盛大的庆祝会，邀请罗国军方首长参加。

但有趣的是，罗马尼亚的高级军官虽然全体参加了这宴会，却大多数是中共没有发出请帖的生面孔。原来就在八一前夕，罗军方大改组，党领袖将一切亲苏军事首脑调职，换上一批年轻人，中共未曾获悉，所发的请帖恰巧是被调职的一群。罗马尼亚政府不想叫中共失面子，仍令全体将军出席中共使馆的宴会。

新任罗陆军参谋长是佐基将军，他兼任副国防部长，是罗马尼亚党领袖索斯许的忠实追随者。佐基在中共宴会上说了一番善颂善祷的话。

罗马尼亚的军事领袖最近又曾到北京访问。这种种亲密的接触，使人觉得罗、中的军事协定不是全无可能的事。苏联自然会全力反对，但如果这军事协定成为事实时，苏联是无法阻拦的。因为莫斯科本身与中共的军事协约仍然生效，罗马尼亚领袖只要说一句，罗中军事协定是根据苏中军事协定而签订的，克里姆林宫领袖就会哑口无言。

这样一纸军事盟约，对于中共和罗马尼亚当然都没有实际作用，但在宣传上的作用却很大。在罗国方面，他表现了更大的“独立性”，令苏联更不敢轻视他。在中共方面，近来方遭受印尼事件的打击，而北韩对他也有离心的表现，如果新得一个罗马尼亚为军事盟国，则在声势上大有补助作用。况且，这对苏联是一个打击，何乐不为？

东德人民军

西德总理阿登纳

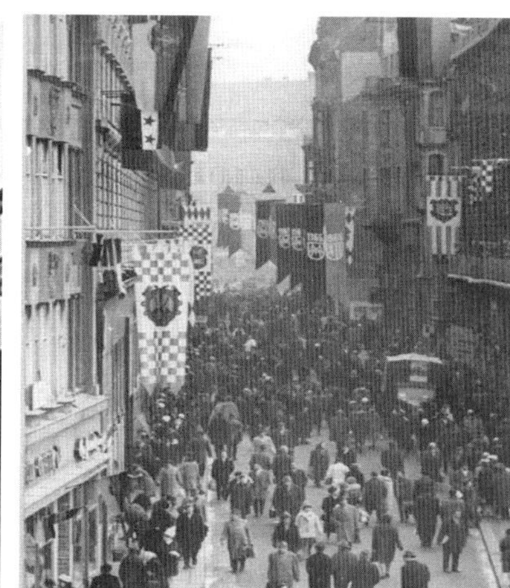
西德莱比锡街景

柏林墙

东西德：统一与割裂

东欧与西德的合作

一九六五年三月八日

东欧共产国家和西德的关系日益密切，这是一种不寻常的现象。如所周知，东欧国家和西德是没有外交关系的。共产国家且常视西德为眼中钉，将他骂得体无完肤。

但据外电报道，西德最近派出克鲁伯斯工厂的一名代表，去与波兰商订一项经济合作的计划。

西德与波兰的合作，可能先建立一个出产工业用品的工厂。因为西德与波兰没有外交关系，所以双方要签一协定，规定西德专家在波兰之合法身份，以及其本人与家属在波兰之长久居留权。

克鲁伯斯工厂已经派了一个考察团，在波兰的拉顿、卡多威斯及波斯南等地视察可能建厂的场地，该团亦将在较后时间访问但泽。西德方面对于建厂的唯一条件，乃是不得在波兰西境建厂，因为那一块土地在一九三七年是属于德国波恩政府，认为这是德国主权之所在地。

另一方面，西德克鲁伯斯工厂总经理贝益斯，正在美国，看看美国官员对这个计划的反应。他曾与美副总统韩福瑞、财长狄隆及副国务卿鲍尔等交换意见，他们都赞成这个计划。

在波兰方面，也有可以协助西德的，因为今天西德人工大感缺乏。波兰的学校毕业生正愁没有出路，所以在西德方面，人工问题可以解决，波兰方面，借此又可赚进一笔外汇。

东欧共产国家匈牙利，与西德也有一个相同的合作计划，匈牙利且同意西德商人，参加在布达佩斯举行的国际商展。

与波兰相似，这一套经济合作的计划，从农业起一直伸展至国营工厂；西德方面将提供蓝图及技术上的知识，另外还提供专家及器材，而匈牙利则提供厂址、建筑物及人工。

这种合作如继续发展下去，显然具有重大的意义。最低限度，它将减少东欧各国与西德间的敌意。在以前，苏联是决不能允许有这种合作的。说不定，这种合作的继续发展，会为战后德国问题的解决提供有利的条件，谁知道呢？

东德人民的生活

一九六五年三月二十二日

一个西方记者在十二年前到过东德，今年再到东德访问。他发现东德虽然在变动，但变得极少。比起外界的变化（例如西德）来，那是太缓慢了。

今天的东德，只能约略与十五年前的西德相比。在西德已经看不见大战的残迹，然而在东德则不然，像东柏林的许多地方，仍是满目疮痍，等待重建。

从战后到柏林围墙建立起来，这十六年中，东德人口一直在降低，一般估计大约有四百万东德人民，逃到西德。但是，最近四十个月来，逃亡的事件，比较少了，东德现在的人口，在渐渐增加，目下已有一千七百万人之数。倘使柏林围墙不造，相信现在东德的人口还不足一千五百万人。

柏林的围墙虽然引起全世界人士的攻击，但对东德却确有其好处。东德的经济，由于人口稳定下来，才随之而趋于健全，东德一位经济设计的官员道：“也就是这道围墙，稳定了我们的经济生活。因为，它已经解决我们的劳工缺乏的现象。在当初人们全去西德，劳工方面大起恐慌。”

东德人民的生活，几乎全由政府支配。报纸与电台，听不到真实的消息，一切全由政府控制，外面究竟发生什么，人民蒙在鼓里。在西德，人民热烈地谈论东西德统一的问题，认为这个问题与他们切身相关。但在东德则不然，几乎没有一个人考虑到这一点。

东德粮食配给，在前几年算是取消了。但是买牛油仍有限制，顾客要在指定的一家铺子内登记，以后永远在这里买，马铃薯与肉类，也是如此。你不能换到别的店铺去买，如果你没有登记，要买也买不到。

食品店子内虽然挂了许多香肠，但每人只能买到应得的一份，多买是不行的。东德的粮食店，在货色方面，比十二年前已大为宽裕。在种类方面，也比以前多。过去新鲜水果及蔬菜，根本看都看不见，现在则到处都有。

主要食品，如面包及马铃薯的价格，现在已经降低。其他物品则仍相当昂贵，奢侈品使人可望而不可即。二磅装的普通巧克力糖，合美金十元二角五分。咖啡通常是装在二两重的罐中出售，也是贵得惊人。

越共与东德的关系

一九六五年六月十四日

在东欧共产国家中，东德一直与越南共党维持相当好的关系。德国(东、西)虽以物资丰富和科学发达见称，但有一样学问却是要请教越南人的，那就是打游击的战术。

据东德称，约共有五十名越共专家在东德军队中做教练。但据美国情报显示，则大大不止此数，最少有二百名，包括越共和北越的正式军官。这些越南人以他们过去对付法国殖民政府和现在对付美国人的经验，传授给东德军队，以备将来之用。

用来做什么？自然是对付西德。东德当局觉得，除了地域不同之外，东德与北越有很大相似之处。两个国家都被划分成两块。要取得统一，虽不一定要通过武力，但也很可能要使用武力。因此东西德都在加强武装，不敢懈怠。东德之学习游击战，自是为了渗透西德之用。

在东德，已设立一种特种军队，这个单位很似美国的特种部队，选择军队中的精锐分子，授以海、陆、空和适应各种环境的作战技术，包括爆破、宣传、煽动、打游击等等。这些兵士每人都要成为一个全才，随时用降落伞、小艇送进敌区活动。越共以其多年做游击战、间谍战的经验，成为这种特种军队最好的老师，为了投桃报李，东德不断以新式武器供给越共游击队。此外，东德也有专家在越南，不过所教的乃是使用新武器的技术而已。

西德对东德的一举一动无不小心提防。这两年，东德对西德的宣传大有增加，据估计，每月约有一百万份宣传品派在西德青年和军队手上。此外，东德有两个电台，专对西德军队播送。这显示东德当局对西德部队有很大的戒惧，并企图用各种力量涣散他们的士气。除了明显的宣传外，东德还加强地下人员的“出击”，西德和美英当局，对此大感头痛。

法美二国的歧见

一九六五年十二月十三日

今天欧洲的问题，主要是德国问题。德国能否统一，不但对德国人本身影响重大，对欧洲、对世界也是影响重大。

西德作过一次民意测验，显示百分之八十的德人都将东、西德统一的问题，看得比世界任何其他问题为重。

假使东西德能统一，美国和苏联的关系必将进一步提高，欧洲的和平气氛也会大大加强。

现时，美国和法国对德国问题的看法并不一致。这是戴高乐和华盛顿主要的分歧点。美国要武装西德，把西德拉进北大西洋的盟国核子俱乐部，至于统一问题，则是等待苏联在东德的影响力崩溃。这近乎一种奇迹，但美国人确在等待着。

法国主张西德摆脱美国的关系，不参与军事联盟，而与法国组成核心，促进欧洲的团结。戴高乐以为这是和平取得东西德统一的道路。

美、法二国各以自己的主张去影响波恩政府，到目前为止，西德当政者是同意美国的看法，先走武装的道路。

美国计划在西德装上中程飞弹，其射程可以直达苏联，这是令克里姆林宫吃惊和不满的消息。因为到目前为止，西德的武力还不能威胁苏联，但一旦装上飞弹后，苏联就在德国火箭的笼罩下。这比美国武装十二个西德师的工作，更使莫斯科感到头痛，到今天为止，苏联人还未忘记遭受德军蹂躏之苦，像许多其他欧洲国家一样，他们最怕一个侵略性德国的复活。

可以想像如该等飞弹装上西德领土，苏联将更不愿放弃对东德的控制，而益发增加欧洲冷战的气氛。欧洲的和平与团结将永难出现。

戴高乐一直觉得，武装西德是多余的，因为真正吓阻苏联的是美国的核子武力，而不是大西洋公约。

如果戴高乐今年再当选总统，他可能行一着“怪招”，同苏联订立“联盟”，作为对“美、德”联盟的抗衡。

美军占领多米尼加

古巴的卡斯特罗和苏联的赫鲁晓夫

周恩来总理同古巴的格瓦拉见面

拉美：危机与军政

古巴讲究节约

一九六五年一月十七日

上星期，古巴庆祝革命六周年，人民聚集在夏湾拿的广场上，再度为卡斯特罗欢呼。不过，这一次的庆祝情绪似乎不像以前的热烈，国庆行列比以前缩短了许多，只走了三十五分钟，以前是一个半钟头。当军队列阵经过时，只有苏制的大炮、坦克和米格廿一飞机。这些武器都是去年陈列过的，一点也没有新的气息。

卡斯特罗在讲话中解释："国庆行列不宜太铺张，那是浪费，我们应当尽量节约，一切以经济为前提。"

这种口吻，在卡氏来说实是前所未有，一年前他还说过，"古巴的经济前景空前美好，是美洲半球中最好的国家"。但他的说话讲完不久，世界糖价就一再下跌，从每磅十一仙跌至二点六仙，给予古巴极大的打击。

古巴是以产糖为主的国家，去年的成绩却不如理想，产量不及四百万吨，较之一九六一年减少了三分之一以上（一九六一年产量为六百八十万吨）。在此时期，古巴向英国买了许多巴士，向法国买了许多汽车，将国家的存款都买干了。现在古巴像个穷光蛋，四壁萧条，几乎什么都缺乏——食物、衣服、交通、医药。每年向苏联拿到三亿美元的援助，倒像一剂强心针，然而也仅止于"强心"的作用而已。

不过，卡斯特罗有一个好处，他到底能够面对现实了。几个月前，他公开承认政府人员充满各种缺点：经验不足，能力不足，不负责任。他声言要开除那些官员。同时，老卡决心放弃他的狂妄的工业化计划，将糖业重新置于古巴经济的首要位置上。今年十一月前后的收获，对古巴糖业有决定性的作用。卡斯特罗号召人民不顾一切，争取最大的丰收，上星期的游行中，出现这样的标语："在蔗糖收割上打胜仗，就是在古巴经济上打胜仗！"

卡斯特罗说："我们要尽可能单独打好这一场仗。不求别人把科学头脑和革命色彩输出给我们。"这句话似乎是针对苏联而言。卡斯特罗要保持政治的独立，宁可束紧腰带挨饿。他说："有哪一党要强迫我们走他的路子，我们不会接受。"

古巴在精神上似乎与中共更为接近，最近又签订了一项贸易协定。然而与苏联谈了三个月，却还没谈拢一九六五年的贸易协约。

多米尼加的新闻人物

一九六五年五月十七日

多米尼加的危机到现在还没有解决，美国建议，由敌对的双方先聚首谈和，组织一个临时政府，到局面安定后再举行大选。但这办法显然没有被双方接纳。

在这次事件中，出现了一个新闻人物。他是“叛军”的领袖卡曼诺（Col.Caamano），有人称之为“多米尼加的卡斯特罗”。事实上，他与卡斯特罗是颇有不同的。他坚决否认他的军队中有共党分子存在。而他本人自然更不是共产党。

卡曼诺是美国军校的学生，今天他却与美国军队在作对，这是意想不到的事。一九五四年，他在多米尼加海军服役时，曾到美国加州接受两栖作战训练。卡曼诺今年才三十二岁。除了很有军事天才外，他还精于各种运动、球类、游泳和狩猎，他永远显得精神饱满，得到他的友侪们的喜爱。

卡曼诺的政治经验虽然很少，但军事经验却是很丰富的。他在海、陆、空军都担任过要职。一九六二年冬天，他领兵与西南部的农民作战，受过伤。当时的农民被认为隐藏有共党分子在内。

卡曼诺性情乐观，敢于身先士卒。上月廿七日，他的部队受到维辛将军的军队攻击时，他曾亲自持枪作战。说起这个维辛将军，与卡曼诺也有一段因缘。几个月前，卡曼诺在警察部队服务，参与一项推翻他的上司的计划，没有成功。后来，这上司要对他报复，却由维辛将军出面救了他，把他调到空军任职。想不到现在维辛的军队却与他的军队又成了敌对者。

照目前情况看来，多国局势还有一段时间僵持，卡曼诺似乎能得到民众的拥护。有人说，共党分子虽然没有公开露面，但却在暗中发动民众支持他，待卡曼诺成功之后，才乘机赤化多米尼加。其情况有如古巴一样。古巴革命初期，也没有人能看出，它会一边倒地倾向共党的。这说法未尝没有一点道理。

多事的美洲

一九六五年五月二十五日

自古巴赤化之后，美洲就不再是一块纯净的非共的土地。现在多米尼加的内战一直不能停止，时刻有成为第二个古巴的危险。中共的报章在批评多米尼加事件时说："像这种事情还会陆续在其他美洲国家发生。"美总统詹森不久前在议会演讲，也说："我们几乎面临另一个美洲国家的革命，虽然结果没有爆发，但情报人员向我透露确有这么一回事。"

詹森没有提出这个国家的名字，但许多人立刻得到一个结论，那是哥伦比亚。《纽约时报》的一篇社评命题就是"现在又轮到了哥伦比亚?"。

哥伦比亚是南美洲西北端的一个小国，它是唯一与中美洲接壤的国家。人口有千余万。国家经济以咖啡为主，但近年来情况很糟糕。人民失业者众，盗匪公然出没，打家劫舍，杀人掳掠，无所不为，政府官兵毫无办法，有时盗匪连城市也予以占据，洗劫数天后才离去，官兵还没有开到。

在这种情况下，共党要活动，当然是极其容易的。据哥伦比亚统计，该国的共党武装共有五百人。事实上真正有多少，就没有人知道。当地的武装盗匪，自然很容易被共党同化、收买，而逐渐成为赤色分子的。

哥伦比亚有两个政党，一个是保守党，一个是自由党。这两党交替掌管哥伦比亚政府。现任总统华伦西亚是保守党人。下一届总统也许是自由党的候选人，但还有两位将军虎视眈眈，一是前任国防部长诺维亚，一是前任独裁者平利拉。除了共产党的渗透外，各种危机的因素甚多。

总统华伦西亚最近说："我相信在一九六五年过去之前，哥伦比亚一定要发生一次共党大叛变。共党的因素不仅是外来的，而且在政府阶层中，到处都有共党分子。"

不过，华伦西亚是个乐观的人，他自信可以渡过危机，直到他本届任终为止。美国政府也作最好的打算，希望他有这种能力。

卡斯特罗穿避弹背心

一九六五年七月十二日

古巴虽然赤化了多年，但从外表上看，变化得还不大。这是美国记者傅兰西在夏湾拿访问三星期后的感觉。

夏湾拿街头宁静，唯一带点特别的是卫兵很多。每一座大建筑物都有女兵荷枪实弹守护。一个女兵对美记者说：“如果你走进这座大厦而不停步，我的子弹是毫不容情的。最好是在走进每个地方前先问一下。”

郊区的情况也不例外，特别是有战略性的海滩，总少不了卫兵的影子。前些时，美国派兵登陆多米尼加，曾引起夏湾拿的紧张。卡斯特罗推测美军下一步就向古巴动手，调动大军在海岸布防，直到最近才略为松懈。

卡斯特罗据说在青色军服下加穿一件避弹背心，以防他人行刺。他经常佩带一支九毫米口径的自动手枪。但他的脾气有点像戴高乐，不大担心他自己的生命，经常在闹市、工厂或农田停下来与人民闲话，他的保镖们有时跟不上他，感到十分为难。

或许是这种个性，使他仍然颇受人民的爱戴。古巴人都向外人夸耀说：如果没有卡斯特罗的精神感召，甘蔗的收割不可能在上月雨季来临之前完成。原来卡斯特罗与他的内阁官员们一齐下放，在蔗田里工作，激励成千上万的志愿者自愿出力协助。

自从古巴将经济的主力从工业移回到蔗糖之后，后者的产量已大有增加，从去年的四百万吨增至今年的六百万吨。卡斯特罗立刻回头，不失为明智之举。但糖价大跌是致命伤，由每磅七仙跌至二仙，使古巴的收入实际上仍比以前减少。

古巴目前有百分之六十六以上的贸易是与共产集团达成的(其中苏联百分之四十五，中共百分之十二)。有人担心，古巴的经济如果不能独立，始终只是苏联的附庸。

西方国家驻夏湾拿的外交家们推测，卡斯特罗有意与美国恢复关系，他可能对革命后的政治趋向极端的赤化有点后悔，实情是否如此，外人就不得而知了。

阿尔及利亚首任总统本贝拉

周恩来总理访问坦桑尼亚

南非黑人反对种族歧视的示威游行

坦桑尼亚总统尼雷尔

非洲：内争与外斗

被扣留卅一天的女记者

一九六五年一月二十五日

南非是今天世界上最野蛮而不民主的国家之一，对黑人歧视之烈，为全世界之冠。在南非法例上，有一条是政府可以不经起诉手续将任何人拘留达九十天之久。约翰尼斯堡星期时报的一位女记者玛嘉烈史密夫便在这种情况下无辜地被关了三十一天，上月始获释。她沉痛地写了一篇记述，描写被拘留时的各种情况。

她被囚禁的小牢房深四步，阔四步，这是她天天在牢房里数来数去的答案。墙是极高的，给人的感觉像掉在一个深深的井底里，爬不起来。

在她头上数尺之处，有一个布满铁柱的小窗，如果她睡在床上，用手指攀着窗沿将身子挂起，可勉强看见一丝外面的天地，例如一个戴着帽子的警察的脑袋，一双行人的腿……

她是受着优待的，因为她随身的用品被获准带进牢房里。可惜她的表停了，没法知道时间的迁移。一天二十四小时漫长得像一年。每天只有三个时间她能够与“人类”接触，那是警察把饭端进来的时候，为时是三十秒钟，一天合共九十秒钟。送饭人一离开，她的心就感到一沉，那脚步声一步一步远去，她仿佛在这世界上被人遗忘了。

每隔十天，她获得审问一次。她多么渴望这个日子的到临，那时候，她可以再看见人影，再听到人的声音。然而，当审问继续下去时，她又盼望着回到那寂静的牢房里，不愿看那些高傲的自以为是的令人憎恶的面孔。

日子关得越久，她的神经越转向变弱。她发现她自己失去成年人的矜持，常常大叫大嚷，像小孩一般。她不会记忆，对于脑海中常常浮起的最熟的人影，也会忆不起他的名字。

直到今天（出狱已达一个月），她仍不能安静地坐下来看一本书，做一件女红，甚或看完一张报纸。

这就是一个女人在莫名其妙的情况下所受到的损害（她并没有罪名，扣留她是为了作证）。要注意，她是一个白种人，而且是西方民族尊重的“女人”，更是一个高尚的新闻记者，然而仍然受着这样深的迫害。倘使她不具备以上的优越条件，而且是一个黑人，那情况你能想像吗？

美国与刚果

一九六五年二月十五日

刚果有许多与越南相同的地方，因为美国人在越南吃的苦头太多了，他们在刚果也战战兢兢，极力避免使它陷入越南的覆辙。

一个美国外交人员说：“刚果问题是整个非洲的问题。要使非洲不落入共党手中，首先是使刚果不落入共党手中。”

刚果是非洲最大、最富有的国家之一，然而却是被殖民统治者弄得最糟糕、最混乱的国家，自从独立至今，还没有宁静过一天。现在，由冲比领导的刚果政府，并不是一个很得人心的政府。各地受共党支持的反政府军队的干扰，战事时断时续。

美国人不敢派兵到刚果协助政府军，一个华府人员说：“如果我们增兵，对方也必采取相同的步骤。这徒然引起与越南相同的不幸局面。”但这并不是说，美国对刚果是不重视的，事实上，华盛顿的决策人士将刚果视作今天世界上头等重要的问题。

美国给予刚果的援助，现仍限于军械、飞机与金钱，自一九六〇年七月起，美国共用了五亿美元在刚果身上，主要是协助联合国军在刚果维持秩序时的支出。

除了视刚果作为一个反共堡垒之外，美国人也视刚果为一个“典型”国家，它的成功与失败，是其他非洲国家的一个好榜样。

美国对刚果的政策可用一个字代表——“拖”。拖的目的是维持现状，美国明明不满意这现状，但是却宁可保留这现状，好过让共党占先。美国寄望于十年之后，让目前在刚果受教育的一批青年产生出一个强有力的领袖，同时，产生一个有效的政治领导阶层。

刚果总理冲比与美国人相处不很融洽。例如，美国建议冲比起用有名望的刚果旧人如阿杜拉和邦布古等，以增加现政府的声望，及减少其他非洲国家对冲比的敌意。但冲比不肯采用这个建议。

美国又建议冲比在使用雇佣兵时，不要用有种族歧视的南非人。但冲比照用如仪。

美国不满意冲比的一举一动，但却不得不支持他，这就是“拖”字诀的体现——一切为了维持现状。

南北苏丹　各有千秋

一九六五年二月十八日

英女皇最近到苏丹访问，使这个非洲国家的“临时政府”得到一个喘息的机会，忘掉它所面临的政治危机，扮演一个好客的主人。

苏丹位于非洲东北部，埃及之南。面积很大，约等于埃及的两倍半，但以前却是埃及和英国的属地。英女皇访问苏丹，主要是由于这种关系。

苏丹的现任政府是一个过渡政府。自从阿布德的军事政权垮台以后，这个临时政府即上场收拾残局。但它本身相当脆弱，轻轻碰一碰就会解体。目前它能否保持到今年四月以举行一次大选，是一个问题。

这两个月如果要平安度过，必须苏丹的政治家们捐弃成见，处处以大局为重。然而苏丹的真正问题还不在京城的政客斗争，而是南北苏丹的分歧。

苏丹北部由回教徒控制，南部却是非回教徒的地区。这些年来，南苏丹一直要求独立或自治。为了这个目标，打过几次激烈的内战。

大抵北苏丹的政治家们认为这种反抗是很难压下去的，因此已开始屈服，初步答应让南苏丹自治，组织一个联邦式的南北苏丹政府。

南苏丹的政治家也不为已甚，表示只要能够自治，他们对中央的权力就不会做更多的要求。但有一点是必须中央政府做到的，那是让苏丹退出“阿拉伯同盟”，却保留“非洲团结组织”的成员的资格。

退出阿拉伯同盟是北苏丹政治家们最头疼的问题。南苏丹的要求是为了害怕回教的势力过分壮大，控制全国。北苏丹刚好相反，他们也害怕南苏丹的基督徒势力北侵。

宗教对一个国家的影响是如何重大，由此可见。苏丹当前之计，是建立一个完美的政制，令南北两邦同时受到平等的待遇。谁想得到这样一个办法，谁就可以成为苏丹的英明领导者。

中共与桑比亚铁路

一九六五年三月十七日

在非洲，有一个问题影响甚大，波及十余国，包括英葡等西方国家。那便是桑比亚铁路修筑的问题。

桑比亚位于非洲中心，四周为陆地环绕。这个小国家最近始独立，以前是英国殖民地，称为北罗得西亚。

桑比亚是世界第三个产铜丰富的国家，它的唯一经济依赖便是铜的出口，每年七十万吨，值四亿二千万美元。这批铜矿照例是乘搭火车，东经英属地南罗得西亚及葡属地莫三鼻给出海；或是西经刚果及葡属地安哥拉出海。

不论向哪一头，这批铜产都须经过白人统治的殖民地，而且要损失一大笔运费，桑比亚十分不想。早在桑比亚总统康达竞选的时候，他就向人民保证，必须由本国建设一条铁路，向东北经坦桑尼亚出海，不再依靠白种人。因为坦桑尼亚也是黑人自治的国家，利润不会外流，而运费也大大减省。

人民欢迎这个计划，还有另一个重要的原因。桑比亚人口三百五十万，有百分之九十的人在失业中，如有一条铁路兴建，可以解决不少人就业的问题，且增加桑比亚的繁荣。

有百利而无一害。问题是，钱呢？建筑费用由谁支付？西方国家是不会支持的，这直接影响到英、葡二国的利益。敏感的人士不免想到中共身上。伦敦各报都以重要的篇幅刊登过类似“中共会资助这条铁路吗?”的新闻。但桑比亚与坦桑尼亚二国均否认中共将参与其事，虽然他们没说，是中共尚未向他们建议呢，还是他们未向中共要求?

建设桑比亚—坦桑尼亚铁路，需费一亿三千五百万美元，如果这笔款项是向世界银行支借，还要付出利息二千万元。在一九九〇年以前，这条铁路所赚的钱不能抵回它的建筑费。此外，联合国也建议桑比亚放弃这一计划，不如将同样的气力放在其他建设上。

这条铁路倘使修筑成功，南罗得西亚、莫三鼻给等地的铁路等于失去作用，人民收入锐减，对于该地的经济是一个极大打击。

那么，到底应不应该修筑呢?这就是一个极大的问题了。

三块不同的非洲

一九六五年四月三日

新的非洲分成两个集团，一是亲共集团，一是亲西方集团。

打开非洲地图一看，发现一种颇有趣的现象，自北至东出现一条相连的环带，这一批国家都是亲共的(或在感情上反西方的)：马里、阿尔及利亚、利比亚、阿联、苏丹、索马利、肯尼亚、乌干达、坦桑尼亚、桑比亚。

非洲的西部和中部是亲西方集团的天下：毛里塔尼亚、塞内加尔、干比亚、利比利亚、上伏特、尼日利亚、喀麦隆、尼吉尔、乍得、刚果(利奥波维尔)。

不过在非洲西部海岸还嵌有两个主要的亲共国家——加纳与另一个刚果(布)。

至于非洲南部则仍是未翻身的殖民地，南非联邦、安哥拉、罗得西亚、莫三鼻给等都是欧洲人的势力范围。

由此可以得到一个概括的印象：非洲分成三区等于一个形，东一块亲东方，西一块亲西方，南一块是殖民地。但要真正地分清楚谁是亲共国家，谁非亲共国家，却也不是易事。因为有些国家是两边倒的，在某一问题是如此，某一问题又如彼，很不稳定。

由三十六个国家组成的非洲团结大会就是一个相当混乱的组合，最近一次在肯尼亚首都开会，什么问题都不能通过。当左翼国家的眼中钉、刚果总理冲比发言时，遭到许多意外的打击。肯尼亚外长一度呼吁主席制止冲比这“煽动家”的发言。

但冲比却取得了一次胜利。在要求非洲军助他剿平左翼“叛乱”时，他获得十五票的支持，虽然未获十八票的合法票数通过，却表示有许多国家支持他。而左翼国家也未能通过任何一条对他不利的提案。

葡萄牙的努力

一九六五年四月十日

在非洲，英国和法国的殖民地大多数已获得独立了，只有葡萄牙的殖民地却仍“原封未动”，保持着老样子。

其中的原因很多，主要当然是葡萄牙不肯放弃这些殖民地，但还有一点可以解释的是，葡萄牙人在非洲表现的优越感较之英法为小。在葡属安哥拉及莫三鼻给等地，葡国人多与黑人通婚，不以为嫌。有一句话这么说：“在非洲的葡萄牙人血管中，多少总可以找到几点黑色的血液。”

葡萄牙人愿意在殖民地居住，为的是他们的“老家”不见得比殖民地为好。葡萄牙南部人民十分贫穷，这些人多数向非洲移殖，到非洲后，他们也拿不出多大的“优越感”来。

在葡属非洲的许多城市，黑白比邻而居，相处得还算和洽。当美国歧视黑人的消息传到葡属非洲时，当地人很为惊讶。他们不明白在自称民主的美国，也会发生那么严重的种族歧视问题。

葡萄牙很有自知之明，他们不愿意失去这些殖民地，除了加强统治之外，唯有对待黑人好一些。这两年，葡萄牙正推行非洲徙置运动，目的是将黑人与葡人更密切地打成一片。在徙置区中，每一千个家庭，有五百个是黑人的，五百个是葡人的，他们与葡人享受完全相同的条件，去开垦肥沃的农场或富有的矿山。在这些地区完全开发的时候，将构成一个个新的小城市，而葡人与黑人在辛勤的劳动中，也将培养成一种新的感情。

这计划未知能否实现，但最少表示葡国人确是努力为他们的殖民地在苟延残喘，能够多留得一个时期是一个时期。不过时代的洪流在进展，恐怕也留不得多久了。

阿尔及利亚的新人

一九六五年六月二十四日

上星期六早晨，阿尔及利亚的政府电台忽然制造出一种紧张的气氛，该台在四个钟头内，不断播送进行曲，间中停歇一下，宣布说:“即将有重大新闻报道。”

果然，到了中午，惊人的消息宣布了！四十八岁的阿尔及利亚总统班贝拉被军队赶下台来，政府的一切事务暂由一个“革命委员会”执行，这委员会的主席是四十岁的国防部长鲍麦迪恩。

这次政变之前，几乎没有一点朕兆。班贝拉一直大权在握，人民把他当作英雄的偶像。在政变之前两天，班贝拉还对他的政权满怀信心地说:“阿尔及利亚从来没有像现在一般团结过。”现在看来，他是错了。

政变进行得相当迅速。午夜，一队苏联制的坦克车开到市中心的邮政局，将之占领。以后，陆军逐步控制无线电台、警察局和飞机场。坦克车停在主要交通路口监视着。在海港上，四艘苏联制的鱼雷艇在打圈，遥遥响应陆上的行动。

大约在凌晨三时三十分，军队开向班贝拉的寓所，全部武装的士兵用迅雷不及掩耳的手法，将守卫人员缴械。以后，屋内发生争执之声，但真实情景如何，外人不得而知。

到黎明前后，一切恢复平静，除了市面有军队和坦克巡逻外，各行商号照常营业，就像没有发生什么事情一样。

军队发表公报，宣布此次政变的目的。他们反对的是班贝拉本人，而不是班贝拉的政府，因此班贝拉下台后，一切将仍照旧执行，对外政策不变。至于班贝拉的“罪状”，则除了被指责独裁、刚愎自用之外，还缺乏领导国家的能力，政府无能，致经济落后，失业人数众多。还有一个重大原因，公报上没说，大概班贝拉常与军人闹意见，并企图削减军人的力量，使他们发生恐慌。

新强人鲍麦迪恩为人如何，外间还不大清楚。年轻时期，他在开罗受过教育，对共产主义颇为向往。据说他是毛泽东和古巴卡斯特罗的崇拜者，还出口指责过“美帝国主义”，其他就不大清楚了。

新政府的态度大概在两三个月内不难显示出来。

阿尔及利亚的谜

一九六五年七月六日

阿尔及利亚政变至今，鲍麦迪恩政府的态度还是一个谜。最主要的是：不知它骨子里是亲共的还是反共的。

在前总统班贝拉执政时期，阿尔及利亚与共党国家的关系搞得相当好。从中共与印尼都愿意亚非会议在阿国京城召开，可以想见。

鲍麦迪恩上台后，首先对他发出尖锐指责的是古巴。

古巴总理“大胡子”卡斯特罗毫不含糊地说：阿尔及利亚政变是对革命政权的反叛。他又说：阿尔及利亚外长布菲力卡是右派分子，是“社会主义的敌人”。

他虽然没有正面指责鲍麦迪恩，但须知外长布菲力卡是鲍的左右手，也是这次政变的第二号人物。对他的攻击不啻是攻击鲍麦迪恩本人。

阿尔及利亚对古巴的态度很愤怒，据说即将与之断绝外交。但古巴新闻社驻阿京的代表却说：这事不会实现，因为阿尔及利亚人民崇拜卡斯特罗，新政权不敢采取断然的行动。

在政变发生的一天，古巴派驻阿国大使索加拉恰巧去了巴黎。他在政变的次晨匆匆赶返阿尔及尔，并请求新政权保证前总统班贝拉的安全，但被拒绝。三十个小时后，他飞到夏湾拿亲身向卡斯特罗报告阿京情况。

古巴新闻社的记者不久又要求阿新政权允许他们与班贝拉见面，即使是相隔一段距离也好。目的是证实班贝拉的安全，但这要求也被拒绝。

卡斯特罗耐心地等候了六日，以观察阿京的局势，终于认为对班贝拉的安全的要求已经无望，乃发出猛烈的攻击。

这是共党国家对阿尔及利亚指责的第一声，至于中共与苏联对阿新政权的态度又如何，明天再谈。

共党与阿尔及利亚

一九六五年七月七日

昨天说过，共党阵营与阿尔及利亚的关系变化得很微妙。

阿国政变之后，最快表示承认的是中共。这虽说中共是为了顾全亚非会议而做出决定，但其应变之速，毅然决定之迅捷，确较他国厉害得多。老实说，在中共承认阿国新政权的地位的时候，阿京局势还未十分澄清。鲍麦迪恩是亲共的还是反共的，没有人敢于肯定。在这短短的时间内，中共定然做了相当复杂的权衡与取舍。

为了要使亚非会议如期召开，中共几乎什么都愿做，因为这是中共能够参加的唯一“国际性组织”，而在这组织里中共以大阿哥的姿态出现。中共想排除苏联以至印度，而成为唯一的领袖国，并在这会议上达成谴责美国的协议。

但这会议最后还是延期了，中共的失望可想而知。

与亚非会议遭到差不多命运的是原定七月在阿京召开的“世界青年大会”突然宣布取消。这是一个共党阵营发起的大约有二万青年参加的盛大联欢会。

亚非会议延期，虽然使苏联感到一阵快意，但班贝拉的倒台，却使苏联不敢乐观。以前在班贝拉身边有一大批亲共分子，经过此次政变后，都先后失踪。有的逃了，有的被捕，有的转入地下，总之，共党原先积极打入阿政府各阶层的计划已经失败。

鲍麦迪恩本人据说是毛泽东的崇拜者，这种特性是否使他将来对中共的态度好过苏联，不得而知。但目前这个政府将较班贝拉的政府为不亲共，已可断言。

不过，鲍麦迪恩也不会一下子投入西方的怀抱。从他昨天发表的第一次政策演说看来，阿政府将采取一种谨慎的不结盟的态度，但在经济上则较为现实，多与西方国家合作，特别是法国。

若要肯定地说阿尔及利亚有什么变化，大概还要观察一个时期。

共党势力三角斗争

一九六五年七月十日

非洲一直是世界各大势力角逐的地区。以前，殖民主义者将之瓜分。自近年非洲人开始觉醒及争取独立后，这里又变成东西势力冲突的地盘。代表东方的是苏联，代表西方的是美、英等国。但时移势易，今天在非洲斗争得最激烈的不是美、苏，却是中共和苏联。在另一方面，东欧共产小国也形成一集团，与中苏在对抗。

大约在五年前（一九六〇）是苏联最满意的一年。那时候，莫斯科充满了自信，以为非洲的新兴势力地区将任苏联人驰骋，一年后，苏联开始发觉这想法的错误，非洲有各种不同的民族和国家，要用不同的手法去对待。

就在这一年（一九六一），中共忽然参与非洲的角逐，一出手就是十分豪爽，贷款二千五百万美元与几内亚，不收利息。至一九七〇年摊还，但一九七〇年如果不能还钱，可以拖到一九八〇年为止，条件可谓宽厚之至，无以复加。

较之苏联如何呢？苏联贷款与非洲国家，一般收利息二厘半，十二年内还钱，这种条件当然不能与中共相比。

自此之后，中共与苏联在非洲的“冷战”即告开始。初期，中共显出占了很大的优势，因为他们在对待非洲的各种特殊情况上更为细致，对于各种革命运动的支持，反应更为快捷。因此，他虽然在物质上的付出较苏联少，但收获却远较苏联为大。

不过，中共这种优势也占不了多久，他对世界革命的热心，很快就使非洲国家担忧。不错，这些新兴国家当初曾经发起革命，赶走殖民主义者，组成今天的政府。但现在，这些革命家已当上了政府的首脑，他们亟需保持现状，倘使再革命的话，无非革掉他们的命而已。以此之故，他们都不敢接受中共过分慷慨的援助，以免惹来他日的烦恼。

除了中苏的对抗外，东欧共产国家像匈牙利、捷克、波兰等，也不断发展与非洲的关系；他们并非为着政治，而是为了经济，与非洲通商对他们有利。有时这种行动与中苏发生直接冲突，他们也在所不计了。

由于亚非会议延期，据说中共急于在其他方面挽回面子，他可能贷款七千万英镑与非洲国家建筑桑坦铁路，这一笔数目合港币一十一亿二千万元，如是一次过借出，不可谓不豪了。

叛国命运如何

一九六五年十一月二十八日

英联邦的叛国罗得西亚，自宣布独立后，各有关方面还没有什么行动。到现在为止，没有流过一点血。英国政府声明，他暂不会派军队前往非洲作战。那么，英联邦国家又如何呢?

最表示关心的自是非洲的英联邦国家，这些国家的领袖特别同情罗得西亚境内受压迫的黑人。他们已请求联合国派兵往罗得西亚主持公道，并表示如果需要，他们愿意出兵出力。

以下是非洲各英联邦国家领袖的态度：

加纳　加纳总统克鲁玛愤怒地指摘英首相威尔逊出卖了罗得西亚的四百万黑人，如果英国不设法解决这问题，英联邦的团结可能因此瓦解。克鲁玛表示：不论是联合国出兵、非洲国家组织出兵或英国出兵，加纳军队都将任开路先锋。

尼日利亚　尼日利亚有四千万人口，是非洲的大国之一。尼国总理巴里华，现年五十三岁，他的强硬态度出乎一般人的意外。他说：“反叛就是反叛，仅用制裁的方法是不能解决问题的，一定要强硬对付。”

怯尼亚　怯尼亚的高龄总理肯耶达（七十六岁）不肯承认罗得西亚，指它是不合法的、有种族偏见的政府，但不强调出兵进袭。肯耶达有四个老婆，其中之一是英国人，在他留学英国时讨的。

有人说，这位太太对他影响很大，使他对白种人较为友善。

坦桑尼亚　坦桑尼亚总统尼雷尔表示愿意派他的小量的受中共军事顾问教导的军队，在非洲联合军的旗下与罗得西亚作战。

赞比亚　与罗得西亚比邻，它的铜矿须依赖罗得西亚出口，电力也须依赖罗得西亚，军队由罗得西亚的白人训练，关系之深，无以复加。但赞比亚总统康达表示，已陈兵边境，如果受到威胁，即以牙还牙。

马拉威　马拉威的“神童”总理班达（十二岁步行千里到南非求学），是唯一反对使用军力对付罗得西亚的领袖。他以为罗得西亚的白人军队在非洲可以所向无敌，但他表示在精神上支持英国对罗国的制裁。

刚果政变的笑话

一九六五年十二月九日

非洲的刚果，最近发生了一次政变。这次政变有许多笑话和谜一般的事情。

笑话之一，是在政变发动之初，刚果京城人人都知道这一件事。不但知道，而且好几天前就知道了。大家都说："某月某日，武保杜将军会发动政变，推翻卡萨武布总统。"奇就奇在，人人都知道这一次政变，京城却没出现一点骚动。

笑话之二，被"革命"的对象卡萨武布自己也知道这一政变消息。不但知道，而且好几天前就知道了。他似乎一点也不介意，安安静静地等到政变那一天把政权交出来。如果说他不愿意这样做，以他身兼陆军总司令的身份，大可以下令军队加以防备。何以完全不采行动?

一个推测是，他根本调不动陆军，兵权全部操在武保杜将军手上。所以他虽然得悉政变的阴谋，也只好乖乖地接受命运的安排。

但就算如此，他也可以用其他方法做一次挣扎，或再不济，也可以逃亡。如果不逃亡，不妨漂亮一点，公开宣布让位与武保杜。然而他都没这样做。

于是另一个更怪的推测产生了：卡萨武布可能在自己革自己的

命，他参与了这次政变，推翻了他自己。

这听来十分无稽。但在落后的非洲也不是全无可能。一九六〇年当卡萨武布与已故总理卢蒙巴争夺政权的时候，就发生过类似的事情。

这假定是：卡萨武布与武保杜串谋，推翻了他自己的政府，由武保杜出面另组内阁。而卡萨武布则退居幕后。但他这样做有什么好处呢？一点也看不出来。

如果武保杜的政变，是反对卡萨武布的，则下刚果可能发生叛变，因为那一带是卡萨武布的势力所在；如果武保杜的政变是削弱退职总理冲比的影响（冲比最近有重返政坛的迹象），则卡坦加省会发生叛乱，因为卡坦加是冲比的“基地”。但到目前为止，两地都没有什么不安。

谜！一个接一个的谜，叫人难以回答。

非洲国家的绝交

一九六五年十二月二十七日

罗德西亚背叛英国的问题，现在还是一个僵局。但所产生的后果，已相当严重。以前，人们关心的是英工党政府会不会令罗德西亚的反叛政府垮台，现在人们却关心罗德西亚会不会令英工党政府垮台了。

早在本月初，非洲团结组织的三十四个国家向英国送出一封最后通牒：限期英国在十二月十五日之前，粉碎罗德西亚政府，如若不然，则将与英断绝关系。

到了限期的前夕，坦桑尼亚总统首先表示，他将遵照决议行事，果然至午夜十二时，便宣布与英断绝邦交。这是英联邦国家第一次采取这样的行动。

随着坦桑尼亚采取行动的并没有三十四国那么多，只有七国——加纳、几内亚、毛里坦尼亚、马里、阿联、阿尔及利亚和刚果（布）。在这些国家中，只有加纳也是英联邦国家。

事实上，非洲国家的决定似乎过于冲动。一来，十二月十五日的时间太短促，英国即使想要粉碎罗德西亚，也不可能在十二月十五日之前完成。二来，英首相威尔逊已清楚地表示，他不会使用武力，自然他不会在这种威胁下而采取行动。三来，非洲英联邦国家多数依赖英国的援助，绝交之后，只有对他们本身不利。

威尔逊对这次事件却处理得很有风度，他对各国的绝交首先表示遗憾，说：“我们很明白非洲人的感情，但英国不愿使用武力。我们的朋友与我们的看法不同，这是很遗憾的事。”接着他说：“但英国不会采取相同的行动，而且英国也不会主动放弃对各联邦国的援助。”

尽管威尔逊表示得如此温和，但是非洲国家对他仍不大谅解。最近，当威尔逊在联大致辞时，非洲廿四国代表离开会场，表示沉默的抗议。这是联大历史上第一次对一个国家领袖的重大“杯葛”行动。

威尔逊后来在演讲中说：“没有一个国家面临过像这样复杂和多面的难题。”的确，这是他苦闷的心声。罗德西亚的事件看来还不会这么容易解决。

周恩来总理与埃及总统纳萨

埃及总统纳萨与利比亚的卡扎菲

中东：宗教与政治

阿联“三日食无肉”

一九六五年一月五日

自埃及的法鲁克王退位之后，纳萨将军即登台继任为总统。这十二年来，阿联（埃及）历尽沧桑，在国际上虽很出风头，到处听见阿联的名字，但在国家经济上，却并没有什么良好的建树，到头来，除了一个国名更改之外，实在不见得与老埃及有什么不同。

阿联的经济赤字，去年（一九六四）打破纪录，达到三亿九千万美元。外币存储枯竭，不能再向外国购买它急需的粮食。米面和糖严重缺乏，物价像脱缰的野马，不断上涨。面对现实的形势，纳萨不能不宣布“一星期内三天食无肉”的权宜办法。

阿联的困难有多种原因，人口增长得太快是其中之一，全国每年增加约七十万人，什么粮食增产，什么经济计划，都赶不上人口的进度。但更主要的是，纳萨将军在国际上的逞强，将许多财产与外国来的援助都放在军事措施上。仅仅支持也门战争的一项开支，已使阿联几乎破产。

阿联政府最近对国外贷款延迟偿还的决定，更使西方商人吃惊，不敢再给予任何工业上的贷款。为了支持刚果反政府军的行动，阿联又与美国公开冲突，声言宁可放弃美援，也要派志愿军入刚果。看样子，美援很可能要完蛋了。

此外，对阿联还能积极支持的是苏联和中共。上星期，苏联新任副总理谢里宾（以前的秘密警察头子）到阿联访问，他再度肯定地告诉纳萨，苏联新政权将继承赫鲁晓夫的诺言给予阿联以折合二亿二千八百万美元的贷款。在中共方面，阿联的工业部长薛基，也向北京取得了五千万美元免息贷款的诺言。

这两个好消息，使纳萨稍稍轻松了一下。但杯水车薪，借款只能解救一时之急，对整个国家的经济总不能起很大的作用，一向只把眼睛放在国外的纳萨，现在才知道要为他自己的国家头疼了。

一次访问的代价

一九六五年三月二日

长久以来，西德奉行一种政策，哪一个国家承认东德，他就与哪一个国家断绝外交关系。

这两天，一件头疼的事情来了。阿联邀请东德领袖乌尔布莱特访问，并给予国家元首的礼节去接待他。这种行动显然是要提高东德的国际地位，在另一方面，也即等于承认东德。那么西德应该采取什么行动呢？

西德总理艾哈德大声咆哮说：西德将因此与阿联断绝关系，并停止一项已答允的经济援助（约为九千万美元）。

阿联的反应却是十分悠闲的，好像满不在乎的样子。难道纳萨真的不在乎吗？邀请一个客人访问的代价，是九千万美元！不，纳萨事实上是成竹在胸，这次行动完全是一种外交手法。（一）纳萨欲以此要胁西德，使他不再以军火供给以色列（如所周知，阿联和以色列两国是死对头。西德以大炮坦克供给以色列，其后果即是打击阿联人）。（二）纳萨是以退为进，他这两天向西方记者发表声明，虽然邀请东德领袖访问，但决不会承认东德。这是留下一个妥协的地步。换句话说，阿联虽不承认东德，但亦随时可以承认东德。如果你们不欲我走这一步棋，就要多给我优厚的条件，例如增加经济援助之类。

一般外交观察家推测：纳萨胜利的机会是很大的。西德决不会因小失大，就此而与阿联破裂。艾哈德的大声咆哮不过是做做样子，这是给西德人民看的。西德的大选马上就要来了，艾哈德还想做下届总理，不能在人民面前失去面子。很可能，西德会装腔作势，与阿联的外交关系“恶化”一个时期，而最后是经过一两次会谈后，和好如初，甚或“情胜于昔”。

事实上，随着时局的发展，有人以为西德的政策（谁承认东德，就与谁破裂）恐怕要不能坚持了。如果真是这样，将来很可能有一天，东德的朋友要多过西德，那并非波恩政府所愿见的现象。

阿联的纳萨善于利用国际关系以达到其目的。自然，也有一个很小的可能是西德就此硬起头皮，真的与阿联断绝往来，那么纳萨将平白失去一条“财路”，未免可惜。然而，政治等于“赌博”，凡是赌博总没有绝对性的。

绞刑架上的字条

一九六五年三月四日

中东国家常常是多事的。上星期，在叙利亚京城大马士革的广场上，出现了一个不寻常的景象。一具死尸被白布卷着，高高悬在一个绞刑架上。许多人围在旁边观看，尸身有一幅字条，写着："死者爱达西，为美国人刺探本国情报，经我军事法庭审讯后，判处死刑。此布。"

爱达西是一个归化叙利亚籍的美国人，他的尸体在木架上悬挂七小时后，才被交还他的太太甘霖女士(纽约人)。这种处决的形式虽然在中东不是新鲜的事情，但却标志着美国与叙利亚关系的恶化又到了一个新的阶段。以前，西方人以为叙利亚的现政府是一个中立而温和的政府，现在这个看法不免被粉碎了。

叙利亚政府领袖在今年初，指责美国人付出一百万美元的代价，怂恿回教徒推翻他们的政权。这一次爱达西的事件更如火上加油。叙利亚当局发动了广大的宣传，将爱达西的供词在电视和无线电上广播，供词说：他是受了美国驻大马士革使馆人员的收买，与他的表弟哈金米中校一同参加特务组织，负责窃取苏联供应叙利亚的新武器的秘密，代价是一万美元。如果他们弟兄俩能提供叙利亚海军正在使用的苏联火箭的一种模型，则可得到二百万美元的奖金。谁知事机不密，二人一同遭到处决的命运。

西方记者以这事件询问美国驻大马士革使馆，使馆人员大发雷霆说：“这种说法简直是荒谬的。”但美国人确曾设法援救爱达西。而传说负责这事件的使馆人员史诺顿也被迫离境了。事后美国始做一种外交上的指摘，说叙利亚患了“间谍狂”的病态（按：这种指责是因为叙利亚最近又处决了一名以色列间谍，那间谍以大富翁身份混入叙利亚，并凭借钱财的力量，很快与上层官员混熟了，他将所获得的情报一古脑儿送去以色列）。

自然，这种事件不至于牵起什么高潮，只能算是多事的中东一个小插曲而已。

一个奇怪的国家

一九六五年三月五日

沙特阿拉伯是一个奇怪的国家，这个国家的发展，有两个塔可为象征。一个是石油塔，这油塔替沙特阿拉伯赚下千千万万的银元，使历代的沙特国王得以穷奢极侈。还有一个塔是在兴建中的电视塔，这个塔象征着沙特阿拉伯走上新生的途径，五十九岁的新国王费沙尔，力图带领他的人民走进二十世纪时代，把天方夜谭式的时代抛在脑后。

沙特阿拉伯人没有看过电视，他们不知道那箱子中会有什么奇迹显现出来。但有少数官员却知道电视上将出现西方的生活方式，女人不带面纱，女人驾驶汽车，女人与丈夫以外的男人嬉笑，等等情形，不免使他们害怕起来。

费沙尔国王在设立电视这一点上，还有一点极大的顾忌，他会得罪该国的严谨的宗教领袖们。这些宗教领袖在朝廷的势力很大，当初，费沙尔取得王位时，多亏他们的助力，假使现在他们不喜欢费沙尔，他们也可以另找一个王子来代替他。

据说，费沙尔与宗教领袖们取得一个协定：电视可以安装，但妇女在电视上出现时必须在卑下和附属的地位。对此，费沙尔答应了。“退一步，进二步”，是他所持有的建设沙特阿拉伯的原则。

但沙特阿拉伯在求取进步上有很大的障碍。它面积相当大，但人口不多。而人口到底有多少，至今还是个谜。据最近“估计”只有四百万人。过去估计是八百万至一千万。因此，建设沙特阿拉伯的前提，乃是先做一连串的调查工作，调查人口确实有多少，资源有多少，才能谈到进行农业与工业的建设。

第二个困难，沙特阿拉伯缺乏人才，连政府部门的工作人员都不够。政府派遣了一千二百名青年到国外留学，但这批青年回国后，仍是不敷应用。

问题国家以色列

一九六五年四月二日

以色列是中东的问题国家。它四周为敌视的阿拉伯国家围绕，但是它本身蓬勃发展，骄傲不屈。说它是中东经济发展最好的国家并不为过。

以色列的人口较香港为少，只有二百五十万人。面积为一万四千平方公里，只及邻国叙利亚的十分之一，埃及(阿联)的七十分之一。是一个不折不扣的小国。然而以色列所有城市的街道，尽是车水马龙，交通十分拥塞，到处都可以看到新铺设的马路，新安装的水管及电线。天天有新盖的摩天大楼。人民经济收入之佳，世界多数国家难以比拟，在一九六四年底估计，为每人每年一千二百美元。以色列全国没有一个失业汉。

这样一个国家，难免惹起邻国的妒忌。埃及的纳萨反对以色列最为起劲，他是发动阿拉伯国家敌视以色列的中心人物。表面上双方最新的争执在于水源问题，纳萨向以色列警告说：如果以色列用了任何叙利亚与约旦围绕的加利里海的水源，则阿拉伯集团将把所有自阿拉伯流入以色列的水道，完全切断。

但以色列为了他本身的灌溉计划，仍然实行从加利里海抽水。去年十二月，阿拉伯各国首脑一致票决实行切断水道的计划。但以色列表示：这些河水是以色列的生活的血液，以色列将不能容忍任何阿拉伯国家企图切断水源的行动，如果对方切断水源，以色列决以军事破坏。

阿拉伯国家要切断所有水道，最少要四五年，此事虽未实行，但以阿之间的仇恨越来越深。在以色列、叙利亚边境的军事冲突几无日无之。

为了确保他本身的安全，以色列本身一直维持强大的军力。除了正规军外，他有一百万后备军，几乎到达全国皆兵的阶段，除了老弱之外，妇女也一律参军。以色列女兵是世界上最精锐的。如果阿拉伯集团不赖外来援助（例如苏联或东欧集团），恐怕很难在以色列身上讨到便宜。

阿联要原子弹

一九六五年六月十一日

阿联曾表示过，他反对核子武器在中东传播。但这种态度最近已改变了，有两种因素促成阿联总统纳萨做这种改变：(一)中共爆炸原子弹后，阿联见猎心喜；(二)以色列——阿联的主要敌人——声明要发展原子弹，以色列科学发达，国家富裕，要造一枚原子弹绝非难事。倘使以色列有了原子弹，而阿联没有，那是大大的“丢脸”。

阿联与西德绝交后，德国专家全部自阿联撤退，这给纳萨一个很大的打击。西德专家和阿联合作，在制造一部超音速战斗机的引擎。此外，阿联与印度合作，发展配合此种引擎的机身。但西德专家撤退后，这计划乃告中断，而与印度的合作又无进展。于是，最近传说，阿联准备与中共接头，请中共派专家协助，以继续此项研究。

如果此说属实，可能引起苏联的恼怒。因阿联的米格战斗机全部是苏联供给的，阿联改与中共合作制造战斗机，不免有“剃苏联人眼眉”(编注：剃人眼眉，广东话，指让人出丑、丢脸。)之嫌。但站在纳萨的立场却又不得不然，现时，每一架战斗机的引擎，都要送到莫斯科去检验与修理，令纳萨十分头痛。

从制造飞机的协定，有人猜测阿联更可能请求中共协助，在开罗发展原子弹计划。这一猜测是很有理由的，当今各大核子国家，如美、苏、英等都将原子武器视为秘密，不大愿意与人分享，只有中共似无这种顾忌。

阿联虽有制造原子弹之心，但它本身的贫困却是最大的限制，发展核武器需要巨量的金钱，阿联人本身尚且吃不饱，“三天食无肉”，又如何去参加原子俱乐部？何况阿联与美国签订的小麦援助协定也快约满，眼看粮食将成严重问题。如果纳萨真的不顾一切去做，他是太不理智了。

阿拉伯国家近貌

一九六五年十一月二十一日

在南越和印尼的新闻占据了世界报章的主要篇幅之下，很少人注意阿拉伯国家的近况。特别是阿联，这个以前大出风头的国家，现在似乎很少机会出现在报章上了。

是纳萨老了吗？恐怕不是。只是国际形势使然。第一点，阿联国内的经济困难，使它不能不接受美国的援助，多少削弱了“斗志”。第二点，也门战事毫无进展，迫使纳萨收回协助该国革命队伍作战的军队。第三点，亚非会议开不成，纳萨少了一个发言的地方。第四点，……各式各样的打击，使纳萨不能不保持沉默了。

伊拉克本来是阿联最亲密的国家，几个月前，它还准备和阿联合并，而匆匆进行一个将企业收归国有的计划。但九月间，伊拉克国内的亲纳萨派发动一次政变而失败，形势急转直下，看来这“合并”计划将无限度延期了。

伊拉克总统发表言论说：“在谋求与阿联合并之前，不如先增加伊拉克本身的统一。”伊拉克可能建立自由选举及多党制的民主制度。

沙特阿拉伯在新王费沙尔的统治下，国家日有进步，声望也日高。这是阿拉伯世界均势的一大转变因素。在也门的战争中，沙特阿拉伯协助保王军，阿联协助革命军，结果战了一个势均力敌，令阿联的纳萨十分丧气，最近已从也门撤出军队，让也门人民自己去处理其国家的问题。

亚非会议开不成功，使阿拉伯地区的“进步势力”大受打击。在黎巴嫩首都的一家海滨咖啡室中，时常可以听到各派政治人物的争论，最近有一个阿拉伯青年革命分子在座上悲观地说：“我们已觉得失败了。前面似乎没有出路。社会主义由节节进攻而变成转采守势。”

阿拉伯国家一般指阿联（埃及）、伊拉克、约旦、黎巴嫩、沙特阿拉伯、叙利亚和也门等国。在这些国家中，经济发展情况最好的是较保守的黎巴嫩、科威特、约旦和沙特阿拉伯，这又是一个极大的讽刺，令青年革命分子大感悲观。

亚洲湄公河三角洲是肥沃产米区域

印度人视牛为神圣

日本广岛原子弹爆炸遗址

日本广岛和平纪念馆

杂感：哲理与和平

大国因何援助小国？

一九六五年二月三日

在国际上，大国援助小国是一件很普通的事情。有人不明白，为什么大国一定要援助小国？是出于慷慨还是一种需要？

英国《每日快报》有过一篇常常受到批评的文章，该文说：小国在接受大国援助的时候，不应当再提出条件。理论是：乞儿没有选择的权利。

事实上，这是一种错误的见解。大国援助小国是为了共同的利益，并不是出于怜悯。

大国如不援助小国，小国的发展就很缓慢，不可能成为大国工业产品的主顾，后者的产品少了销场，此其一。小国的原料不会大量生产，于是大国缺乏原料的供应，此其二。小国缺少援助，社会因贫困而动荡不安，间接影响世界的安宁，亦即影响大国的繁荣，此其三。如果因小国的不安，而致引起战争，则更非大国所愿见，此其四。

作为一个大国，他最希望小国稳步进展，成为他的好主顾，又成为他的源源不断的原料供应者。

作为一个小国，他最希望接受任何大国的援助，但必须保持政治及经济的主权。同时，他应致力于：（一）增加原料生产，（二）逐渐走向工业化，减少对大国的依赖，（三）与其他小国联合，保持原料产品的价格。例如产糖国家，不使糖产过贱，经常维持一定的产量，因之亦维持一定的价格。

由此可见，国际上的援助乃是资本主义制度一种自然而合理的现象。至于在共产主义阵营中，大国援助小国，更应当是出于无私的兄弟一般的感情(虽然事实上或许不一定如此)。

再举一个例，在我们所处的社会中，赚钱多的人多纳一点税，目的是维持这社会的繁荣与安宁，其利益是全体的。

由此可以知道，小国在接受大国援助的时候，也有权选择，有权拒绝，与乞儿之接受施舍截然不同。另一方面，大国在援助小国的时候，虽说是为了彼此的利益，但也须量力而为，如果因援助别人，而大大损害了本国的利益，却又未见与援助的本意相符了。

中共的文字谜团

一九六五年二月十九日

世界各国语言的不同，文字的不同，常常造成不必要的误会。这种情形尤其发生在亚洲，又以中共为然。中国人的文字是令别国人特别难懂的，而中共的“文字”更加深了其中的“迷惑性”。

一本英文时事杂志说，在中共的语汇中，没有灰暗面的字眼，它们只有黑的和白的。例如他们常说：“由于党的绝对正确的领导……”（注意：是“绝对”，党是永远不做一件错事的）；“南斯拉夫在每一方面都为美帝国主义服务”（注意：是“每一方面”，不是说“某方面”）；“美帝国主义侵略越南不遗余力”（该英文刊物幽默地注解说：实际上，“美帝国主义”在越南事务上，是常“遗”余力的，例如：犹疑、谈判、和解的态度、错失良机等等）。

以上不过是说明中共的官样文章的特点，黑的就是黑的，白的就是白的，绝无“中间路线”可走。

在另一方面，中共利用中国文字的技巧，常常给外国人许多谜团。例如毛泽东先生所提出的“百花齐放”，中国人是充分了解其中的意义的，但是外国人就要花很大的气力才懂得“一百朵花儿同时开放”是怎么一回事。又如在中苏论战文字上，中共忽然说了一句“无可奈何花落去，似曾相识燕归来”，令苏联人翻破了几十本中文大辞典，也不过得出一个模棱两可的概念。

女记者史特朗有一次问中共经济专家薄一波，“大跃进”是不是一种错误？薄一波答：“不，那是必须的。”这是中共官员的典型的口气，在他们口中，你永远得不到具体的正确的答案，只能让你去猜。如果你问中共某项物资的生产数字，他们不会告诉你，却会说今年的生产比去年增加了百分之几，去年的生产又多过某一年的百分之几，等等，结果你听了等于没听。中国文字本来是技巧的，但到了中共口中，尤其发展至极高的境界。

该刊物的结论以为：中共在国际地位上愈来愈重要，这种“谜团”不能够永远保持下去，它只有增加国际间的误会，对谁都是不利。该刊建议：西方国家在谴责中共的时候，应该先彻底了解中共的情况，才好下判断。日本在这方面较容易了解中国人，它应当负起沟通中共与西方了解的桥梁。

融化铁幕的攻势

一九六五年三月十四日

一个尚在工业萌芽期的国家（暂称为A国），有几种吸引外国投资及外国科学技术的方法。最基本的一种，是让外国人在A国设厂，外国人自己经营，外国人取得全部的利益。这种方法虽然非常流行，但却逐渐证明有几种危险：

（一）它不为A国人所喜。外国人取去全部的利益，等于是一种无形的剥削。

（二）它伤害了A国的民族感情。

（三）还有一种最大的危险，假使这些外国投资大部分是属于一国，譬如说美国，那么，A国有形成美国殖民地的可能。

以上三种原因，使世界上各小国都不欢迎一个大国的集中投资。正由于这种原因，南韩在不断设法改变外国投资的来源，但结果并不如意。

至于第二种吸引外国投资及外国科学技术的方法，是向外国人高价购买工业知识。日本是一个显著的例子。他在战后每年约花去二亿美元的数目，以购取外国工业的专利权或牌照费。据经济专家说，日本战后的繁荣，颇有赖于这种方法。

不过这种做法，需要很大的魄力，也容易造成外汇的枯竭。共产国家多数采取这方法，苏联就常向西欧国家、日本购买工业技术。

最近尚有第三种方法。乃是由外国供应工业原料及制作知识，由本国加以制造完成。制成品的利益由二国均分。

这种方法乃是最公允、最合乎双方利益的一种。它是由西德发起的。西德是工业先进国家，他以这种方法向波兰及匈牙利等共产国家建议，对方深感兴趣。波、匈等国有的是人力，所缺的正是工业知识与原料。看来这种东西欧的合作，当会很快成为事实。

东德这种做法却不是全为了经济作用，而带有政治的色彩。西德渴望融化欧洲的铁幕，以取得东西德的统一。融化铁幕的唯一方法，乃是通过经济的合作，逐渐取得彼此的谅解。这种“战略”乃是甚有效的。

日本也有意仿效西德的方法，与东南亚国家合作。由日本供应原料与知识，东南亚各国付出人力与工业厂地。如果日本这种做法，并无其他自私心理在内，相信在东南亚，不久也会广泛采用这种对双方有利的经济合作方式。

米与亚洲人

一九六五年四月二十四日

全世界有百分之六十以上的人以米作为主要食粮。每年米的总产量是二亿五千三百万吨，亚洲出产了大部分。但在亚洲的许多产米国家中，人民却吃不饱肚子。

有人说，由于亚洲人吃米，所以构成特殊的亚洲文化。这或非夸张之词。米不但影响亚洲人的性格，而且直接影响亚洲人的政治。

例如在南越，湄公河三角洲的肥沃产米区就是越共意欲争夺的对象。西方政治观察家甚至以为，北越之对南越虎视眈眈，不外是垂涎南越的产米区（这自然是原因之一，但却过分把问题简化了）。

又如在菲律宾，每到举行大选时，参加竞选的“有力人士”，便购下大量的米，向产米不足的地区分派，以争取穷人的选票。

缅甸是亚洲的产米最丰的国家之一。历年来，缅甸政府传统性地以米的出口作为国际谈判的基础或讨价还价的因素。

在亚洲各国，对米最有研究的国家，不是中国，不是越南，也不是缅甸，而是菲律宾。菲律宾最近设立了一个国际性的稻米研究院，该院拥有六十位科学家，分属于十四个不同的亚洲国度，专门研究米的种植、品种、肥料等等。

据报道，米的种类共有一万种之多，该院主持人说，通过品种的改善、土壤的选择、肥料的加强等工作，任何国家都可以使目前的产米量增加一倍，甚或三四倍。

这是一项可喜的报告，只要亚洲农民破除迷信，改用科学方法，亚洲的面貌立即可以改变。产米多了，亚洲的农民就富有了，生活水准就改变了。一切都会欣欣向荣。

问题在于，政治因素影响了许多国家，使他们不容易立刻改变原始的农业生产方式。例如，在越南，战火连天；在菲律宾，大多数农民须将每年辛苦耕种所得，付出一半以上与地主，这不免减少了他们改进生产的热情。

政治的因素永远不改变，万能的科学也只好“束手无策”。

日本的大学生

一九六五年六月五日

日本大学生在日本人之中仿佛是一群特殊的产物。他们冲动、敏感、具有各式各样的幻想。头发长长的，黑色的校服是破旧的，裤子发着油光。虽然战后日本经济繁荣像个暴发户，但大学生还是很贫穷，营养不足，每千人中有百分之三十四患有肺病，每十人之中有三人最少一年患病两次。

日本大学生有百分之二十在公费下学习，百分之七十需要做二至五小时的散工以维持生活，像售票员、采水果、酒吧侍应、货车司机等等。最奇怪的职业莫过于协助政界竞选人演讲，他们在车子上口沫横飞地宣扬这一个竞选人的好处，可能在以前根本就不知道这个人是谁，而且也绝不拥护这个人，到他收了应得的工钱之后，就欢天喜地地跑去另投别人的票了。

日本大学生平均每月用度大概只合港币二百二十元，书籍与杂费占三十余元，娱乐费三十余元，包括香烟在内，交通费二十元，衣服和医药费三十余元，饮食八十元，仅足糊口。

比起世界一般大学生饮食的水准来，他们是不足的，每天只有一千六百五十至一千八百卡路里的热量，而世界多数国家学生取得的热量是二千五百卡路里。

但日本大学生却永远有充沛的精力，不论是左翼还是右翼，对政治都极其敏感，开会、演讲和示威，层出不穷。他们是社会的“急先锋”，过去的历史显示他们的胆量大得惊人，曾向日皇丢过垃圾，锁禁大学校长，与警察交战，在议会大厦小便，刺杀政党领袖、殴打阁员，等等。

他们反对过日本建军、对外条约、美国潜艇进驻、原子弹试验、美国基地……最近反对的是美国人所计划的在越南以亚洲人战亚洲人的政策。

日本学生的自杀现象也是惊人的，只要有一点点不满，他们就怨恨生活，自杀的行动极尽“壮烈”之能事，爆炸、跳火山、跳瀑布、剖腹……

但有一点奇怪的是，日本大学生毕业之后，他们考进了各行业，立刻就把激烈的性情改变过来，他们变成勤恳、积极的事业家。所以说，日本大学生是“特殊的产物”，乃是指他们这一段时间的生命而言。

加拿大不要原子武器

一九六五年七月二十八日

在许多国家正在争取拥有原子武器的时候，加拿大却不声不响地要取缔原子武器。这是很值得世界人士注意的。

加拿大总理皮尔逊在一九六三年参加竞选时，就声明加拿大准备取缔原子武器。这一诺言，他在就任总理后又一再强调。后来忽然冷了下来，许多人以为皮尔逊已忘掉了。到最近，加拿大政府的所作所为才证明皮尔逊其实是没有忘记的。

加拿大国防部已订下计划，让所有携带原子武器的飞机逐渐随时间淘汰而变为废物，不再补充。另一方面，加拿大将选用美国设计的F-5自由战士式战斗机，作为加拿大空军的主力。这种飞机不带原子武器，但用途很广，可协助地面部队作战，时速一千哩。在加拿大将取名为CF-5。

加拿大原拥有二百架CF-104星式战斗机，配备有原子武器，现在已决定将之改装，使携带普通武器，虽然这一来，大大削减了原有的性能，但加拿大当局也在所不计了。

加拿大对北美空军联队的贡献是一队CF-101巫毒式战斗机，配有原子弹头武器及空对空飞弹。对这一种飞机，加拿大也决定不予补充，让它用到一定的日子，自然淘汰。不过这些飞机大概还有好几年的寿命。

加拿大陆军的原子武器也决定逐渐取消。它有四队“诚实约翰”式原子飞弹部队在欧洲供“北约”差遣。这种飞弹在近期内将被弃而不用。

至于加拿大海军，根本没有配备过原子武器，看来在将来也不会。

能够改变加拿大的“无核子”计划的，可能是当西方盟国需要组织一队“混合核子部队”而要求加拿大参加的时候。但加拿大对这种计划一直不大感觉兴趣，若非形势所迫，大概不会参加。

二十年前的一天

一九六五年八月四日

本星期五，八月六日，是一个值得深思的日子。一九四五年的同一天，上午八时十五分，一架美国B-29轰炸机，飞向日本广岛上空，投下了世界第一枚原子弹。

这个原子弹与今天的核子武器比较起来，只是一个粗糙的出品，但它仍发挥了惊人的威力。一阵闪光，一声巨大的响声，接着是一个高热至摄氏一百万度的火球在地面冒起，它破坏了四十二家医院、七十八座桥梁、六十五家学校、六万二千九百幢屋宇（约合全市屋宇的一半）。大约有七万五千至二十万人直接受到炸弹的伤害。

据说在受过原子弹侵袭后，是寸草不生的，人的生命也将完全改观，因为生出来的孩子也不会安全。但今天有九万三千六百〇八名劫后余生者居住在广岛，在这些人中，每五个有一个是受过炸弹损害而生存的。

至今每年仍有二十至四十个广岛居民因辐射影响而致死亡，有一个小孩诞生十一年后，在去年才因白血球过多症而死。这是可怕的，现在仍没有一个医生能断定谁将死亡，谁将生存。因为骨子里的病毒说不定什么时候才发作。

但广岛居民学会了在乐观中生存。新广岛的学校中已有十一万六千名学生。许多建筑物在城市中建立起来，有些是高达十一层的大厦。夜生活繁盛如常，二千六百家餐室，三千二百个酒吧，五百四十六家吃茶店(咖啡室)，宾客常满。

新广岛的特点，是有许多关于原子弹的纪念性建筑或研究组织，在“和平公园”内有一个纪念碑，上面刻着所有已知的死亡人士的姓名。还有“和平之火焰”，一直燃烧着等到所有原子武器被销毁或禁止为止。

据原子医学家研究，原子弹对遗传因素的影响还不大。但有一种奇怪的现象，是受过原子辐射影响的母亲，较少生男孩子；受过同样影响的父亲，较少生女孩子。为什么会如此，还没有得到结论。

苏联的阿飞活动

一九六五年八月八日

阿飞似乎是一个比较富裕的社会的自然产物。美国阿飞名闻全球，英国阿飞也很猖獗，连苏联这共产主义国家都有阿飞活动，可见这问题的严重。

自由世界对于阿飞活动的解释，与其对于一般犯罪的解释相同，就是除了为环境所迫，不得不铤而走险之外，人天生有违反法律、破坏法律的倾向。然而这理论是共产主义所不容的。共产党不承认人有非法的天性，但是又认定共产主义社会中使人犯罪的条件已经消灭。既然没有了使人犯罪的条件，怎么又会有犯罪的情事？何况犯罪的又是青少年呢？行政当局无法自圆其说，因此大伤脑筋。

例如最近，俄罗斯共和国的公共秩序维持部部长铁库诺大就在苏联政府机关报《消息报》上发表了一篇文章，就上述理论与实际的矛盾自问自答了一番，没有结论，只是避重就轻地说：“实际的情形表示，大多数犯罪事件起于酗酒、道德堕落、意志薄弱、贪图逸乐。这种坏事是惯性的。更重要的是，这种坏事正在某些青年人当中流行。”

他又说：“青少年人性格的形成是一个复杂和困难的过程。在我们的社会中，不幸得很，还有些游手好闲、只顾自己、寄生在别人身上的人。还有挪用公款、收受贿赂、投机取巧、行为胡闹的人。他们对年轻的心灵散布着有毒的影响。所以，培养新人——共产主义社会的公民——的问题，与如何消灭旧社会遗孽，反对资产阶级意识形态的斗争不能分开。”

这仍然是理论，如何付诸实践呢？铁库诺夫认为，政府对付罪犯实在太客气了。事实上，说服方式和大众的影响已经对有些罪犯不起作用，所以，对于初入歧途，犯了轻微过失的罪犯固然应该继续施行教育，使之自新，但是对于说服方式所不能改变的罪犯，不用法律制裁就是不当。换言之，对于惯犯，须用重刑。据说许多“劳动人民”写信给司法人员，提出这样的要求。

不过对青少年的阿飞活动不便使用重刑。铁库诺夫于此也似乎没有办法了。他只得要求家长、学校和维持社会秩序的民兵提高警惕，合作防范。

“无米，何不吃牛扒？”

一九六五年十二月三十日

许多西方国家的报刊，在发表对一九六六年的时局展望时，不约而同地提到一点：印度可能面临大饥荒，不可收拾。

对这个问题，不但印度人提起皱眉，全世界的人提起也为之皱眉。印度是一个地域广大的国家，人口众多，偏偏粮食发生严重困难，谁都知道将要发生饥荒，但是谁都想不出什么方法来防止。任何外来的援助，都如杯水车薪，无济于事。

在无法可想中，一个印度女人忽然高声一呼：“无米，何不吃牛扒?”

这句话听来有点荒谬，但在印度人来说却大有道理在。说这句话的并不是无名之辈，而是印度的著名女记者纳恩塔拉沙嘉尔。

原来印度产牛甚丰，等于美国和苏联产牛量的总和，是世界第一的产牛国家。但印度人视牛如神圣，绝不敢将它得罪，就算一只牛在街上横冲直撞，也是视若无睹，更莫说吃它的肉了。

女记者振振有词说：既然没有粮食，为什么不吃牛？难道眼看人和牛一齐饿死？全世界的人都吃牛，只有印度人愚不可及，把牛视若神明。

吃牛在印度来说，是一种革命，说不定会引起流血和暴动。但是什么新鲜事情不如此？要进步，只好革命。在以前，印度宗教上有许多不人道的规例，但现在不也一一改变了吗?

上星期，印度粮食部长萨拉马尼安在美国苦着脸乞求粮食的援助。在印度，今天最大的问题显然不是外来的，而是内在的，什么巴基斯坦，什么中共威胁都不及饥荒来得重要。美国人在答应供应若干小麦与印度之时，说不定会拍拍这位粮食部长的肩头："喂，老兄，你们为什么不吃牛扒?"

非洲的马达加斯加

马达加斯加的教堂

六十年代香港维多利亚港

各国：世态与风情

苏联海军必经的“关”

一九六五年一月一日

翻开地图一看，在北欧有几个地方是很有战略价值的。首先是冰岛，这个小国家与英伦三岛遥遥呼应，控制着大西洋的咽喉。假设苏联海军要向美国或加拿大进攻，必须经过这个关。能够守住这个关，苏联的海军就难对大西洋做丝毫的威胁。

在冰岛与英伦之间，有一个法罗士群岛（Farol Islands），这个群岛的位置不偏不歪，恰恰在正中央。如果从冰岛拉一条线到英伦，在线上找一个中点，这一点就是法罗士了，因此，它的地位又是重要中的重要。

冰岛与英国都是北大西洋公约组织的国家。法罗士群岛属于丹麦，也是“北约”的地区。为了使这三点连成一条紧密的线，北约在法罗士群岛设置强有力的雷达站，东至英伦，西至冰岛，监视着一切“异物”的经过。

毫无疑问，这是西方盟国在北翼的一条极重要的防线。

昨天说过，苏联在不断发展他的海军。事实上，苏联海军目前已很强大，他拥有数百艘德式的潜艇，及配有飞弹的快速巡洋舰，这些舰只如果全部出动，威力至足惊人，据估计，它已超过纳粹在二次大战时期所给予大西洋的威胁。

“北约”无时不在注视着苏联海军的行动。因此，法罗士群岛的雷达站极受重视。但法罗士是个离奇的地方，这里的人民是历史上著名的北欧海盗的遗族，说的是近乎挪威的语言，与丹麦有格格不入之感。

岛上的三万五千人（主要是渔民）时时嚷着要独立，只因经济条件不足，未成事实。然而，欧洲舆论界以为，这始终会实现的。

岛上的人民尤其反对的是北约的雷达观察站，认为这是该岛生存的一大威胁。万一这一带战事爆发，第一枚飞弹必然要给它品尝。

毫无疑问地，法罗士群岛如获独立，必将拒绝北约的控制。“争取独立”和“反对北约”乃成二而一，一而二的问题。

有人说，法罗士群岛的独立运动如火如荼，主要是因苏联秘密人员在幕后策划，以谋打破“北约”在大西洋的一道防线。这当然是可信的。

沙特阿拉伯人的怪习

一九六五年三月六日

沙特阿拉伯人缺乏时间观念，对工作也缺乏热情，在政府部门中，有一种奇怪的现象，办公时间虽说规定八小时，但实际上每人的工作只做一二小时，大部分时间放在闲谈之中，或是因家中发生某种事情，请假告退。所有沙特阿拉伯人都把私事看得高于一切。有一次，一个在美国受过高等教育的沙特阿拉伯官员，参加政府的高级会议，他非但迟到了，而且向会议主席说，他很抱歉不能与会，因为家中来了客人。在阿拉伯规矩中，如果来了客人而不好好招呼，那是很失礼的。他说完后，便理直气壮地离开了会议。

沙特阿拉伯人讲究面子，但是不注重实际。有一个很好的例子，美国的派克自来水笔公司一次接到沙特阿拉伯·张很大的订单，但所订购的不是自来水笔，而是笔帽子。该公司很奇怪，经过一番查询之后，才恍然大悟。原来沙特阿拉伯人认为在衣袋上插上一支派克金笔是“有学问”的象征。所以人人都想购一个笔帽子插在衣袋上，至于笔的本身反而是多余的了。

封建气息之浓，也比别国为甚。许多不合理的风俗习惯，一直保留到今天。女人自然是受到最大的歧视。女孩子莫说不能和男孩子一同读书，就是设立一家女子学校也惹出极大的麻烦。最近，沙特国王费沙尔不得不派遣一队军警到一个乡村去维持一家女校开学的秩序，诚恐不肖分子捣乱。这家女校的全部教职员中只有一个男性，他是一个宗教老师，并且是盲眼的。

许多刑法，仍然保留中古时代的残酷。通奸的女性被拖到广场中活活用石头打死。盗贼被捕后，照例砍去一手。如果他想逃走，连他的脚也砍掉。

在这种环境之下，要想求取国家的进步，当然是极难极难的事情。但国王费沙尔，似乎有极大的勇气去做一次尝试，幸亏他虽有进取的决心，而无进取的急躁。东方人的容忍，使他觉得即使在数十年以至数百年后，能使沙特阿拉伯达到科学时代的水准，那也是值得欣慰的。

直布罗陀的烦恼

一九六五年五月二日

直布罗陀虽是块极小的地方，但它位于地中海的要冲，已成为战略重地，也是英国的主要海空军据点。最近，西班牙有意将之收回，与英国的关系闹得很不愉快。

直布罗陀长三英里，阔四分之三英里，总面积二点五平方英里。全市只有一条长街，正面通西班牙，设有坚固的闸门，每天门禁森严。人口约二万五千人，人种以意大利、西班牙、葡萄牙为主。

一七〇四年七月廿四日，英国海军上将鲁克，驶舰至直布罗陀，首先飘起英国国旗，同时在山顶上建好一座大炮，以为镇守。英军此后便留在这里，他们一面建路，一面修好营房。因为，在那个时候，直布罗陀是通经印度、远东的一个最理想歇脚站。舰只特别是潜艇可以在这里加水加煤，进行修理。对十八世纪海权极盛的英国，这无疑是一座宝岛。当时岛上有许多猴子，一个奇异的传说谓：猴子绝迹，英国统治权即告完结。因此英国在那里特派一名少校，专门侍候猴子，恐其绝迹。

直布罗陀是个自由海港，烟、酒、收音机、照相机……完全免税。几个月前，西班牙封闭直布罗陀通至西班牙的水陆交通，说该地是走私大本营，危及西班牙的经济，但究其实则是要和英国算旧账，收回这个地方。

直布罗陀人本来人人有汽车，而且出租汽车到西班牙的旅游事业，至为发达，经西班牙一封锁后，直布罗陀的汽车，统统关在岛上，一辆也出不来。

直布罗陀人在周末无法到西班牙去野餐，除非他们愿意忍受西班牙海关十多个小时之检查，双方足球比赛已经停止；西班牙的樱桃红酒，亦无入口。西班牙人要直布罗陀明白，该岛的经济，是必须依赖西班牙大陆的。

直布罗陀人因此相当苦闷。人们在酒吧消磨时间，经常客满。至于食粮，现在只好从马尔他、摩洛哥及葡萄牙等地输入。

西班牙政府曾在前年把这个问题，提交联合国。但是如果联合国要在这里举行民意调查，相信百分之九十以上的居民，愿意与英国在一起。他们自小即接受英国文化，所以在思想及经济上，都与英国的精神更为接近。

马达加斯加的老鼠

一九六五年七月十八日

一如台湾在中国大陆东南一样，在非洲东南也有一个差不多形状的大岛，名叫马达加斯加。不同的是，这大岛是一个独立国，而且面积比台湾要大。

马达加斯加以前是法属地，国内六百二十万人，多数务农为业，出产以米、糖为主。

在许多非洲国家担心“赤化”的今天，不幸，马达加斯加却“黑化”了。倘使你是个游客，有一天在马达加斯加公路上忽然发现黑了一大片，请不要吃惊，那是岛上成群结队的老鼠经过此路而已。

不知从什么时候起，马达加斯加出现了大量的老鼠，这些老鼠的数目以千万计，在乡村的田野间公然出没。有时且誓师出发，浩浩荡荡杀入农村，令村中的女孩子们大哭，鸡飞狗走，秩序大乱。

农民们虽然用毒药置于老鼠出没的地方，毒死数百万，但活鼠依然有增无减——自然，因为鼠类没有实行节育之故。

马达加斯加的首都塔那那利佛却不受这群老鼠的干扰，因为塔那那利佛的居民住得又挤，又不卫生，在市内本身已养了一大群老鼠，久以凶悍著称。一般居民相信，如果乡村老鼠敢向首都进军的话，城市老鼠一定会全力出击，将乡村老鼠杀得大败为止。

马达加斯加过去常有鼠疫发生，幸亏扑灭得快，不致蔓延。但今年如果广大地区发现鼠疫的话，恐怕卫生当局也要束手无策。

说马达加斯加是一个灾难的岛国，并不为过。从去年冬季起，水灾、风灾不断侵袭，房屋冲走，农田淹没，四五月间本是收获季节，农民却只能望农田而兴叹。

在马达加斯加西北海岸的诺斯卑岛，素以产糖著称，但今年忽然有大批蝉类飞入蔗田破坏，数目亦以千万计。今年的糖产看来也很渺茫了。

米和糖是农民的命脉，马达加斯加六百二十万居民在老鼠、天灾、恶蝉的面前，恐怕要集体挨饿。如何善后，足使马国当局大伤脑筋了。

欧洲的八个国王

一九六五年七月十九日

一百年前，欧洲的大部分国家都有一个国王。时至今日，剩下来的却只有八个国王了。

他们是英国女皇伊莉莎白二世、比利时国王鲍杜因一世、丹麦国王佛德烈九世、希腊国王君士坦丁一世、卢森堡的大公尚恩、挪威国王奥立夫五世、瑞典国王加斯达夫、荷兰女王茱莉安那。

法国的最后一个国王是拿破仑三世，一八七一年，法国与普鲁士战败后退位。

葡萄牙国王曼努尔二世在一九一〇年下台。

第一次世界大战使四个欧洲国家的国王相继失去王位，其中有两个国家是共有一个国王的，那是奥国和匈牙利的国王查尔斯一世。其他二位是德国的威廉二世和俄国的尼古拉斯二世，后者不但失去了王位，也丧失了生命。

第一次大战与第二次大战期间又有两个国王被逐，一个是西班牙的阿方索十三世，一个是阿尔巴尼亚的梳柯一世。

第二次大战期内，欧洲也减少了四个国王。

意大利国王一九四六年退位，其他是罗马尼亚国王米高一世、南斯拉夫国王彼德二世、保加利亚国王西门一世。后三位都由共党政权取代。其中，西门国王被逐时只有九岁，后来变成美国军校的学生。

现时所有的皇族，对他们本身的荣耀都日渐看轻。例如荷兰公主碧桃莉丝选了一个前纳粹军人作为爱人，令她的母亲茱莉安娜女王大感为难，因为一年前，碧桃莉丝的妹妹爱莲也放弃了王位第二继承人的地位而嫁与西班牙王子卡洛斯。

荷兰人对纳粹的二十年的痛苦记忆，使他们难以接受一个纳粹分子作为驸马。但女王爱女心切，后来还是批准了。这些女孩子所受王族的羁绊越来越少，对她们本身来说，实是一种莫大的幸福。

英属地还有多少?

一九六五年十二月四日

非洲的罗德西亚单方面宣布独立，看来英国已莫奈之何，终会不了了之，让它成为定局。这一件事对英国与英联邦的声望，不能说不是一种打击。

英联邦本来就是一个复杂而充满矛盾的大家庭，它的外表看来甚庞大，而内部却相当脆弱。作为这一家庭的家长的英国，有时纵想管教一下家庭内的“顽童”，却显得有心无力。南非的我行我素，罗德西亚的悍然独立，都是一个显著的例子。

英国属地遍布世界各处，过去有“英国无落日”之说，太阳永远照着大不列颠的国旗。但自二次大战后，这些属地相继独立，一九四七年，最大块的领土印度脱离英国统治，建成印度与巴基斯坦二国。但这二国仍保留在英联邦的系统内。一九四八年，缅甸、锡兰独立，缅甸与印、巴不同，他彻底脱离了英联邦。

以后相继独立的有加纳、马来西亚、尼日利亚、塞普鲁斯、塞拉勒窝内、坦桑尼亚、牙买加、千里达—多巴哥、乌干达、怯尼亚、马拉威、赞比亚、马尔他和干比亚。

英联邦的势力现在控制着一千四百万方哩的地区，人口有七亿四千万，相当于世界四分之一的陆地、四分之一的人口，并控制四分之一的世界贸易。

至于英国属地还剩下多少，如果不计算太平洋和远东的极小的群岛，共有二十个地区，它们是：亚丁、香港、巴哈马斯、巴贝多斯、巴斯陀兰、贝专纳、百慕达、婆罗乃、福克兰群岛、菲济、直布罗陀、英属圭亚那、英属洪都拉斯、利华斯群岛、毛里求斯、西瑞尔群岛、斯威士兰、坦加、迎风群岛和西太平洋专区。

不过这些地区也有不少在准备独立中。毛里求斯、英属圭亚那等都已定好日期，最后，英殖民地将所余无几了。

香港的“小亚洲”

一九六五年十二月十四日

香港不久将有一个“国际商品展览馆”(International Display Centre)。这个展览馆的计划相当庞大，如果能够完成，对于香港和亚洲的商业发展有很大的帮助。

展览馆坐落在干诺道海旁，预算占地十万方呎，高卅一层，成为远东的摩天楼之一。这大厦就叫“国际大厦”。下面的多层用作展览馆之用。

主持者准备与亚洲各国的出口商联络，请他们以其出品在这展览馆陈列，租金便宜，大概每一普通小摊位每月三百元港币左右。

参加了这种陈列后，可以得到如下的帮助：

(一)免费的宣传；(二)展览馆人员代为接洽生意，义务推销；(三)代向国外邮寄样本；(四)为陈列货品保障。

估计这计划会引起东南亚多数国家的兴趣。日本、马来西亚、星加坡、菲律宾、泰国的私人资本或国家工业，都将热烈参加。届时，世界商人谈生意，可径在馆中接洽，展览馆无形中成为一个国际市场，或称之香港的“小亚洲”亦无不可。

展览馆的楼下暂定以五千方呎位置陈列重工业机器。租金为每方呎港币十元到十四元一月。此外，馆内设各种商品零售部，以吸引一般的市民。有豪华的餐室、酒吧，以供游览者歇息。有专门的男女职员引导从外国来的参观团。

现时估计最大的困难，是该展览馆需要大批的高级商业人才，要懂得多国语言，要有管理或经营大企业的手腕，这样的人才香港甚缺乏，如果重金征求，不是没有，但该馆的负担一定十分吃力。

到目前为止，发动这个计划的幕后大财团是谁尚不清楚，但只知道它是华人资本，而且得到政府人士的鼓励和支持。

假定这计划能百分之百地实现，毫无疑问，它对香港的经济前途极有帮助，对本港工商界也有鼓舞的作用。

以色列这个国家

一九六五年十二月十五日

以色列是一个在困境中成长的国家，除了遭受各阿拉伯邻邦的敌视外，它本身也有许多的困难。

以色列建国于一九四八年。在建立之初，原意是给欧洲大战期间受迫害的犹太人一个栖身之所，这些犹太人成千上万地来到这块地方，决心为自己建立一个温暖的家园。他们多数是受过高深教育的和勤奋工作的人。

但与此同时，其他地区（亚洲、非洲）的犹太人也大批地来到此地，虽然都是犹太人，后者却多数是文盲、贫困、多病和不善生产，这一批移民造成了以色列的主要困难。

后一种犹太人由于不懂节育，生产率特高，他们的人口膨胀得很快。在建国之初，亚、非洲的犹太人只占全国人口百分之四十二。到一九六三年，他们已上升到百分之六十三。据估计，在十年后，他们会上升到百分之七十五。

这占多数的人口对国家贡献得极少，却要求得极多。以色列专家估计：如果要使国家前途较为乐观，必须倚赖欧、美洲的犹太人回到以色列，“冲淡”和减轻亚非洲成分的比例。

但在欧、美洲能够立足的犹太人，他们都宁可留在当地，而不回到以色列去，以色列执政者寄望于东欧境内约二百七十万犹太人，他们认为，如果共产党的大门能开放，最少有一百万犹太人愿到以色列来，那时以色列的欧亚成分比例就会更为合理。

但即使这一希望达到，另一困难又将产生，以色列人口会到达饱和点。现时已有二百五十万人。不计算外来可能的移民，它在二十年后可以增加到五百万。以色列这块小小的土地能支持吗?

以色列缺乏水、矿产和天然资源。一九七〇年，它将使用百分之八十五的水源以供应三百万的人口，到了一九八五年，它到哪里去寻水来供应五百万人?

不可否认，短短的十七年（现在已是第十八个年头），以色列取得了惊人的建设成就，但这些暗影却是使以色列人不能乐观的。

下

朗声图书 中山大學出版社（广州）
SUN YAT-SEN UNIVERSITY PRESS

图书在版编目(CIP)数据

明窗小札1965/金庸著. —广州：中山大学出版社，2016. 7（2024.6重印）
ISBN 978-7-306-05742-6

Ⅰ. ①明… Ⅱ. ①金… Ⅲ. ①杂文集—中国—当代 Ⅳ. ①I267.1

中国版本图书馆CIP数据核字（2016）第154519号

广东省版权局版权合同登记图字：19-2014-069号

朗聲圖書

敬告读者

为了维护读者、著作权人和出版发行者的合法权益，本书采用了新型数码防伪技术。正版图书的定价标示处及外包装盒上均贴有完好的防伪标签。刮开涂层，可见到一组数码，您可以通过两种途径查验真伪。

1. 拨打全国免费电话4008301315，按语音提示从左到右依次输入相应数码并按#键结束。
2. 扫描防伪标上的二维码，按提示输入相应数码。

读者如发现盗版图书，可向当地“扫黄打非”办公室、新闻出版局、工商管理部门、公安机关、技术监督部门举报，或直接与我们联系。

联系电话：020-34297719 13570022400

我们对举报盗版、盗印、销售盗版图书等侵权行为的有功人员将予以重奖。

广州市朗声图书有限公司

目 录

亚洲：社会与经济

东南亚：中立与困境

越南：战争与苦难

印尼：新兴与政变

印巴：冲突与外援

日韩：敌意与和解

人物：政要与名流

社会：趣事与传闻

六十年代的香港

六十年代日本暴走族

六十年代越南街头青年男女

日本首相佐藤荣作和新加坡总理李光耀

亚洲：社会与经济

中共台湾欢迎游客

一九六五年一月二十一日

一九六四年的亚洲旅游业有两项特色：(一)日本世运会的影响;(二)中共放宽入境限制，大量吸引游客。

由于世运会在东京举行，大多数游客都乘此之便，到亚洲各国游玩。一九六四年基本上是亚洲旅游业蓬勃发展的一年。以台湾为例，台北政府早就计划在“世运年”中吸收十一万至十二万游客。特别声明在世运期中，旅客可以不持护照在台逗留一百二十小时。并新建两家游客大酒店“总统”与“国宾”。结果台湾对世运游客的访问情况很满意，仅十月份就有三万人抵达台湾游历。因为从东京到香港的飞机乘客，可以在台湾逗留一个时期，而机费不增分文。

香港也沾了世运的光，有谁千里迢迢到远东来，而不想看看以美丽著称的“东方之珠”?在游客们参观世运的来回两程中，香港都大大捞了一笔。

日本是世运的主人，去年，他们在游客身上赚了大钱，那是天经地义。问题是，东京新建了许多新型豪华酒店，在世运客人离开之后，生意不知如何发展?

中共招徕游客的手法与世运无关，他们主要是放宽入境限制，以前，要等候中共签证，最少要一年或几个月，甚或遥遥无期。

现在却很有改善。自巴基斯坦与中共建立航空关系之后，欧洲游客大批涌入大陆，巴基斯坦航线(达喀—广州—上海)的生意极佳，中共答应为每架客机包办一半机位。现在已从每周一次改为每周二次。

此外，高棉每周有飞机自金边飞河内及广州。印尼自十月起有班机自椰加达飞广州。这些航线都不断把各地的旅客送入大陆。日本与中共谈论了很久的日本人旅游大陆办法，已有结果，大约在今年二月实现。日航公司举办中共大陆游览团，地点包括广州、杭州、上海、苏州、无锡、北京，费用极廉，只合港币四百三十元(连机费在内)。

亚洲各国都有一种趋势，积极争取游客，吸取资金(只有中共在争取游客的事务上，另含有政治宣传的目的)。去年，泰国、尼泊尔、印尼、星加坡，没有一处不在增建旅舍，欢迎旅客的光临。

亚洲国家摄影难

一九六五年二月一日

香港《远东经济评论》杂志载：前大公报副总编辑李宗瀛先生（现任香港东方杂志*Eastern Horizon*编辑），有一次在北京天坛，拿出一个摄影机来摄影，他一时没留意有一群小学生在那里游戏，当他把照片摄下后，那群小学生忽然走上来，严肃地向他说："叔叔，你为什么没征得我们的同意，就拍照？"

李宗瀛大感尴尬，他向他们解释说，他拍的不是他们的照片，而是风景照片。其次，他也不是普通的海外华侨。费了好大的气力，那群小学生才相信他的话，把他放过。

这个小故事表示大陆人民对于摄影机有普遍的敏感，连小孩子也受到教训，不能让人拍照。对于黄皮肤的同胞尚是如此，对外国人自然更为戒备。

《远东经济评论》周刊的编辑威尔逊去年被邀到大陆访问，有一天经过上海街头，见一群学生在写生。他很想替他们拍一张照片，但他的向导客气地说："不知他们会不会答应。"威尔逊知道，如果要拍照，必先征得那群学生的同意。于是，那些学生会开一个临时会议，投票决定是否让他摄影。假定他们同意了，便会做出各种他们自以为适当的姿势，完全破坏了原来的风韵。于是威尔逊决定不提出摄影的要求。

在亚洲各国逐渐有这种趋势，都不许外国人摄影。在峇里，游客被劝说切莫随便拍摄峇里人。印度是一个比较开明的国家，但也拒绝外国人摄影他们的贫民窟或其他不名誉的题材，目的是为了维持印度人的尊严。

这种种限制，当然无可厚非。但凡是新闻摄影的特色，是发掘别人不注意的题材，是在不知不觉间，拍下那种真切的气氛，如果处处要取得当事人的同意，让他们摆出“道貌岸然”的姿态，则自然失去照片的意义，不摄也罢。

威尔逊感慨地说，在亚洲要拍一张好照片是越来越难了。

尼泊尔接受美军援

一九六五年四月二十五日

在亚洲，有一个充分利用国际形势而坐收渔人之利的小国，那就是尼泊尔。

最近，如果你在尼泊尔首都机场一看，会发现各国贵宾川流不息。一个日本经济代表团刚刚离开，另一个由廿四人组成的中共工程代表团又来了。印度的副外交部长梅农夫人也同日自新德里到达。在她之后将要到临的是中共外长陈毅，还有美国援助代表团……

不错，尼泊尔学了乖，他也懂得左右逢源。最妙的是，中共本来在尼泊尔协助两个建设计划(一条公路、一个水利工程)，由于印度觉得那两个工程离印度边境太近，引起印度人的恐慌，中共放弃了那两个计划，改在他处协助尼泊尔建设，而原来所未完成的公路计划，却改由印度负责完成，由美国供应建设物资。此外，印度答应加强援助，中共也答应加强援助，令尼泊尔乐得合不拢嘴。

尼泊尔的外交政策如何？下面是尼泊尔外长裴斯达答复一位亚洲记者提出的问题：

问：贵国的外交政策在这几个月来有很大的改变，是不是？

答：没有，一点也没有。我们服膺不结盟政策，不愿与哪一个强国订立盟约。不过，我们愿意在国际上多交些朋友，越多的朋友越好。

问：贵国最近与美国签订协约，决定接受美国军援，这会破坏你们与中共的关系吗？

答：不会。美国的军援数量很少，不可能造成我国对外关系的偏差。接受这援助，纯粹是想革新一下军队的装备，别无其他目的。

问：五年前，贵国与苏联毫无接触，现在，贵国与苏联也建立了密切的关系，与中、美、印、巴、苏联同时发展外交，这含有特别的意义吗？

答：我们考虑的唯一的因素是发展本国的商业与经济，一切对这个有利的，都会去做。为了取得外界的援助，我们不能单倚赖一国，这就是我国与多方面建立友好关系的原因。

享受新闻自由的国家

一九六五年四月二十七日

在亚洲能享受新闻自由的国家，首先要推日本，其次是菲律宾。

日本报界之能享受充分的自由，是由于报纸的独立性。大多数日本报章都不受政府、党派、大资本家或任何力量的支持。它们纯粹是民营的，故得以百分之百地站在人民的立场说话。

为了保持报纸的独立性，许多报社都采取一种制度，由该报同人分购报馆股份，使股权不至外流，免受外间势力的左右。数达四百万的《每日新闻》最先采用这种制度，其时是一九四二年。到了今天，该报的二千三百名职员中，有百分之九十六持有报社的股份。

日本报界敢做敢说，但是他们对读者负责，对报社负责，并不至于因“自由”而脱离了轨道，成了盲目的自由。日本新闻记者到处受人尊敬，尤其受政府机关人员的尊敬。贵如首相，也必须对记者毕恭毕敬地答话。否则，第二天他就要受到报章的非议。等而下之，各部官员如果得罪了记者，大则丢官，小则“一身蚁”，后果不堪想像。

菲律宾报人也享受差不多的自由，从另一种角度来看，或许他们更自由些，因为，菲律宾报界在运用“自由”的时候没有原则性，有时不免自由得过了分。

最能表现自由的特色是菲律宾报上的专栏作家，他们公开地批评国家官员以至元首。不一定要有真凭实据，常常说出一些令政府官员非常难堪的话。

但菲律宾总统麦加柏哥说：他宁可受到不正常的批评，胜似看到报章奴颜婢膝地为政府服务。菲律宾报人受到这种鼓励，各种不负责任的专栏必然会继续“繁荣”，因为读者最喜欢看这些，不管它真实与否。

亚洲四国心事不同

一九六五年七月十四日

亚非会议延期后，亚洲各国反应不一，最感到失望的自是中共，前此已谈过，不赘。这里只谈谈印度、巴基斯坦、菲律宾、印尼四国的看法。

印度——对亚非会议的延期最为满意。他一开始就无意参加，唯恐中印问题在会上引起争执，但自动退出却又心有不甘。他在会外积极活动不外是想削弱中共与印尼的影响力。他极力反对“亚非会议”成立一个永久秘书处，因这一来无异与联合国打对台。印度知道印尼首都正在建立一座富丽堂皇的大厦，目的就是要作为“亚非会议”的代表性机构。印度派出官员数人，到非洲各国游说，叫他们切莫支持此议。

巴基斯坦——心理十分复杂，由于新近发展的和中共的友谊关系，使他不好意思站在反对北京的一边。但是他也不能与共产国家在一起唱反美的论调。基本上他的态度是中立的，唯一反对的就是印度——他的老对头。

在上届亚非万隆会议时，尼赫鲁、周恩来、苏加诺最出风头，本届出风头的人物可能是阿尤布汗（巴基斯坦总统）、周恩来和苏加诺，不过阿尤布汗赞成马来西亚参加会议，这种态度是与周、苏两位不同的。

菲律宾——十年前是亚非会议的设计者之一，十年后的今天，菲律宾却几乎成了局外人，由于他与美国关系的密切，使他在“反美”气氛浓厚的亚非会议中地位不高。菲律宾原则上支持马来西亚出席，他同时也支持南越政府出席。不过亚非会议如果有成为第二个“联合国”的趋势，菲律宾一定会退出。

印尼——为亚非会议准备得最紧张的国家之一。他要在会议上积极排除马来西亚，此外，要为明年在椰加达举行“新兴国家会议”铺路。这个会议将包括拉丁美洲的国家，范围又比亚非会议为广，印尼希望这会议与联合国分庭抗礼，或最少成为“革命气氛”浓厚的组织。对亚非会议的延期，印尼与中共一样感到大出意外，继之是沉重的失望。因为亚非会议即使在十一月成功召开，其声势也要打一折扣。何况，有没有其他的波折，还在未知之数哩。

亚洲国家的合作

一九六五年十二月六日

十五个亚洲国家和十六个非亚洲国家的代表，最近在曼谷开会，通过成立一个“亚洲开发银行”的细则，这是亚洲的一件大事。

那十六个非亚洲国家中，有美国、苏联、英国、澳洲和纽西兰。都是赞助亚洲开发银行的计划，而愿意出钱出力的联合国会员。

亚洲开发银行的特色，是指定这是亚洲人的机构，非亚洲国家的投资不得超过百分之四十，以免为任何一个富庶的大国（如美国）所控制，在今后发展的过程中，亚洲国家的资金可以扩充到百分之六十以上，而非亚洲国家的资金则应相对减少（到百分之四十以下）。

银行的特色之二，是亚洲区内的国家（澳洲、纽西兰也作为亚洲区），又分为二等，一为先进国家，一为落后国家。日本、澳洲、纽西兰属先进国家之列，只准贷款与银行，却不准从银行中借款。这就进一步约束银行使其不为富国所利用，而充分发挥其对落后国家的作用。

第三个特色是，银行十位董事，指定要有七位是亚洲人。董事长将永远由亚洲人担任。这一董事会可限制行内各种计划，务使其对亚洲人有利，而不能出卖亚洲人的利益。

这银行暂定的资金是十亿美元。分配最多的是美国——二亿美元（等于非亚洲国家资金的一半）。日本——二亿美元（等于亚洲区国家的三分之一），其次是印度——九千五百万美元。最少的是寮国——四十二万美元。

苏联还没有决定其投资的计划，恐怕遭受中共的攻击，指其混于资本主义国家丛中，但苏联若不参加，却又不愿放弃这个参加“亚洲俱乐部”的机会（苏联近期外交政策是不遗余力地争取亚洲国家的友谊）。他可能要求银行订出一种特别章则，可容一些非亚洲国家提出资金以协助进行某项特定的亚洲发展计划。

香港据说尚未决定是否参加这银行，如果他参加，负责的资金将是七百万美元。

亚洲节育运动

一九六五年十二月二十三日

亚洲各国几乎无例外地面临一个问题，那就是人口的问题。许多本来不注意节育的国家，现在也开始注意了。以下是《远东经济评论》介绍各国控制人口的努力情况：

日本——是节育最成功的亚洲国家之一，由于推行合法堕胎，由有资格的医生执行，减少了许多婴儿的生产，也减少了妇女的心理负担。一九五〇年，妇女堕胎人（次）数三十二万。一九五五年急剧增加至一百二十万。到一九六二年减低至九十八万。表示妇女对避孕常识大有增加。日本的人口控制不但对其经济大有帮助，而且无形中也提高了人民的“质素”(有充分受教育的机会)。

中共——据所知，中共发动过两次大规模的节育运动，一次是一九五六年尾，延续至一九五八年。一九五八年“大跃进”开始，中共迷信虚报的生产数字，认为人口再多也不怕，只有增加军事和生产的力量，节育运动遂无形中断。直至一九六二年，才有政府提倡的节育运动的报道。此后，似乎一直在执行，例如一九六五年四月五日至八月，广东省计划生育指导委员会举行全省性的会议，讨论“进一步加强计划生育的推动问题”，结论是“人民已一般性地改变旧日的观念，而开始注意到节育的重要”。迟婚是大陆人员作为减低人口急剧膨胀的手段之一。其他的避孕方法也在推行中。中共又曾两次邀请日本节育专家到大陆访问。

印度——是最早注重推行节育的国家，但地大人多，民族复杂，进步并不显著。近年粮食紧张，印度政府更加着急。在第一、二个五年计划（一九五一——九五六、一九五六——九六一）时，所花在家庭计划指导的经费是六百五十万卢比和五千万卢比。到了第三个五年计划（一九六一——九六六）已提高到五亿卢比，可见印度政府把节育问题看得比什么都重。

巴基斯坦——由国家推行的节育运动于一九五七年开始。最近巴政府与瑞典专家签约，请求他们以先进经验协助指导。

星加坡——最近宣布一极积极的计划，准备向每一个已婚妇女灌输避孕常识。

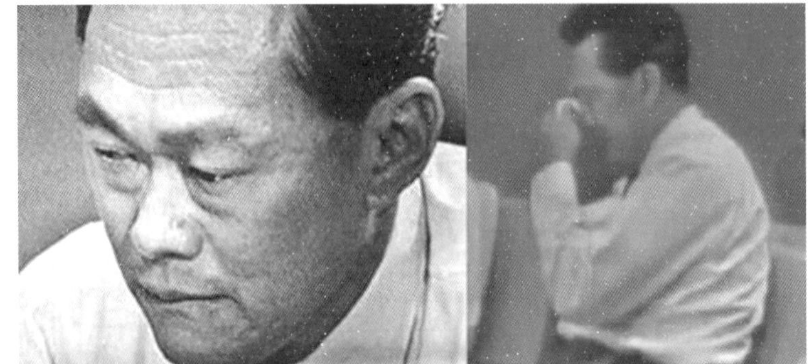

1965年新加坡脱离马来西亚联邦，李光耀泪流满面

1965年马科斯当选菲律宾总统

泰国前摄政王比里·帕侬荣

寮国通往越南的胡志明小道

东南亚：中立与困境

美国两面不讨好

一九六五年一月八日

一九六五年一开始，对于美国来说，就显出是一个不利的年份，特别在东南亚是如此。

上星期在马来西亚，群众发动一次反美的示威，向吉隆坡美大使馆投掷石头，要求政府杯葛美国新闻处图书馆，抵制一切美国的援助。为的是什么？简单地说，原因有两点：（一）当印尼一再声言要粉碎马来西亚的时候，美国仍然源源将物资送给印尼。（二）马来西亚与美国谈了很久的关于国防方面的援助，美国只答应给予七年的贷款，还要收取利息。马来报章尖刻地称美国为“我们的收取利息的朋友”。马来政党领袖也嘲讽地说：“美国人一向以民主的领袖自居，但这大概是他们第一次在反共的战争中收取利润了。”从这种种言论可知马来西亚对美国人失望的程度。

在印尼，这个与马来西亚敌对的国家，人民反美的行动更趋于激烈。上月初，椰加达和泗水的美国图书馆被人民肆意捣毁，损失达一万英镑的数目。印尼副外交部长在圣诞前后公开表示：印尼政府考虑禁止美国的一切活动。印尼人反美的原因是什么？据说竟是“不满美国支持马来西亚”。

像这样的令美国人啼笑皆非的例子很多。在北越，河内政府指责美国人扩大战火至寮国与东京湾。在南越，反共军人却怪美国畏缩不前，不敢打到北越去。北越的胡志明骂美国人支持南越傀儡政府。南越的阮庆也骂美国人支持文治政府与军人对抗，在不久前几乎发动军队反美。后来幸亏有关方面及时制止，才得免于乱。

在越南的邻国高棉，施汉诺指摘南越军队入侵边境的事件，应由美国负其全责，上星期并严重声明，如果再有一个高棉人民被南越军队杀伤，则高棉将与美国完全断绝关系。

与美国感情最好的国家菲律宾也发生反美示威，五千人在美国第十三空军大队基地抗议美军杀人。在过去二年来，共有三十名菲律宾人无辜被杀。这事件是由一个十四岁小童和一个渔人在最近两星期内先后被美卫兵射杀而引起，人民愤怒情绪高涨，要求美国人撤出一切菲律宾的基地。

从这些零星的事件看，就可以发现美国在东南亚的处境是如何尴尬了。

泰国青年的"苦经"

一九六五年一月二十日

一个泰国青年这样向一个外国人诉苦："当我自伦敦大学毕业回到泰国时，只有二十六岁，带着满腔的热情，我想改革我的国家。

"我拟好整套的计划，要破除泰国人的迷信。我准备告诉人们，在一个现代民主社会中，人们有权要求政府改革，不必见到官员就害怕。我要把泰国改进成一个理想的、美满的国家。

"我甚至欲不择手段地以求取得泰国的变化，那时如果泰国有一个毛泽东式的人物，我会毫不考虑地去参加他的行列。

"可是，现在我对一切都心灰意冷了。在曼谷居住五年后，我发现泰国人并不真正要求改革。他们太满足于现实。如果有谁要求他们改变，反而使他们大吃一惊。

"基本上我发现泰国人是天性慵懒而得过且过的。这是热带国家的通病。你怎能改变一个民族的天性?

"得到这样的结论后，我就追求享乐，人生就是如此，这何必谈什么革命?"

以上一段话是《远东经济评论》(*Far Eastern Economic Review*)的前任总编辑威尔逊写的。威尔逊虽然辞去该刊的职务，但仍以丹尼和夫斯丹(Daniel Wolfstone)的笔名在该刊发表文章。他评论说，像那位泰国青年的苦闷，不仅发生于泰国，同时也发生于印尼、菲律宾和其他热带国家中。

是不是所有热带国家都无法改进呢？威尔逊以为不然。热带人之所以性懒，是由于天气和胃口的影响。能够改善这两个因素，即可改善热带人的脾气。冷气间设备是一个有利的条件。如果泰国能普遍利用冷气，再改善人民的日常菜单，便可以增加国民的精力与朝气（泰国人多痴肥，他们不愿吃蔬菜）。

威尔逊建议那个有志于改革的泰国青年，从事教育工作或机械工作，逐渐就以上两项因素改善泰国人的脾气。这并不是短期内的工作，但是只要向好的方面发展，就是可喜的，又何必苛求于一朝一夕？

从泰丝看泰国

一九六五年一月二十七日

“泰丝”在世界各地已非常流行，也是妇女欢迎的一种丝织品。但泰丝的兴起只是战后短时期的事，到现在已有很多竞争者，在中国大陆、在印度都有类似的出品。

有一个笑话这样说：“泰丝”的丝是日本出的，染料是德国制的，管理的人才是美国的，只有它的名字才是泰国的。

这种情形在初期来说或是如此，现在当然不是了。泰丝的成功与一个美国人有很大的关系，这人名叫汤逊(Jim Thompson)，战后居住泰国，他将他的精力全部投在泰丝中，并打开了国外市场。

现在，除了汤逊本身的工厂外，在泰国各地都有制造泰丝的小型工厂。小厂的织造机在十至二十台之间，都由妇女司其事。每天工作八小时，实际上非常松懈，她们高兴时工作，不高兴时就放下。每人一天能织五码以上。管理人员不愿意她们的产量多过五码，据说织多了就会粗糙。

她们所得的工资没有标准，每码约合一角二分至二角美金。每月的工钱大概是二十五美元，合港币为一百五十元。工人没有工会组织，对于工资多少无商量的余地。

做生意的手法也完全是被动的。通常由一个外籍商人从外国接获订单，然后到这些小厂搜购出品，从中大刮一笔。泰丝最大的市场是澳洲与美国。有时由澳洲或美国商人寄来一个样本，指定需要某种颜色（通常是追随巴黎的流行色素），泰国人就照那样本生产。如果没有订单来，十个工人就剩下五个开工，半数休息。

泰国政府对这项冠以国家名字的工业几乎完全不予理会，听其自生自灭。没有核定泰丝水准的机构（出品质料遂参差不齐），没有管理出口的政府部门，没有人去为商人策划出路，这种态度令泰丝受到不少的损失。

到目前为止，中共大陆与印度的同类出品还比不上泰丝，它们在外表上虽接近，但容易起皱纹。然而在竞争激烈的情况下，将来泰丝转处下风是不稀奇的。

从这一点可以看出，东南亚国家不是没有财富，可惜他们不肯多加利用。各国的特产应当很多，要打开国外市场，也并不困难，问题是有没有一个发奋图强的政府去领导商人寻出路。

菲律宾报界主动反美

一九六五年二月九日

美国与菲律宾的关系最近闹得很不愉快，这是因两个菲律宾人被美军无故杀害的结果。本来菲律宾人早就反对美国在菲岛设立基地，经过这种事件后，更如火上加油，不可收拾。

菲岛报界在这次事件中，担任了积极的角色。如果没有报章的推动，菲人的感情大概不至于燃烧得如此强烈。这事件表示，菲岛的民族意识在日渐高涨中，而知识分子对美国的反感也日趋强烈。

在第一次事件中，一个青年因拾取废铁而被美军击毙。根据条规，美国政府向此死亡者的家属发给“死亡赔偿金”，总值大约是七百元。菲律宾报纸发动了一次强烈的运动，要求把凶手移交法庭审讯。美大使的答复是“有一美军守卫已被扣留，不得越出卡拉拉基地半步”。菲报章即愤怒地指出，这是“不了了之”的前奏，他们提出责问：“一个美国人只花七百元就可以杀死一个菲人吗?”

这个事件还未平息，美军又在海军基地附近击伤另一个菲律宾人，马尼剌报章即对美当局展开全面的“炮轰”。

美大使试图解释，过去曾有菲律宾不良分子，潜入美基地投掷炸弹，因此美军不得不经常作严密戒备，杀人的事件乃在不得已的情况下而发生。

菲报章立即攻击说：美军杀了人，不但逍遥法外，还将被杀死的无辜者加上一层“赤色”！马尼剌报章的主笔及专栏作家，几乎站在同一阵线，向美当局开火。他们说：“美国人当菲律宾人是可杀的民族!”

使事情更复杂化的，是印尼急欲挑拨美国与菲律宾的关系，以坐收渔人之利。据说，菲律宾人的多次示威之中，均有印尼人参加，并从中计划及指挥。

从目前的情况看来，美菲事件已暂时受到控制，不会再恶化下去，但这是一个火种，以后再有任何类似的事件发生，均会引致严重的后果。在多事的亚洲中，平静的菲律宾恐怕不久也会被卷进漩涡。

印尼出军　进驻菲边

一九六五年三月二十四日

近来，国际的视线集中于越南，印尼与马来西亚的纠纷反而显得平淡了。苏加诺也没有再口口声声说要粉碎马来西亚。然而，菲律宾却突然紧张起来，据说马尼拉接到报告，在南部的一些岛屿上，发现有印尼渗透的迹象。

翻开地图，可以发现菲岛南部与印尼十分接近。一些离岛更分不清应该属于菲律宾的，还是属于印尼的。菲律宾总统马加柏哥最近到南部某一岛上访问，他发现那里的居民，全部是印尼血统，他们甚至连菲律宾的国歌，也不清楚。

一个月前，菲律宾国防部宣布，逮捕了一名印尼间谍。根据官方发言人称，这名印尼的间谍供出，印尼计划在一九七〇年并吞菲岛南部的一个岛屿苏努，该岛上回教徒占大多数，与印尼生活习惯接近。

驻马尼拉的印尼大使馆对这一消息马上否认，并指责说，这种消息是有意破坏菲印两国的友谊。

然而《马尼拉日报》最近又报道，印尼派出五至六师军队进驻夏马希拉及安马华拉两个小岛，这两个岛都是与菲律宾南部极为接近的。这不免更启菲人的疑窦。

三月十三日，菲律宾总参谋长山杜斯下令南部海岛军队立即调查关于印尼渗透的事实。山杜斯本人最近也到达南岛调查，据他发现，约有一万二千名非法移居菲岛的印尼移民，这些人物全是危险分子。

山杜斯将军已向菲律宾政府请求在五年建军国防预算外，另拨二亿披索（相等于美金五千万元），以增强南部岛屿之防务。这一笔额外的国防预算是准备建立一个喷射机起降的机场，一个海军基地以及调动更多的军队，增强南部的工事。

菲律宾外交部也注意这件事情，据说将检讨菲印二国的边界条约。外交部官员说，在这个条约之下，两国边防上虽说都有检查站，以检查非法分子，但并不足以阻压渗透。因此，如何加强边防，乃是当务之急了。

默不作声的国家

一九六五年三月三十日

在亚洲，有一个始终保持缄默的国家。对邻近各国发生的事情，仿佛听而不闻，视而不见。不论印尼与大马的厮杀声喊得多高，美机在北越的轰炸是多么厉害，在他的报章却永远是一段小小的新闻报道，不会高过四栏，而且“绝不置评”。

这个国家就是缅甸。从一方面看，他是积极保持中立，东家是新知，西家是旧好，谁也不愿得罪，索性默不作声。从另一方面看，他本身已是自顾不暇，自一九五二年实行所谓“社会主义化”后，国计民生，弄得乱糟糟，“门前雪”尚且难于自扫，更莫说有余力去理他人的“瓦上霜”了。

到今天为止，缅甸已将一切大小商业全部收归国营。街头的商店改为人民合作社，办事官僚主义化，效率奇慢。所有银行改称人民银行。所有外国企业由国家无偿地接收，外国侨民（包括中、印、英、法等国）霎时破产，不名分文，只能像乞丐般过活。在政治方面，缅甸全国的政党均被解散，只留下执政党，成为一党治国的局面。反对党的领导人毫无例外地全在狱中。军人、商人、知识分子，为了保持他们的地位与安全，只得一一加入执政党。各地的工会也尽数解体，代之以唯一的“人民工会”。

从这许多情况看，缅甸的作风是与共党十分接近的。然而缅甸却非一个共党国家，他对共党颇为憎恶。与中共表面上虽是称兄道弟，背地里也是暗怀鬼胎。缅甸官员公开宣称共产党为“粗鄙的唯物论主义者”。他们又说，缅甸今天的心腹之患乃是共党的扰乱，政府军唯一的敌人便是白旗共党游击队。

缅甸不满中共的地方很多，最主要的是后者公开予“白旗”以支持，去年，白旗的领袖在北京用缅文和英文播出一千字的激动的宣言，令缅甸政府大为生气。

此外，中共在多方面企图影响缅甸的政策，如要求缅甸谴责联合国，要求缅甸莫参与局部核子禁试协定的签字等，都使缅甸极为不满。

缅甸似乎在选择单独地、静静地像隐士一般实验他们的社会主义，他们不愿受东方或西方的干扰。

东南亚各国的心理

一九六五年四月九日

美国轰炸北越，东南亚各国的反应不一。

据美国记者观察，中立国之中，反对最剧烈的是高棉。高棉元首施汉诺称美国的轰炸为“罪恶的轰炸”。其次是印尼。印尼人民有一首新歌，歌词说:“美帝国主义是世界上的魔鬼!”

但大多数亚洲国家反对美国的轰炸仅属一种理智，在他们内心中未尝不希望这种轰炸能阻遏共党势力的发展。例如寮国与缅甸，表面上虽不作声，心底里却期望美国的轰炸能取得一种效果，使自由世界的势力与共党势力继续保持均衡，不至于一面倒向中共。

这种心理乃是基于东南亚各国普遍的对中共的畏惧。他们以为亚洲最终是难免一国一国地被共党势力所侵吞的，鹰(美国)虽然骄傲地在天空飞翔，但却难敌地下成群结队的蚂蚁(中共)。

东南亚各国都有一种消极的想法，他们以为南越很难成立一个坚强的反共政府，不论美国人怎样努力，都不过是一种时间的拖延。但是，话说回来，能够拖延得多一个时期总是多一个时期的好。因此他们对美国的轰炸北越，又具有下意识的支持。用一句不大贴切的形容词，是“乍喜乍惊”。喜的是，美国总算拿出他的反共的决心来。惊的是，美国的行动不足以防阻共党，反而把局面越弄越糟。

马来西亚对美国轰炸北越是最表示赞同的，因为有一个时期，美国要与亲共的印尼为友，反而将马来西亚冷淡在一旁。现在美国已表明反共的坚决态度，最少是跟大马要密切地站在一条阵线上。而对北越的轰炸，无形中包含了另一种理论，即在必要时，英国也可以轰炸印尼，以摧毁印尼的反马军事设备(这一着，印尼确是在提防中的)。

泰国自然也积极支持美在南越的立场，因为他不得不支持。倘使美国在越南失败，则他退守的阵地就是泰国。换言之，泰国将成为另一个破烂的越南。这是泰国人所最害怕的。

说到最后，东南亚各国都不希望美国真正跟中共打起来，他们并不急于获悉谁是真正的“纸老虎”。只要能够拖延时间，保持均势，那就是好的。这就是刚才所说的消极心理的注解。

菲律宾向东转？

一九六五年四月二十一日

由于越南局势继续恶化，菲律宾很害怕有一天会卷入战争的漩涡。不少菲律宾人已开始要求与美国疏远关系，要求菲律宾采取一种中立的政策。

这种风气反映于一般社交谈话中。在两年前，如果有谁表现这种情绪，即使不被视为“赤色”，最少也被视为“疯狂”，但现在一个菲律宾人谈到“中立”，却令人觉得是时髦的，合乎潮流的。

最显明的一点是，本世纪初曾与美国人作战的阿桂那多将军，忽然被看成一个英雄。这个老人去年逝世，死时九十四岁，本来是一个被遗忘的人物，现在却忽然在人们口中活起来。据说人们看重他的“反美”的精神。

菲律宾人并不憎恨美国，他们不满的是美国在菲设立基地。在战事发生时，这些基地可能令菲律宾受到袭击。况且，美基地的驻军常常不慎杀死菲律宾人，引致怨声载道。

菲岛人民有一种看法，他们认为在二次大战时，如果菲律宾能宣布中立，可能逃去一次残酷的战祸。但不幸，菲律宾没有这样做，结果成了美军与日军的战场。这种看法自然不大正确，但却足以反映菲人害怕战争的心情，今天他们也想趁早宣布“中立”，以避免再一次成为美国的“战场”的危险。

美国曾统治过菲律宾。老一代的菲律宾人对美国都有一种兄弟般的感情，但这种感情可能已逐渐过时了，今天有百分之七十的菲人是在三十岁以下的，他们没有受过美国人的教育，对于美国人觉得陌生，虽不至于敌视，但却认为最少没有为美国人服务的义务。

菲律宾人有一种奇异的感情，他们尊重印尼，虽然印尼经济情况很坏，人民在饥饿中过日子，但菲人觉得印尼在政治上表现的傲气和“中立”的性格是值得羡慕的。

西方记者有这种看法，菲律宾越来越多地向“东方”接近，与“西方”疏远，越来越多地表现一个在亚洲国家的特色。一个菲律宾报人说：“我们夹于亚洲的二强之间。西有七亿人口的中共，南有一亿人口的印尼。我们能倚赖美国以保卫我们吗？说不定，我们要逐渐变化以适应亚洲的新形势。”这番话，或可代表一部分菲律宾人的看法。

泰国人看亚洲局势

一九六五年五月二十六日

美国记者马亭，最近向泰国外交部长古曼访问，广泛地谈及亚洲和南越的问题，使我们了解泰国对整个局势的看法。现摘其要点如下：

问：古曼先生，在南越是否可以通过协商以取得和平呢？

答：是谁要求协商？南越并没有要求商谈。中共与北越对此也无兴趣。他们的处境是十分明显的，他们要控制南越，要美国无条件的完全撤退。这等于投降。要投降，那太容易了，还何必商谈呢？

问：许多人觉得再回到日内瓦去商谈是有益的，不是吗？

答：在日内瓦已经谈过两次，再谈下去也没有用。我们无权把寮人及南越人当作牛马，赶他们上市场拍卖。如果你们（美国人）要在欧洲——在柏林——把欧人出卖，那是你们的事，但是不要拿亚洲人民的自由来这里做试验。

问：亚洲国家可以采取中立政策吗？

答：如果你能使我们相信共产党仍会准我们保持自由与独立，我们可能承认中立主义是个避难所。寮国和印度算是两个中立国家，然而中共并没有意思容忍我们中立。他们要占领泰国。中共外长陈毅已经清楚表明，中共要派干部来协助“解放”泰国，这种做法正好似中共及北越之协助自由寮来“解放”寮国。我们对于中共的说法，并不视为笑谈。

问：如果美国从越南撤退，请问泰国又将如何？

答：我不以为美国会自越南撤退。但是，果真此事发生，我们将不得不加强我们的防务。

问：古曼先生，你以为印度尼西亚与中共，是否都企图合力把西方逐出亚洲？

答：中共已经很清楚地表明过，他们要西方在东南亚的基地完全撤消。印度尼西亚的动向，则比较含糊。他们可能要英国基地完全撤消，这样便可以加强印尼的地位。

问：如果英军自星加坡及马来西亚撤出，这是否也将影响泰国之安全？

答：如果英国真要尽到东南亚联防公约一员的责任，他必得在马来西亚保有基地。因此，如果这些基地被撤出，这将削弱东约组织的力量，我们也自然变软弱了。

马来西亚的外交攻势

一九六五年五月二十九日

建国后的马来西亚，虽然时间不长，但已奠定了他的稳固的地位。今年开始，大马展开了连串的外交攻势，发动他的高级官员到国外去访问，建立良好的友谊关系。财政部长陈修信到印度、伦敦和纽约；工商部长林瑞安到澳洲和纽西兰；副总理拉萨克到非洲，访问坦桑尼亚、苏丹、埃及、乌干达、埃塞俄比亚等国，另外还有亚洲的黎巴嫩和锡兰。总理拉曼访问南韩和日本。

这种外交攻势显示马来西亚以西方的关系为基础，却极力与中立国家发展友谊。马来西亚的努力，另一个目标是参加“亚非会议”。

亚非会议不久就要在阿尔及尔开幕，马来西亚如要求参加，必然受到中共、印尼这一集团的反对。但马来西亚抱着乐观的希望，企图打破这一难关。只要中共、印尼口头上的反对不生效，便须在亚非会议大会上表决，应否让马来西亚出席。那时大马很有机会争取到足够的票数以为支持。这些日子，大马的外交攻势，主要为了这个目的。

现在来估计大马副总理拉萨克的东非之行的成就还过早，但虽然有小部分国家不同意大马的立场，大多数还是愿意与马来西亚交友的。拉萨克在非洲指出：马来西亚不是英国的“傀儡”，他有独立自主的权力。英国虽有军队驻扎在大马，但这种地位可以由其他军队来取代。

星洲总理李光耀在国外也说过类似的话。李光耀曾访问过澳洲、纽西兰和印度。他的出色的口才，赢得很多的友人。

马来西亚的外交攻势，对于他的国际地位的提高，自然是极有帮助的。

寮国渡过三次政变

一九六五年六月二十一日

寮国是一个复杂而难于了解的国家。不但普通人对这个国家的局势难于掌握，就是派驻当地十余年的外交家，也是一知半解，对寮国的政坛人事变化，常感眼花缭乱，莫名其妙。

比方说，在过去四个月来，寮国的富马政府一共渡过了三次政变。这三次政变都是右翼军人发动的。但其性质有何不同？幕后人是谁？主持者是谁？为什么失败？倘使你要一个西方记者好好说出来，他一定回你一个苦笑。

一般人只知道寮国分成两半，东一半地区是属寮共的，西一半地区是属中立者富马政府的。但在富马这一边，中立派和右派军人之间，常有争执。右派以诺萨旺将军为首，想要推翻富马，取得政权。而在富马的中立派内部，主持军事的康利将军也与富马颇有矛盾。此外，有一派政坛新派系，以财政部长金巴锡为首，隐然有出任未来首相的野心。金巴锡派虽还未能成为一个政党，但他的追随者中不乏年轻而有学识的政坛少壮分子，前途甚为乐观。

在寮国政坛中，除了王族之外，萨纳尼康家族也是极大的一派势力，这一派与右翼军人是互相联系的。萨纳尼康派是富马的眼中钉。目前富马利用金巴锡派与萨派的矛盾，在政治上取得一种平衡。

富马亲王与苏发努冯亲王（寮共首领）之外，还有一个彭安亲王，他的势力也是不能忽视的，寮国南部最少有三位将领直接受他控制。富马亲王的势力则主要在京城永珍。

中立派军事领袖康利，最近与富马有一次口头争执，原来印尼忽然想讨好康利，向他私人建议，由印尼供应军械、弹药和制服，以加强康利的部队。康利几乎答应了。但富马大加反对，他知道印尼的援助背后，可能有很多政治阴谋，那是决不能接受的。于是富、康之间传说不大愉快。

自越南局势急转直下，世人把注意力都放在南、北越，而忽略了寮国。事实上寮国也确因越局之紧急而苟安一时，因为共党的精力都放在越南问题上，原来援助寮共的北越专家多已他调，所以寮共的活动也告减少。

寮国的过期选举

一九六五年六月二十二日

寮国政府面临的一个难题，是原定今年四月举行的大选。这大选至今还未付诸实现，如果干脆置之不理，则国家宪法无形中已经破坏；如果一定要实行，又困难重重，不知从何着手。

从富马亲王以下，大多数官员还是主张应当举行。但选区不包括寮共势力控制的区域。根据最近的计划，有资格选举的约为一万九千人，包括政府公务员、军官、乡村首长和其他人士。选民将选出一张能孚众望的人员名单，再由国王就名单中指委五十九名，以组成新国会。

寮共由始至终反对这个计划，他认为整个程度都是非法的，甚至加以讨论也是不合法之极。

但寮国是东西两大势力冲突的一个典型，如果能顺利进行一次大选，对本国和国际形势都有很大的影响。

现时的寮国政府是由三大派系（左、中、右）联合组成的，尽管实际上已有变质。富马说："我们将尽力维持三派联盟的关系，但问题在大选之后，寮共方面是否愿意遵守宪法。"言下之意是寮共如不遵守，则将导致最后的决裂。

英国驻寮代办丹逊说："新内阁如果组成，阁员之中一定要包括寮共的人在内。"法国大使米尔特说："没有办法能解决寮国的政局，除非在日内瓦开一次会议，由各大国再来商量一下。因为寮国的现状，是由日内瓦会议谈出来的，现在这机器已经坏了，‘解铃还须系铃人’，自然还要回去日内瓦修理。”

苏联驻寮官员对寮国的未来不敢表示什么意见。事实上，苏联人在永珍的态度有些尴尬，既不愿开罪富马，也不想得罪苏发努冯（寮共领袖），结果只好凡事皆保持缄默。

有人问苏联官员，如果寮国选出一个政府，由富马领导，但没有寮共的成员在内，苏联态度如何，是否将对寮撇清承认？

苏联官员想了好一会，才答道：“问题不在这里，只要富马政府是真正中立的，则其内阁成员的条件，就不显得重要了。”

西方观察家看星马

一九六五年八月十二日

星加坡退出大马联邦之后，人民行动党一位国会议员曾经宣称，星加坡是被逼退出大马的。大马外长拉扎克立刻发表发明，说是并无其事。

据比较中立的西方观察家看，这次星马分家，实在千头万绪，内情复杂得很。他们举出了十点荦荦大端：

（一）由拉曼总理所领导的大马中央政府基本上是右倾的，星加坡总理李光耀则基本上倾向社会主义。一左一右，两者之间的冲突几乎无可避免。

（二）中央政府亲近西方，星加坡政府则接近不加盟集团。虽然星加坡在外交政策上无权发言，但是李光耀常与不加盟集团国家如柬埔寨、缅甸等国领袖来往，使中央政府时感难堪。

（三）吉隆坡和星加坡在从事迅速的工业化，竞争剧烈，遂有摩擦之处。

（四）虽然印尼反对大马的政策影响到大马全部，但是对星加坡的影响最大。星加坡失去了与印尼易货的机会，经济上大受打击，希望中央政府援助，中央又援助得不够，反而在星加坡加税。中央政府则抱怨星加坡对中央贡献太少。

（五）星加坡嫌它在大马国会中只得十五名议员，为数太少，因为照人口比例，星加坡应占三倍于目前的议员名额才对。但是大马政府认为，星加坡要保留在教育和劳工上自治的权利，同意少得些议席的，不能反悔。

（六）中央政府由三党组成：马来民族联合组织、马华公会、马来亚印人协会等。星加坡的人民行动党乃是少数。但是去年以来，人民行动党的活动渐渐侵入马来亚，自然引起中央政府的不满。事实上，这是星马不和的一大因素。

（七）人事上的因素也很重要。李光耀及其左右一向与大马财政部长陈修信（马华公会主席）有所争执。

（八）大马中央的右派巫人领袖认为李光耀有个人野心。李光耀争取巫人，也使中央不满，认为李氏有意制造种族分歧。

（九）李光耀建议“马来西亚人的马来西亚”，招来猛烈的攻击。

（十）大马中央政府对于李光耀的锋芒毕露，深感不悦。

星马之间和平竞赛

一九六五年八月二十六日

星加坡脱离马来西亚后，双方仍有一种默契，那是在未来的军事防卫上和经济发展上互相合作。决不牺牲对方的利益，与第三国签订协定。后一条件，尤指星加坡不得与印尼交好。

星加坡总理李光耀为了避免大马对星洲外交政策的怀疑，一再强调说："我们不会派遣大使到椰加达去。"星加坡不但目前未有恢复与印尼通商，就是与印尼外国小岛的物资交流也绝对禁止。这些小岛，其中一部分距离星加坡还不及五哩。

星加坡领袖说，他们最主要的愿望是生存。未来的政策也许像亚洲的另一个小国高棉，保持中立，但英国的军事基地，星加坡愿意保留，希望这不致破坏他中立的条件。这些军事基地是要来保卫星洲与马来西亚的，不是要来做侵略之用的。

星加坡与吉隆坡(大马首府)间的关系，假以时日，相信会慢慢地达到融洽的地步。因为星加坡在地理环境上需要紧紧依靠大马，星洲未来的繁荣，有赖于与大马的和平相处及合作。彼此间有唇齿相依的形势。

过去星马之间闹得不愉快，政治是一因素，经济也是一大因素。吉隆坡为了照顾全国各地的经济而做的安排，少不免委屈了急剧繁荣的星加坡。举一个例，大马在衣服制成品的出口安排上，连那些还未成立的工厂也获得“配额”。但星加坡的许多现成制衣工厂却必须减产或停业，以适应全国出口数量的编排。这在大马来说，他觉得那配额是公平的，但星洲就觉得不满，而且发生迫切的困难。

星加坡总理李光耀曾提出“马来西亚人的马来西亚”，受到不少马来人的指摘。这句话的意思是在马来西亚境内，不论什么民族的人，都具有同样的权利与义务。但部分马来人觉得，他们在马来西亚应该具有优先的地位。

现在，星加坡离大马而独立，政府将以“马来西亚人的马来西亚”这一主张做政治的实验，期望在星洲境内做到不同的民族绝对平等的原则。

在吉隆坡方面来说，星加坡的任何措施，都是对大马的和平挑战。星加坡如果成功，则马来西亚就会显得落后，反之亦然。根据这一观念，星马的分立可能会推动彼此间的进步。

东南亚十字路口

一九六五年十一月二十二日

星加坡自脱离马来西亚而独立后，即派出一个重要的亲善访问团，由副总理杜进才率领，除在纽约顺利取得联合国会员的资格外，并到非洲及东欧各国访问。

这一访问团最近到了缅甸，在此之前到过南斯拉夫和苏联，最受人注意的，自然是到苏联的访问，莫斯科已答应派遣一个贸易团到星洲去，商量双方贸易的事宜。

在莫斯科的时候，杜进才曾接见记者，记者问：贵团出国访问的最大目的是什么？

答：本团的目的是阐释星加坡的新面貌，同时争取更多的友人。过去星加坡是一个殖民地，然后是一个半殖民地，现在是一个独立的国家。我们的目的是要在国际事务上，运用我们独立的思想，同时也宣传星加坡与邻国和平共存的政策，尤其因为我们知道星加坡是处在东南亚的中心。因此，如果要维持这个在东南亚十字路口的地位的话，就必须保存过去几十年来各国对星加坡的友好关系。

问：你在苏联会谈时有提到越南的问题吗？

答：我们没有讨论越南问题，但是苏联关心我们对邻国——如中国、印尼及其他国家的态度。我的回答是当然的，我们经常表示愿意“跟所有邻国”友好，包括印尼在内，星加坡根本没有对抗过任何人，但我们曾经是对抗的目标。我还须补充，友好的对象也包括马来西亚在内，这是很重要的，这并非意味因为我们跟马来西亚分离，现在我们就必须对他采取敌对的态度，情形并非如此，我们还是认为，两个地区之间的经济合作的理由还是有效的。最初我们参加马来西亚的理由就是这样。

问：你此行曾要别的国家派出贸易代表团到贵国访问，犹像苏联一样吗？

答：哦，那些和星加坡有贸易历史的，我们曾经询问过，而我也向他们提出相同的邀请。比方说，布尔格来德一路来是和星加坡贸易的，他们盼望南斯拉夫和星加坡之间的贸易要平衡。我告诉他们，最好的办法是遣派他们的官员出国，寻求对于这问题的办法。

泰国的军事实力

一九六五年十二月二十八日

在南越战事剧烈进行当中，泰国对于他的国防相当的注意。因为泰国与越南邻近，而他是目前东南亚少数不受共党干扰的国家之一。美国和泰国政府人士相信，共党意欲渗透泰国，以转移世人对越南战事的视线。

在这个假定下，泰国将他的军队十五万人，分布在寮泰、柬泰、马(来西亚)泰边境的各重要据点上。

泰国空军经常在东北边境演习，这包括四十架或以上的F-86战斗机，一方面作为空军训练，一方面严密监视当地的领空。

在真正作战时，F-86战机或略嫌落伍，但泰国境内有美国最新的F-105飞机驻扎，这种飞机能作战、能轰炸，速度极高，有飞弹设备。在轰炸时可携带二百五十磅的炸弹，随时可在命令下出击。

在泰国境内，已有六千名美军在做各种任务的协防。这一消息虽未经证实，但却是西德新闻社发出的，从各种形势看，大抵相当可靠。

同一消息来源又说：美军在泰国储备足够一师兵力作战的武器，在战事发生时，任何伞兵空运抵达，即可立刻装备上战场，包括坦克、军车、大炮在内。装备工作可在三十六小时之内完成。

泰境内的美国军人，现主要负责泰军的训练工作。由于越南战事的教训，美国人未雨绸缪，急于将泰国军队培养起来。

除正规军外，泰国现有“志愿防卫兵团”约一万四千人，它的主要工作是侦察、监视共方可能渗透入境的路线。这一“兵团”在今后数月内将大量扩充。

泰国的装备全部是美式军械，在亚洲国家中说得上相当优良。目前在国防上唯一的缺憾是通往边境的运输路径不足，边境有事时，应付比较困难。泰国现正修筑一条战略公路通至寮边，其目的正是为增加防务之用。

缅甸军人搞经济

一九六五年十二月三十一日

印度总理沙斯特里上星期到缅甸做了一次短促的访问(逗留三天),这次访问没有什么特定的目的,大概是想看看缅甸的情况。这几年来缅甸关起大门建设他自己的“社会主义”,外人极难入境观察,不知玩的什么把戏。

四年前,尼温将军开始建设“缅甸式的社会主义”,他的方法直接而粗鲁,下令军队接收全国的商业,大如银行,小如杂货店,全部由国家管理,实际上亦即由军人管理,原来属于该等商号的老板或技术人员,只以顾问的身份存在,不再具有任何权力。

于是发生这样的笑话,当你到一家杂货店去买一斤米时,会发现掌柜的是一个大兵;当你去税务局接洽一些事情时,一个中尉军官出来和你接头,他却一窍不通,时常要回过头去问身后的文官(以前的税务局职员)。

缅甸的十五万中国、印度和巴基斯坦的侨民,本来是缅甸商业的骨干,自尼温执行新政后,即被驱逐出境。华侨倾家荡产,惨不堪言。

由军人接收工商业,已经不安;由军人继续管理,更是错误百出。缅甸经济的乱糟糟的情形,难以尽述。缅甸本来是产米国家,但现在仰光市民只能吃最劣等的米。他们经常买不到肥皂、厕纸、煤炭……什么都缺乏。为了买一件日用品，家庭主妇可能要在夜间轮候到天亮。

贪污、黑市的情况，到处涌现，幸亏缅甸是一个土地肥沃、物产丰盛的国家，在六十万平方公里的土地中只有二千四百万人口。在各种困难当中，依然维持相当的安定。在缅甸，极度贫穷的人很少。而且这些年来，在国际上采取中立的政策，没有遭遇什么战乱，这是难得的地方。

尼温也承认经济的失败，两星期前，他在演讲中坦率地说："缅甸经济现在是一团糟，政府缺乏统一的政策。若非缅甸先天条件的富庶，我们大概要挨饿了。"他又说："在这一门工作上（指经济），我们可能缺乏学识，但我们终归要学会的。"

美军进攻村庄

美军登陆南越港口

美军训练山地土著民族

越南：战争与苦难

“有时坏，有时好”

一九六五年一月十八日

美国《新闻周刊》的纽约编辑威廉杜埃，最近派往西贡，就任当地办事处的主任。这位编辑先生到任四天之后，即寄回了一篇《西贡印象》在该刊发表，虽属浮光掠影，却也可看出一个新到西贡的人，其观感为如何。

他甫下机，即发现触目惊心的印象。机场上军警林立，机场餐厅刚被游击队的炸弹爆炸过，堆满了瓦砾废片。一队直升机自空中飞过，似乎正往执行某种严重而神秘的任务。

当他从机场驱车进入市区时，却又是另外一番景象了，各种车辆川流不息，交通十分挤迫，人民态度安详。使人绝对想不到这是一个在战斗中的城市。

西贡街道宽阔，两旁树木林立，有法国南部城市的风味。身材高大的美国军人常在街头出现，他们与西贡人相较，显得特别突出。

城市中的菜蔬供应很丰富，虽然西贡市郊即为越共游击队控制，但一车一车的蔬菜米粮还是源源开入西贡出售，越共对这些农产品照例抽取税收，却不予阻拦。

西贡街头的孩子们对美国人有两种评价，如果你给他们零钱吃糖果或看街头电影就是“NO.1”(好人)，否则就是“NO.10”(坏人），这里没有中间路线可走。不过，有一个少年曾对本文作者投以蔑视的眼光，吐了一口涎沫，表示对美国人的厌恶。

作者到西贡的第二天，就目击一群青年的示威，抗议七个学生被捕。他们的年纪大多数不过十至十五岁，带着一种盲目而狂热的神情，先是在美国人的酒店前高呼反对口号，后来又冲到中央市场，但市场军警林立，他们又冲到别处去。

西贡城内有相当的安全感，但不论任何人一出城外，生命就危险了。有三个军官在西贡河上滑水而被射杀，后来派去调查该事件的军官也被手榴弹炸伤了。

美国人在西贡，除了军事人员之外，还有约四百个家庭，组成一个小小的美国社会，有一家美国学校吸收由幼稚园到高中程度的学生。一个美国主妇说："这里的生活不如纽约人想像那么恶劣，虽然环境有时好，有时坏，但我到过曼谷，相较之下，我还是愿意住在这里。"

轰炸寮国供应线

一九六五年一月二十四日

在华盛顿，五角大楼的官员们已沉默地承认美国轰炸北越供应线的行动。过去数星期内，美国轰炸机不断袭击寮国共区的仓库、桥梁、重要交通峡口，目的在破坏北越对南越游击队的支援。美国人把这条路线称为“胡志明路线”，它包括许多复杂的陆路和水路，连美国人也承认，要把它彻底切断，非一朝一夕所能做到的事。不过，美国将继续这种行动，一方面是尽人事，能破坏多少是多少，一方面是向共方表示强硬，“美国人在南越是要干下去的”。

对于轰炸寮国的事件，美国官员起初保持缄默，是为了怕寮国右翼政府尴尬，因为这种轰炸是取得他们的同意的。直到最近，两架美国战斗轰炸机被共方击落，“人赃并获”，美国国防部才硬着头皮承认这件“公开的秘密”。

共方的高射炮火是激烈的，所有飞去执行任务回来的美国空军人员都暗吐舌头，认为九死一生，他们称“胡志明路线”的上空为“炮火胡同”。

截至目前，美国大概无意于扩大对北越的袭击行动。这种轰炸供应线的办法，五角大楼考虑过，是不至于引起大战的。下一步，他们或许会轰炸共方的军事目标，但顶多是做到这一点为止。

共方对南越的报复行动也相当激烈，西贡区的恐怖爆炸事件由每周七起增至十七起。越共游击队已充分控制西贡外围的乡村，他们乃把袭击目标转向城市。

南越警察搜索队上星期在市郊的稻田、沼泽和水道中发现多处炸药贮藏所，都是越共准备运入市内进行破坏的。在美军俱乐部的游泳池旁，上星期有一枚炸弹埋在一个花盆里，幸亏及时发觉，否则又是一场不小的流血事件。除了游击队的骚扰之外，西贡的政局还是乱得很，有一个笑话说：南越人每天清早起床都要问："今天我们的总理叫什么名字？"

南越在二月二日庆祝新年，美国军人有一句口头禅挂在嘴边："A Coup before Tet（南越新年）——Is always a sure bet."（在新年前必有一次政变。）

北越对付美机的武器

一九六五年二月二十二日

美国在加强轰炸北越的同时，也发现对方的防空反击力量在日益增长中。一月份，有两架美国喷射战斗机，在极高的空间为亲共寮部队击落，据美军方研究，这可能是地对空飞弹所造成的效果。

由这一点引申出来的推测：共方在印支半岛的空防力量，已达到相当现代化的程度。这自然有赖中共的协助。

美国方面有如下的情报：自去年东京湾事件发生以后，中共立即加强华南、北越及寮国一带的空防设备。这包括新式战机、高射炮及空防训练专家等等。

在华南一带布置空防，这表示中共有决心在必要时介入越南战事之中。华南距离印支最近，一旦有事，自然最先涉及。这一带是危险区域，不亚于台湾海峡。

在中共输入北越的防空武器中，有一种三七厘米的高射炮最为犀利。这种高射炮并不笨重，具有雷达设备，命中率极强。它不受地形限制，易于发射。据参加空袭的美国空军回来报道，这些高射炮满布在“胡志明走廊”的山地上，火力猛烈，令美军谈虎色变，U-2机也惧它三分。

在南越共党游击队的手上，也有一种防空武器是相当有效的，那是高射机关枪，能一口气发射五十枚子弹，可说是直升机的催命符。南越美军直升机最近频频损失，就是这种武器的杰作。

如果美方的推测不错，共方还拥有地对空飞弹的话，则其防空力量更为增强，使美国空军不能不有所顾忌。

北越全境，现在都在“总动员”的状态中，他们无时不在防备着美国飞机的来袭。越共利用美机对地面的杀伤作为活生生的“课程”，加强人民的对美国的敌视，也无形中增进了全体的团结。这几个月来，北越又加派了大批人员到中共大陆去接受空战和防空的训练。不过在短期内，北越的空军力量大概还不能有所表现。

北越事件与苏联

一九六五年三月二十日

美机一再轰炸北越，表面上受到揶揄的是中共(因为他拿不出有效的办法来对付美国)，但真正感到尴尬的却是苏联。他既不能协助北越，也不能置之不理，其左右为难的狼狈情形，比一般人的想像尤甚。

据《新闻周刊》载，当苏联总理柯西金访问北越时，恰巧越共游击队对美军展开攻击，引起美机的报复性轰炸，令柯西金几乎下不了台。柯西金很是生气，他认为越共不该在他访问河内的时期发动这一次攻击，那是有意和他过不去。但他是喜怒不形于色的人，表面并不作声，心里却已做出决定，对北越所答应的军事援助，决定不予兑现。

当初，美国在考虑轰炸北越时，有两点顾忌：(一)苏联会沉不住气，替北越出头；(二)苏联与中共会为了北越遭到袭击而恢复团结。前一点证明是过虑。后一点确曾使华府专家担心过一个时期。想不到局势发展，与美国想像刚好相反，美机越炸北越，苏联与中共的裂痕越大。在这次事件上，美国已取得政治上的绝对胜利，不但打击北越，而且间接打击了苏联与中共。

最近，美国驻世界各地的人员不断与苏联外交界接触，他们发现苏联绝不会为了对于北越的轰炸而出头。老实说，克里姆林宫的巨头们憎恶北越不亚于中共，他们希望美国给北越一次狠狠的打击，越狠越好（也等于给中共一次狠狠的打击），替他们心中出一口气。

然而，苏联巨头在表面上却不能这样说。他们在口头上仍然要谴责美国一番。苏联人的内心可以说是很痛苦的。如果美国一再轰炸北越，苏联仍然毫无出头的表示，则他已失去大阿哥的身份。一般卫星国家觉得，中共才是真正的共产阵营的领导人。假使苏联真的协助北越，则他必要在理论和行动上都站在北京的一方，如此一来，岂非放弃他的“和平共存”的原则，向北京无条件投降？

中共也看清楚苏联的尴尬处境，这境况如维持下去，苏联的威信势必破产。《新闻周刊》说：苏联在幕后几次安排与美国的秘密和谈，都被中共破坏了。可见中共正利用美国轰炸北越事件以打击苏联。换言之，中共虽无法报复美国，却收到打击苏联的效果，也算是“失之东隅，收之桑榆”了。

南越的新难民潮

一九六五年四月四日

南越的战事与政局吸引了大多数人的注意，但事实上，他的民生问题更为严重。南越的心腹之患是难民越来越多，这些难民不但影响社会的秩序与安宁，而且为越共的颠覆造成有利的条件。

大多数难民是从乡村中逃出来的，他们的家被战火破坏，不能再居住下去。另有些人，虽然未受战事波及，但为了生命的安全，也宁愿离乡别井，逃往城市。因为在乡村中，不但要提防遭受越共游击队的侵扰，还要提防被政府军的飞机或军队，不分青红皂白，把他们当作越共一起歼灭。

最近两三个月，难民的逃亡形成新的高潮，沿海的五个省份，有十万人分别居住在临时搭起的难民营中，各省官员估计，在未来一个月内，这个数目将要增加一倍。

中部省份，难民也不少。三月是南越稻子收成的季节，但许多农民忍痛放弃了他们的稻田，携妻带子，逃往城市居住。这些稻米，除了部分被自动毁坏之外，大部分将落到越共手中。

有些难民逃亡的时候，为战事所阻，既不能前往大城市，又不能回转家乡，只好局处在荒僻的山野之地，他们与外面完全失去联络，无衣无食，情况之悲惨，超出一般人的想像。

因为难民大量涌进少数城市，使城市人口急剧增加，原日生活的平衡被打破了。城市的安全也成了问题，越共分子乘机潜入，你很难分辨他们是不是真的难民。越共分子在城里煽动、破坏，使人心惶惶，不可终日。救济难民的责任，不用说是落在美国人的头上，除了城市难民的救济外，还要空投食品至一些广大的、失去地面联络的地区。这种救济工作不见得比战事工作为轻松，美国人为之头痛不已。一位在西贡的美军将领说，南越的粮食随时会出现危机，因为原来产米的地区已被战事破坏，政府军只能控制城市区域，等于守住一些孤岛。在今年下半年如果情况没有改变，非大量依赖外来的援助不可。

美机为什么被击下

一九六五年四月十五日

前一星期，美国在越南被击落了三架战机，这消息很令五角大楼震惊。因为这三架战机不是被炮火打下的，而是与敌机遭遇时失落的。

其中二架是F-105战斗机，在北越执行袭击铁路大桥的任务时，被时速远为缓慢的米格十五或十七型飞机击落。另一架海军高速E-48幽灵式飞机，在飞近海南岛作战时，神秘失踪。后来，据美国《新闻周刊》说，这是由于美国飞机发射飞弹袭击敌机时，其中一枚不幸击中了队友的飞机，因此造成一比一的战果(击下了一架米格，也击下了一架美机)。

新闻周刊说，后一个“乌龙”事件，是由于空中飞弹的特性。海军“幽灵”式飞机每架携有两枚空对空的“响尾蛇”飞弹，这种飞弹能迅速追踪喷射机尾部的气体，如影随形，将敌机击中。但飞弹所追逐的是气体，却不能辨别哪是共产主义的气体。于是，当一架美机放出两枚飞弹后，一枚追向敌机，一枚却追向己方的飞机，一视同仁地造成毁灭。这不幸的责任自然要由发射者所负责。

至于北越上空的事件，那也是需要“解释”的。美机远较共机为多，性能远较共机为优越，为什么会被击下二架，而共方却能安全撤退?

据在越南作战的一位空军少校说："当时天气阴暗，我方战机都携有三吨重的炸弹，用缓慢的三百五十至四百哩的时速在盘旋，准备执行任务。其时米格机突然出现，又快又高。我们远离基地的雷达站，不知道有米格在附近，全无警戒，况且在此之前，米格机是从未和我们正面冲突过的。米格突施袭击后，我方飞机仓卒还手。但敌机一击得手，即疾飞引退，我方追之不及。其情形恰如在一条公路上，我们开一辆四十哩时速的汽车，另有一辆汽车用一百哩的时速从我们身旁越过。我们要想加速度再追时，那车子已绝尘而去了。"

南越的另一种战事

一九六五年四月二十三日

美机轰炸北越，没有阻止住越共的活动，相反地，南越的战事日见扩大。昨天报载：在岘港以南，有数千越共游击队与南越政府整个军团在相持，这是大规模的阵地战，不再是闪闪缩缩的游击战了。

在各种战事以外，美国军队还参与南越的特务战。这是一场惊险、紧张、残酷的对抗。由于越共游击队隐藏在森林中、深山中，没有情报，简直无法与他们接触，所以一个美军官这样说："特务工作是一切工作的开始。"

在越共方面，特务工作尤其显得重要，他们利用特务，调查美军的各种动态和内部组织，利用特务进行各式各样的破坏。越共的特务队，你永远不知道它有多大，人数有多少。因为它的成员以各式各样的姿态出现，令人防不胜防。一个在田里工作的南越农民，他可能就是游击队的情报工作者。

前几天报载，在美军基地的酒吧内，一个美丽的南越女郎，原来是越共的间谍。她不施脂粉，楚楚动人，专与美军官交往，直到被捕之后，许多美军官仍不肯相信她是一个特务工作者。在这方面学乖之后，美国也在大量展开特务工作，用重金为饵，向农民、老百姓收买情报。美军这几个月来，向游击队进行的多次突然袭击，令对方措手不及，都是情报工作的成果。

从越共游击队逃出来的人或越共俘虏，是很好的情报来源。据美国《新闻周刊》说，目前双方对于俘虏的手法，都是极残酷的，用拷打或惨无人道的各种刑罚进行逼供。《新闻周刊》还刊登了一幅图片，一个悠闲的南越军官坐在树下，向一越共俘虏问话。旁边一群南越士兵嬉皮笑脸地望着那俘虏，有一个南越士兵用脚踢那俘虏的头部，逼他招供。

可以这样说，在南越战场上，双方都不愿为对方所俘。一旦遭捕，可能比死还惨。这已是一场生与死的搏斗，没有侥幸，不能逃避，南越人民几乎每一个都被牵入漩涡之中，不是站在这一边，就得站在那一边。

当世界各地报章以为南越完全平静的一天，在双方的俘虏营中，在零星的战事中……会有多少人死亡，多少人遭难，谁能说?

胡志明如成为狄托

一九六五年四月二十九日

上星期，美国最著名的时事评论家，在越南问题上发表了不同的意见。他们是莫根瑟、艾索普、李普曼和连纳。这四大评论家，分成两派，一派主张美国自越南撤出，一派主张继续坚持下去。这种不同的意见，也多少反映了华府官员举棋不定的心理。

先说莫根瑟，莫是芝加哥大学政治科学系教授，常被美国政府或国防部邀请为顾问，足见其受推崇的程度。他最近在《纽约时报》写道：

“詹森总统将我们在越南的纠纷与美国的独立战争相提并论，他宣称，美国对外政策的目标是争取所有国家的自由……但我们必须了解中国在亚洲大陆的优势。有些小国，像缅甸和高棉，他们懂得去适应他，因此在中国巨大的影子下能够和平相处。只有西藏受到军事征服，那是一个例外……。胡志明不会成为一个中共卫星国的首领，除非美国逼他走上这条路。胡志明的成功，像狄托一样，是靠他自己的军队取得胜利。因此他是最自然地成为‘亚洲狄托’的人。我们要研究的问题是：一个统治全越南的‘狄托式’的胡志明，对美国会有不利的影响吗？答案是：绝无。……有一说法是值得支持的：在中国西部边界如果有一连串独立国家围绕着，这对美国相当有利。我们留在越南，主要是因顾虑人们的观感，我们害怕：倘使从越南无条件地撤出，会有损美国的威望……一个强国有足够的勇气与智慧去结束一盘蚀本的生意，这会真的失去威望吗？再说，在目前这种情形下，能够放弃对威望的顾虑，是否也正显得伟大？”

莫氏这番言论很清楚地赞成美国自越南撤出，让胡志明统治全越南，成为一个南斯拉夫式的共产政权。

另一位评论家艾索普对这番理论，认为大谬不然。他在《华盛顿邮报》撰文猛烈抨击莫根瑟，并赞美詹森的政策。他说：“詹森总统对越南问题决策的明智，可以从目前所获得的成功和各方的评论而获得证明……”接着艾索普直指着莫根瑟的鼻子开炮。

艾索普与李普曼

一九六五年四月三十日

美国政论家莫根瑟主张美军自越南撤出，被艾索普指为奇异的论调。艾索普说："莫的主张，很像一九三九年英国泰晤士报的杜尔逊辈，……当时以杜尔逊为首的理论家们，都赞成对纳粹希特勒让步，今日之莫根瑟等'新绥靖派'亦复如此………莫氏说'西藏的军事征服是唯一的例外'等语，简直是难以原谅的无知……自然，亚洲问题解决方法之一，是让中共随意蚕食他的邻居，纵然这些邻居是我们的联邦也好，我们诈作不见……如果莫根瑟先生敢于坦率地推荐这种方法，那么，他不能被称为无知了，他可能在另一方面受到其他的指摘。"

从这段文字中看出，艾索普直斥莫根瑟是"妥协派"。艾不赞成美国人放弃南越的主张。

但另一位美国著名评论家李普曼又有不同的看法。

李普曼在《华盛顿邮报》写道："现在应当问一问，为什么我们在亚洲的地位下降得那么厉害，虽然我们在扩大和加强越南的战事？……今天，美国不但显得孤立，而且日渐受到亚洲各大国的反对……美国当局应当仔细考虑这问题，亚洲有普遍的反对我们在亚洲作战的情绪。……我以为总统是在严重的烦恼中。他之所以烦恼，因为他没有注意到一项历史事实，西方白种人在亚洲作为统治者的地位，在二次大战时已永远完结了。……这项重要的历史事实，是西方人所特别难以了解和接受的……除非我们能澄清这种观念，否则我们不可能再处理任何亚洲问题……且会发现，我们所企图打救的那些人，恰巧正在反对我们……”

李普曼的论调，显然认为美国最近扩大越南战事的计划是失败的，美国应当重新检讨他的亚洲政策。李普曼没有明显指出美国要放弃越南，但如果借用艾索普的说法，则李普曼显然也要归入“新绥靖派”之列。

美国另一位时事评论家连纳，没有前三位那么尖锐，他在《纽约邮报》中分析南越问题，显示出他是一位稳重的乐观派，或许这最能代表美国官方的意见。

在越南坚持还是放弃?

一九六五年五月一日

连纳(Max Lerner)的意见，较之前昨所述的李普曼、艾索普等人的意见为平和，他在《纽约邮报》中，引述多数人对越局的争论点，并一一以他自己的意见作答。

“南越的战事并非共党侵略的结果，而是越南人民要求自决的革命运动?”

对的，但越共已将这种运动加以利用、领导、组织，到一九六一年，终于全盘取得控制。他们运用河内的训练、装备和支持以达到这目的。

“美国在南越参与战事是帝国主义的行为?”

倘使“帝国主义”一词等于“运用巨大的力量”，那么，是的。但这是无意义的解释，因为战斗必然意味着力量的运用。

“美国不能在南越组织及长期维持一个固定政府?”

在吴廷琰时期，这样的政府已经出现过了。只要南越战事停止，更好的政府必能建立起来。共产主义只有一个终点，走上了那条路，就不能回头。但非共产政府却能够经常更变、改进，例如像巴西、秘鲁和智利就如此。

“如果越战拖延，美国会失去所有非白种人的同情?”

不见得。如果越共与中共在这一次“实验”中取得胜利，所有新兴国家都会成为“解放运动”的下一目标。他们懂得这一点。

“美国没有足够的力量在全世界抵抗共产主义?”

这是李普曼与莫根瑟的主要争论点。但我(连纳自称)不同意。英国在过去二十年来，一直成功地与共产主义周旋。当前的问题，不是在世界上如何如何，而是单纯的一个焦点：越南。这是解决东南亚困局的钥匙。

…………

以上诸专家各执一见，这正反映了美国人在越南缺乏一致的主张。就是美总统詹森的左右，也有主战主和二派。到底在越南坚持呢，还是放弃?美国政府在为这问题大伤脑筋。

美国尽量拉紧苏联

一九六五年五月四日

这几天，越局在表面上趋于沉寂，没有什么突出的新闻。美机偶然对北越的轰炸，只不过是例行公事，既不造成战略上的价值，也不见得要对北越有什么打击。至于美国的增兵，则是既定的政策，更不能代表新的行动。

在沉寂的幕后，是不是有什么新花样在酝酿着呢？据西方观察家推测，在美国这一方，新的花样是没有的，但美、苏、英等国显然都在为和谈的目标而努力。“高棉问题会议”是他们意欲利用的对象。

“高棉会议”本来是高棉元首施汉诺所提出的，但它忽然受重视起来，却是因为这会议的特殊性——它可以被利用来讨论越南事件，参加高棉会议的国家必然有美、英、法、苏、中共、高棉、寮国和南、北越，这些角色，正是讨论越南问题所需要的。

尽管高棉强调声明，别的国家决不能利用这会议去讨论越局，但骨子里谁都知道，只要一坐到会议桌边，旁及到越南问题绝不是没有可能的，截至目前，这是能引致美、苏、中共坐到会议桌上的唯一办法。为什么不好好去利用它呢？

中共声明要讨论越局必须美军先行撤出，美国则强调没有谈判结果之前，决不撤兵，双方都有既定的条件，乃成为越局会谈的障碍，但高棉会议却可以把它们引到会议桌上，而不须提到条件问题，并不损害到哪一方的面子，这是最理想不过了。

目前主张召开这会议最积极的是苏联，其次是美国。不过，美国的积极是幕后的，不是表面的。美国的政策是“拉紧苏联”以解决东南亚问题。据说，这是美总统最高顾问彭德所订下的方略（彭德是美故总统坚尼迪的同学，有东方问题的“诸葛亮”之称）。因此在越南事件紧张以来，美国从未说过什么刺激苏联的话。苏联虽有援助武器运入北越（包括飞弹），但美国也不加报道。总之，白宫认定，要取得东南亚的和平，苏联乃是可加利用的主要角色。

越南的考验

一九六五年五月五日

美总统詹森最近对越局发表的谈话，表示美政策已经有某种程度的改变。但是和谈的门虽然开了一点，要在最近的将来凭外交折中来解决越南问题，似乎希望不大。越南问题暂时将由越南的战事而决定。

西方评论家以为，在南越将继续保持一种“摊牌的形势”。这是美国所支持的西贡政府与河内所支持的越共之间的摊牌，问题在于西贡是否能够有一个足以镇压越共叛乱、平定四乡，并取得南越广大群众支持的政府。事实上，西贡政府的处境相当危急，它在白天已经控制不住乡间的一部分，夜晚不能够控制的部分更大。

今年二月以来，美国的政策就是用轰炸来给北越增加压力，迫其就范。现在这轰炸已经越来越接近北越人口密集的城市和工业中心了。美国希望这种轰炸能够鼓舞西贡政府，使它团结起老百姓来，打胜这场战争。

现在，这政策面临考验了。首先，西贡政府的士气能不能够振作起来，争取到老百姓的支持，把越共的反抗镇压下去呢？其次，美国的轰炸能不能够使北越害怕，从而停止他对越共的支持呢？华盛顿官方认为，北越受创深重的时候，就会下令越共停止行动的，但是，这正是对一项军事理论的考验。北越似乎颇忍受得住这种“恶劣的环境。”

西方报章多认为，美国必不会毁灭北越的城市，炸死北越的大批人民。这因为世界各处对这种残暴行为的反应将属不可预计。

目前所施行的比较“轻”的惩罚，美国将会继续下去。但这是不容易使北越屈服的。须知北越是一个农业国家，其工业相当原始，他们大可以不要工业产品，不像美国乡间富裕的中产阶级社会那样非有不可。只要有点粮食（可以由中国大陆运去），即使发电厂、桥梁、工厂全都炸毁了，他们也不会退缩。实际上美国越是把北越炸得不宜于居住，那些受了影响的北越人越是会有更多开进南越来。

所以经验显示，美国官方的军事政策大概是行不通的。如果真是行不通的话，美国将不得不像前几次东南亚纠纷中所做的那样——改弦更张，另谋良策了。

对越战的激辩

一九六五年五月七日

前些时说过，美国从政府到民间，对越战都有两派意见，一派主战（坚持），一派主和（放弃）。目前这两派仍在激烈地辩论着，代表后一派的是素有名望的莫根瑟教授（美国务院的政治顾问之一），代表前一派的是著名时事评论家艾索普。

最近，莫根瑟写了一篇文章还击艾索普。由于后者指责说，任何赞同放弃越南的理论，乃与二次大战时赞同与希特勒保持“友善”的理论相同。意指莫氏为“投降派”。

莫根瑟说：“我不想向理智的读者多所解释：毛泽东不等于希特勒，中共在亚洲的地位不等于当年的纳粹，越南不等于捷克，我赞成美国自越南撤出的理论也不等于当年对纳粹的安抚派，如果谁以为这些情况是相等的，他们简直失去争论的资格。

“艾索普先生引述中国的历史（以证明中国人的侵略性不亚于纳粹），只要稍有此等学识的人都会发现他的愚蠢无知。他说：中国的历史所显示的要点是他的贪得无厌的侵略性，只要一有机会，便从事武力征服的工作。并举出三个证据：

（一）中国人当初只居住在黄河流域的一带相当小的地区。（二）甚至在本世纪中，中国也吞侵了满洲、内蒙古、新疆等地，使他的领土多了一倍。（三）越南和泰国两个民族都是许久以前被中国人驱逐出来的难民。

“其实关于第一点，中国与所有历史大国相同，经过几千年的转变，不断的征服和融化，而发展至今天的领土范围。第二点，中国对新疆、内蒙等地的合并，不能指为侵吞，而只能说是融化。恰像美国白种人当初向西方扩展，移殖在今天的加利福尼亚州、阿里桑那州等地，这是否侵略？关于第三点，这完全不符事实，越南与泰国民族在史前时代已聚居于现在的地区，他们并非受到中国人驱逐至此。

“中国历史上之领土扩张，是通过他的文化和政治的优越性，而不是通过武力。说到这里，我要引述哈佛大学教授菲宾斯的一段文字，他的中国历史学说断然比艾索普先生和我的为高。他说过：中国的扩张乃是一种‘生活方式’的扩张，中国的优越文化，使四方的蛮夷为之同化，而逐渐合并为中国人。

“正是这种文化上的优点，使中国人不愿去侵略西部和南部的小国，而乐意于享受他们的尊敬与朝贡。在历史上，中国的力量随时可以并吞西南诸国，而并没有这样做……”

美计划中的第二战场

一九六五年五月十日

美国国防部的战略设计者们，经常在考虑所谓“第二战场”的问题。这计划是假定中共一旦介入越战，美国将发动台湾的国民党军队向中共进攻，使中共有“后顾之忧”，不能全力在越南作战。

美国的战略家们都认为中共最出色的是打陆战，海、空战争则不是美国的对手。所以他们在计划任何战争时，都以海空力量能尽量发挥为原则。要进攻中共大陆，而能充分利用海空军优势的只有海南岛一地。美国便假定海南岛是“第二战场”的较佳地点。

海南岛与中共大陆相隔一个海峡，宽十二哩。美国如向海南进袭，首先利用强大海空军封锁这海峡，使中共大陆的援军不能开到，则海南立成孤岛一座。

中共也考虑到这个弱点，这几年来对于海南防御计划，布置得相当积极。从反对中共的人看来，中共加强海南的军事力量，是含有“南下”的野心。因为海南岛距南洋诸国最近，四通八达，可作为进攻东南亚的跳板。

越南危机的发生，使海南形势更见重要。海南与北越之间只隔一个东京湾，一旦战事爆发，中共的海空军可与北越互相呼应，极为有利。

中共在海南最少有两个空军基地（海口和陵水）及三个海军港口。榆林港是最重要的军港，位于海南岛的南端，有良好港湾，虎视南海，扼东西交通的咽喉。据说其军事设备颇似金门之坚固，有巨型炮台和雷达站，有地下交通孔道，可供汽车来往。中共华南舰队驻扎于此。海南岛的其他二个海军基地是东南海岸之清澜港（中共鱼雷艇基地）及西海岸之新英港（中共炮艇基地）。

美国考虑进攻海南，首先要毁坏这几个基地，但要费多少的气力与代价，谁也不能估计。除非美国在越南战场中焦头烂额，“骑虎难下”，否则总是不愿意做这个冒险。

日本人看越战（上）

一九六五年五月十九日

本港最右的《香港时报》与最左的《大公报》，这几天不约而同地刊载日本人对越战的意见，其中最值得令人注意的是，日人以当年侵华的经验来解释越战的情况。

《香港时报》的一篇“东京通讯”说：“关于南越失掉后的影响问题，这里也表现日美间的歧见。美国认为不加强在越南的军事行动，则南越将被越共所征服，越南全部即行赤化，印度亦将同样不能保，而其邻近国家如泰、菲、巴也均将有共产化的危机。此即所谓‘骨牌理论’（即一块倒连接地倒）。

“日本的言论界认为美国这个理论是由其反共与保卫自由的‘使命感’而来的理论，不是不能理解的。但是他们大多数不接受这个理论，认为即使越南赤化了，也不要紧，东南亚各国也不一定就会立即跟着赤化。

“京都大学教授猪木正道（民主社会主义者）在中央公论的文章说：‘越南共产化也是一条路，我们非予以承认不可。’他甚至于说：‘所谓“骨牌理论”，是无视各国历史条件的暴论，是轻视亚洲的理论。’评论家加藤周一在《每日新闻》的文章也说：‘即使越南共产化又有何不好，至少比现在好些。’

“日本人很少人相信用武力可以解决越南问题。他们时常引战前日本在大陆的失败教训，作为劝告美国息兵的殷鉴。周刊朝日发表《给詹森总统的公开信》中第一封就是引用日本过去在中国大陆的‘惨痛’经验，希望美国勒马悬崖。否则必泥沼愈陷愈深。

“关于这一点，销路最大的《文艺春秋》月刊五月号发表战前陆军中将佐藤贤了一篇以《越南撤兵与历史教训》为题的文章，尤其令人注目。

“佐藤这篇文章像欲‘现身说法’似的，以自己过去在侵华中的经历，来规劝美国不要‘再蹈覆辙’。他说：‘我要向美国建议：美国对于愿意独立与统一的越南民族运动，应该退让！’他的理由是：‘美国在越南不是同共产侵略较量，而是介入了越南的民族的运动——内战。……不管用如何强大的武力，纵然一时得了天下，也无法打胜其民族的灵魂。这是历史已经证明过了。我们在中国的经验已经受够了。’”

日本人看越战（下）

一九六五年五月二十日

值得注意的是，日本的右翼人士与亲美人士也多数反对美国介入越战之中。

本港《香港时报》的“东京通讯”说：“日本人以过去在中国的经验劝告美国，同法国人以过去在越南及阿尔及利亚的经验劝告美国如出一辙。

“日本前军务局长佐藤贤了在叙述日本发动卢沟桥事件，侵入中国领土内就‘不能自拔’之后这样说：‘在一九四〇年，日本军部内已有自主撤兵论抬头，同时也有南进论。美国现在也到了同样的阶段，有撤兵论，也有攻中共论。’佐藤说，他当时反对撤兵，建议向昆明进兵，截断重庆的国际补给线，从而获取‘自主撤兵’的花道。但是他的建议未为大本营所采纳，结果是进入北越，由北越轰炸滇缅路。然而终于由北越而南下，以致惹了大祸。因此他说，‘同样地，今日美国的北越作战，也不可能成为撤兵的花道’。

“最后，他说：‘我们由血凝成的历史教训，非珍重地加以活用不可。我们在对华作战时未能决心自主撤兵，以牵涉入太平洋战争而失败的过去，应加以反省，并根据这个体验忠实地劝告美国应从越南撤兵，这才是日本作为友邦应有的态度。’”

本港左报《大公报》，在一篇特稿中也引述日本作家开高健公开答复美大使赖萧尔的一封信，信内一段说：“越共已经混杂在自然丛林中。所以说，除非一千四百万南越人民全部被消灭，越共是不能清除的。……美国人应该知道，南越人民有权选择共产主义。仅仅提出‘为了自由’这么一个抽象概念，在那个国家是不通用的。

“在那里已经有了过多的死亡、逆境、贫穷和困倦。赖萧尔先生在他的信里说，越南当前的局势并不像当年日军侵略中国，而事实上，它是很像的。……我们日本人民现在所说的话，正像当年美国人在中日战争时所说的话一样。赖萧尔先生强调，美国目前的对越南政策是为了南越人民的自由和和平。可是，日本当年在中日战争时，在中国所说的话也是如此。”

以上是本港左右两报的摘录，反映了日本民间颇为广泛的意见。也因为这种情况，美国才有派遣特使到日本游说，以图争取日本人同情的必要。

南越这一局棋

一九六五年五月二十八日

越南的局势似乎到了这样一个阶段，苏联已经袖手不理，索性提也不提了。在前一些时，这在报上发表一些攻击美国的字眼，现在已很少见。中共方面，不再强调出兵助战，转而强调越共在南越的“攻势”。美国呢，除了照例到北越炸一炸外，也拿不出其他办法来。似乎每一方面都在“等待”。

等待什么？雨季到临时，在南越大打一场？中共和北越诚然有如此的想法，美国则不，但又无法不一同等下去。西方评论家分析，美国在南越这一局棋中一直是被动的，只有轰炸北越的时候，是突然走了一着险棋，这一着是主动的，企图打出一个新的局面来，以后共方走了几着应变的棋子，当这步险棋渐渐被化解之后，美国不免又回到被动的下风来了。

美国当然可以再走一着险棋，向北越进攻，把阶梯战再提高一步。这是争取主动的做法，但影响太大了，如果不能成功，后果就十分可虑。要打北越，就可能与中共接触，这是必然要估计在内的。共方并非没预料这一着。相反的，共方时时在提防美国走这一步。前些时消息说，中共大军驻扎华南，有人猜测，这纯粹是“阻吓”美国，使其不敢北进的作用。事实并非如此，中共派军驻在华南，与其说是要来出击，不如说是防守的作用更多。

北越与华南接近，要打的时候，非常可能就打到华南，这将是一场剧烈而艰苦的战争，谁也不敢估计那战场仅限于北越之内。

如果中共大派军队驻于华南，仅是阻吓的作用，它一定大大宣传一番，但中共不此之图，可见以“防守”的作用为多。

事实上，中共和美国都不想为越南而战，但双方都“洗湿个头”，不能不把责任担负起来。而双方都是相当的坚决，要哪一方不理越南，退出这场争执，谁都不可能。这是越局相当微妙的地方，也正是它险恶的地方。

如果有什么法子能利用，使时局的重心不放在越南，而放在别的焦点上，这是中共十分愿意的。所以南美的动乱是最好的“围魏救赵”的法子。不论多米尼加的事变是否共方所发起，但现在必然有共方在推波助澜，这是必然的，相信共方一定积极煽动美洲的野火，哥伦比亚的、巴西的、多米尼加的……当美国为他的后院自顾不暇的时候，越南大战的危险就可避免了。

南越之战为谁而战?

一九六五年六月一日

“越南的战争是为谁而打的?”这是一个很复杂而且引起争论的问题。

南越人民可以这样想，他们是为国家而战。但谁是国家的代表?南越政府十日一变，没有一个固定的领袖。而这个政府是否能代表国家，更是一个令人怀疑的问题。

美国的军事顾问们，在鼓励南越士兵作战时，就从来不说“你们应为国家而战”，而只说“你们要为自由而战!”。

“自由”是什么?这又是令南越百姓与士兵糊涂的。有人解释:“自由”是与“共产”相对的名词,“为自由而战”就是“阻止共产主义的发展”。但南越士兵实在看不出有这样的义务，他们想，不论越南问题怎样解决，共产党对泰国、马来西亚的威胁依然存在，“为自由而战”云云，实在十分空泛。再想深一层，共党如果侵入泰国和马来半岛，又干他们南越人什么事?

美国士兵也有相同的怀疑，他们在越南不知为何而战。美国军官不能向他们解释“这是为自由而战”了，就算整个越南失去，美国人还是照样的自由，一点关系也没有。所以美国军官只能向士兵们说:“你们如果不在这里和共党作战，便要在别处作战，这是不能逃避的!”

于是这就牵涉到南越之战的本质问题。仿佛这是一场美国的战争，而不是南越的战争，南越军队对这种理论很不受用，难道他们是为美国而战?

按理，美国在南越每天用这许多的钱，还自美国本土调来许多宝贵的生命，协助南越作战，南越人应该感激才是。但刚刚相反，南越报章不断反映一种情绪，他们极不满美国兵调来作战，美国兵来得越多，他们越不高兴。因为对比之下，他们反而成了美军的"附属品"了。

南越军官与美国军官的歧见越来越深，他们说，即使这场战争被美国人打胜了，他们也不会鼓掌。这只有增加他们的自卑感，过去的"殖民地状态"——一切依赖外国人的感觉，又回到他们心中。

美国军官与南越军官，谁是最高领导的问题，迟早将会成为南越的矛盾，南越军官坚持要保持最高领导的地位，纵然美国人说和他们"联合指挥"，他们也不作兴。

南越共党的组织

一九六五年六月二日

在南越的内战，美国认为是由北越策动和指挥的，假使将来有机会谈判的时候，美国会和北越谈判，而不和越共游击队谈判。换言之，美国认为南越的共党游击队和北越的共党政府，是二而一、一而二的组织，不必加以划分。

但共党方面却分得十分清楚，南越是南越，北越是北越。在南越作战的共党游击队，有一个政治组织，称为“南越民族解放阵线”。这个组织控制南越的“解放区”，有它的领袖，有它的“内阁组织”，麻雀虽小，五脏俱全。不论中共和北越都宣称，美国要为越战谈判的话，他的谈判对手应是“南越民族解放阵线”，而不是北越胡志明政府。根据共党的逻辑，目前在和美国及西贡政权对敌的是“南越民族解放阵线”，与北越绝无关系，与中共当然更无关连。

“南越民族解放阵线”最近加强了它的广播网，在南越到处展开“空中宣传”，鼓励南越人民反抗美国，这个电台已逐渐引起世界性的注意了。

“南越民族解放阵线”在世界许多亲共地区已驻有“使节团”，如开罗、阿尔及尔、椰加达、莫斯科、北京等。去年一月，它召开第二届全体大会，产生了六十四人的中央委员会。主席是阮友寿，他在五十岁左右，曾在西贡执业律师。共党攻打法国殖民当局时，他与共党的关系，十分密切。在阮友寿下面，设有六名副主席，一名书记，八名主席团委员。这个组织，现在已经发展到省级与县级，并自称控制了南越的三分之二的土地。

据说，这个组织有时与北越的“政见”也是略有不同的。当然在整个战略上，它们还是很一致。如有什么不同，那也许是一种技术上的分歧，以表示“南越民族解放阵线”的独立性而已。

越战的新阶段

一九六五年六月三日

南越的战争，这两天已进入一个新阶段，有几点事实可以看出：(一)越共加强了对政府军的袭击，广义一役，是其开端。综合各方的报道，南越政府军损失颇重，死伤数字虽然不详，但可以得到一个概念，第一军的三营精锐已被打垮，能安全逃生的不到一营人。军长阮正诗指责对方是北越的正规军，武器和火力都极犀利。如果属实，这表示共方的"扩大行动"更为"全面化"。

(二)中共《人民日报》不迟不早，前天在一篇《观察家》的文章中说："由于美国飞机日以继夜地轰炸北越，南北越分界的第十七线已不复存在了。"这是一项极强烈的暗示，表示北越军队随时可以南下袭击，或已经南下，正如南越军的指责一样。此外该文还有一段重要的暗示，略说：美机既来自泰国，又在寮、越各地轰炸，把这一带地区作为它横冲直闯的战场，则越共反击的时候，自也不限于越南一地。意思是说：一旦还击时，则连泰国亦将包括在内。这虽是中共方面的一种恫吓，但却不能不加以注意。它是针对美国所说，万一越战扩大时，美机的轰炸将不限于北越，且将深入华南地区一种"以牙还牙"的说法。

(三)在美国方面，詹森总统说，南越军事形势令人担心。但他强调美军将继续增派入越，并在必要时加入战争。

从这三点事实来看，越局已由美机轰炸北越的阶段，而转入在南越大规模作战的阶段。所谓雨季的战斗，这时候是一个开始。因为雨季对美空军的活动不利，共军乃得尽展其所长，发动地面的袭击。观其目前的来势，似不惜与美军硬碰硬，见个高下，事实上南越的军力很不足，必须依赖美军或南韩军的参战，美总统詹森担心的地方，正是军力的问题。

有一点大概可肯定的是，在这一新阶段内，战争不论怎样激烈，仍然会限于南越境内，中共的参战或美机之向北轰炸，还言之过早。而北越军纵然南下，必然仍以越共军的名义，而不会公然出现。

各国对南越的援助

一九六五年六月九日

最近有澳洲派兵赴南越助战的消息，人数虽然不多，但对美国来说，是一个极大的鼓舞。在南越参战的国家愈多，愈显得美国的行动理直气壮。如果菲律宾、日本、英国、法国都有军队派赴南越协助，则美国不但减轻了许多压力，而且声势也大有不同了。

现时在南越助战的军事力量，除了美国军队外，还有南韩军队。台湾方面一再表示愿意派兵赴越，但并未成事实，主要派出的仍是技术人员，包括农牧和水利技术团。据说台湾共协助南越兴建水利工程五十五件，颇有成绩。

法国与越南的关系最深，至今法国仍有数百科技人员留在南越。法国曾贷款南越三千万美元，协助进行各项建设。在南越军人中，部分具有反美的情绪，这些人常幻想与法人联合，推翻亲美政府。尽管并未成功，但显示法国在越南是很得人心的。过去法国在越南的殖民地统治，有严厉与残酷的地方，但事过境迁，现在南越反把厌恶外国人的心情转向美国人（这是美国的不幸，他援助哪一些国家，就受到哪一些国家的反对，是什么原因，美国务院也百思不解）。

作为东南亚公约成员之一的英国，在南越也负担很大的义务，出钱出力，只差没有派遣军队。

东约规定对南越的援助形式有四种：（一）派遣军队助战。（二）帮助训练南越的军人及技术人才。（三）以物资协助。（四）以金钱协助，用贷款或赠送的方式。

泰国去年曾以军服十万套赠与南越，这也是物资援助的一种。

其他援助南越的国家，尚有菲律宾、巴基斯坦、加拿大、瑞士、丹麦等国。虽然不属军事范围，但这些人员联合起来，也是一支声势强大的国际队伍了。

岘港是美国人的城市

一九六五年六月十六日

随着南越战火扩大的消息，我们常常听到岘港的名字。岘港在西贡以北三百五十里，是南越的第二大城市。自美军大批涌到后，这里另是一番景象。以下是纽约时报记者对岘港的描写：

这个沉静的小城市，自从美军来到后，忽然起了一种变态的热闹。大批越南女郎从西贡赶来掘金，新建酒吧如雨后春笋，它们都以英文命名，如“纽约”、“维纳斯”等等，专做大兵的生意。一个陌生游客来到这里，可以嗅到两种不同的气息，一是战时的紧张，一是忙里偷闲的欢乐。所有酒吧前面都有铁丝网，这是为防备越共分子的土制炸弹而设的。所有的美军机构也是如此，这种铁丝网令人生起一层恐怖的感觉。但美国大兵们渐渐已习惯了，他们可能在转瞬间失去宝贵的生命，但见眼前有酒、有女人，且乐他一乐再说，“今朝有酒今朝醉”的哲学，充满在每个人的脑际。

岘港本来只有十一万人，但是美军进驻后，再加上各地来的难民，人口大有增加。美国军队在这个城市建立各种设备，以利固守。

有人说，岘港已逐渐变成一个美国的城市了，在这里，白种人的面孔几乎多过本地人。英文的店铺招牌，几乎多过越南文字的招牌。一切生意都是针对美国人而做的，因此本地文字的招牌，要不要都一样。

天空、海港、陆路，到处来往的都是战时的工具。岘港的空军基地，飞机升降，几乎没有静止的时刻。街道上，军事来往，川流不息。海面的军用汽艇、军用木船……也织成忙碌的画面。

尽管如此，从另一种意味来说，岘港是一个孤城，一出城郊，就可能有越共埋伏着，在城内有多少越共的同路人，没有人知道。北行的公路与南下的铁路（只有一段能通车）在白天勉强可以行走，但随时受到游击队的袭击。夜晚就更是越共的世界。

一般人推测，岘港是迟早会发生激烈的攻防战的，只看在什么时候而已。

中共利用越局

一九六五年六月二十日

加拿大多伦多星报记者在一篇报道大陆近况的文章中说：越战是天赐与中共最好的礼物，他们在尽量加以利用。该文没有详细举出越战对中共有利之处。但略加分析，可知有如下数点：

（一）利用越局，中共找到一个最好的“美国罪恶”的铁证。美国轰炸北越，在法理上本缺乏根据。尽管站在反共立场上，可予美国以同情，但苦在理不直而气不壮，世界各国舆论指责美国，就是这个原因。中共捉到这个痛脚向人民宣传“美国强盗行为”乃得顺理成章，胜过千言万语。

（二）在攻击美国的同时，中共也利用越局贬低苏联的声望。苏联不敢正面援助北越，不想与美国冲突，虽是为大局着想，但已缺乏共产阵营“大阿哥”的气概，在中共大力宣传之下，世界各地之革命者不免对之失去信心。

（三）大陆人民生活困苦，政府把理想的好话说尽，已失去任何刺激，中共灵机一动，将越南局势尽量夸大，对内宣传“大战迫在眉睫”，人民为之一惊。据大陆人民来信称，共党干部告诉他们，越南之战随时可扩大到华南诸省，必须做出一切准备，决心与美国一拼。这一宣扬，立时便有“山雨欲来风满楼”的紧张气氛。这虽可说中共是为了防备于万一，但是否值得做这样危急的宣传，则全在乎中共认为有利与否。现在中共显然觉得是有利的，在“战时气氛”之下，人心必较平常为振奋，而一切困难的“内部问题”，乃得在“齐心对外”的口号下，一古脑儿搁在一边。将民生的费用，改投于军备，也显得有其必需。在一定的期限之内，大陆人心趋向团结与振奋，此乃有百利无一害之举。

越局对中共有无“不利”？自然是有的。最大的不利，是中共可能在骑虎难下之际，真正被迫与美国一战。这种“两败俱伤”的战斗，美国与中共都不想，但谁也不能说没有这种可能。假的战争气氛对中共有利，真正的战争就不一定如此。目前中共为作战的准备，到了什么限度，没有人知道。但中共向美国威胁说，如果美国要动手，战场就不限于越南，而可能扩大到整个东南亚。这是一场“大战”，中共纵然有这样的能力去打，也需要极大的魄力与手腕去应付，谁也不能想像发生战争后的结果。

越洋轰炸得不偿失

一九六五年六月二十六日

前几天，美国为了显示空军的实力，故意从关岛抽调三十架B-52轰炸机，横越二千五百哩，飞赴南越森林轰炸，但结果收获很小，许多人都怀疑这劳民伤财的一举到底有什么作用。美国记者更讽刺地说：这是世界拳王格莱打倒李斯顿以来的第二件“伟大的事件”。因为格莱一拳打倒对手，令全世界拳迷嘘声四起；而美国的重型轰炸机往返五千哩，到西贡附近只炸毁了一座无人的森林，其“惊人”的情况也极为类似。

美国之出动B-52型轰炸机远道而来，大概有两种解释：一是在南越没有其他飞机与炸弹足以担当此次轰炸任务。如果这一点是确实的，则美军处境相当危险，越共大可以发动人海战术，在南越各地迅速地吃掉美、越政府军据点，而美轰炸机接到命令出击时，尚在二千哩外，难以赶到。

第二种解释是，美国在西贡虽有足够的飞机使用，但为了让B-52轰炸机有一次“实弹演习”的机会，同时让共方晓得，美国是随时有远击河内及中共大陆的能力的。

还可以成为一个理由，但美国记者以为，共方早就对此类轰炸机了解得清清楚楚，根本不必再做广告。事实上，共方因为对可以携带核弹的B-52飞机有清楚认识的缘故，所以在它们未到达时，已逃光了。

除了在途中损失二架，及百分之十的轰炸机未能顺利在目的地投下炸弹之外，这次行动的本身已显出得不偿失，最少应贻“割鸡而用牛刀”之讥。

据估计，两架飞机的损失，值一千八百万美元，此外，燃料的损失，炸弹的损失，行动的损失，总值约三千万美元。再加上两架飞机驾驶员的生命，而做了一次无意义的表演，美国国会为之哗然。

据西方通讯社报道：美重型轰炸机出发前，可能接到机密情报，谓该森林有数营越共驻扎。但在轰炸完毕以后，美军前往搜索“战果”，在整座森林中只发现一具越共军的尸体。而这尸体显然是在数天前因作战而被枪弹击毙的，与轰炸全无关系。

美苏关系转趋冷淡

一九六五年六月二十七日

在苏联积极争取参加亚非会议的当儿，一般人也许没有注意到，苏联对美国的态度，较前冷下来了。

一九六三—六四年，是苏联与美国的友好关系的高潮，双方互派代表访问，签订多项文化、科技的合作协定，在和平问题上一唱一和，令中共大为痛心。据美国记者形容，在美苏双方之间，当时有一种极其温暖的情谊。

现在，这种关系表面上虽没有打破，双方签订的协约也还存在，但苏联的态度已不似从前了。最近几个星期，莫斯科一连拒绝了美国的多项会谈的建议，包括寻求在越南停战的办法，及在通讯、天气观察的合作计划，等等。这种“冷漠”，西方记者觉得不是·种好现象。

在美国方面，恰巧相反，詹森总是做出热情的姿态，在任何谈话中都向苏联呼吁和平。他更叮嘱派驻世界各地的外交家们，尽量在大小事情上与苏联合作，务令他们满意，以表现一种“和平共存”的理想精神。

詹森的热情，是苏联冷淡的反映。也显示莫斯科的态度，正引起华盛顿的关切。

原因在哪里？人人都不约而同想到越战。苏联专家解释说：如果美国将战事限于南越，苏联仍可与美国称兄道弟。但美机轰炸北越以后，苏联所受的“压力”便日渐沉重，特别是从中共方面来的指责，使莫斯科每一项与美国亲近的行动都可能被指为出卖兄弟国家的行为。克里姆林宫的领导人，不论是出于真意，还是掩饰，都不得不对华盛顿冷淡一番。一月间，苏联巨头本有访问美国的消息，现在这一可能性也被雪藏起来了。

另一方面，苏联似已订下一个全面与中共拗手瓜的战略。莫斯科本是共产国家与世界革命势力的领导，他不甘这地位逐渐被中共所取代，要在亚洲、非洲、美洲重新布置他的影响力。这就是苏联争取出席亚非会议的主因。而在这种情形下，苏联自不能再与美国保持过分亲热的关系了。

南越将官忙着什么?

一九六五年七月一日

在过去五年的南越战争中，有二十名以上的高级军官被放逐或解职，但没有一个将官死在战场上。只从这一种现象，便可知南越的军官们以大部分时间放在政治的争权夺利之上，对本身的职务——指挥作战，反而视若等闲。

现在，由十位将军组成的军事政府又出现了，这等于说，在战场上又少了十员猛将。一般人不免要问:“到底谁在打理作战的事情?”

在这个军事委员会组成之前，南越将领们已为了西贡的政治危机而勾心斗角，对东绥发生的巨大战役无法照顾，结果，使三营精锐部队丧失殆尽。讲起来，军队领导者实难辞其咎。

一个美国高级军官在南越对西方记者说:“南越的将军们将无限度的时间花在政治上，在别的国家，这种责任本来是由文官来负的。不幸，南越四个军区的司令都牵涉在政治中，这些司令本身责任重大，他们要处理军队的调动、军需补给和作战部署，然而每到紧要关头，将军们都到西贡去开会去了，战场上的决斗便因此而致败。”

另一些美国顾问惋惜地说:南越的军官中，不乏能征惯战之士，但这些人物纯因在政争中站在失败的一方，便无端而被解职，从此不复任用。

这正合广东俗语“买少见少”，作战人才越发凋零了。

如做一个粗疏的统计，南越的将官大概有六十名，现在有二十名在放逐或隐居中，二十名因与执政者意见不合，被派往不重要的部门担任有名无实的职务。剩下的二十名，才在南越军队中形成一种实力的核心。

在这二十名将官中，目下又抽出十人，组成军事委员会，管理政权。余下真正管理军事的只是寥寥数人。

真正在战场上与越共接触、作战的，是营级的军官。但营长们也无心恋战，因为他们的上司如果在政坛上得志，各人便有被派出任地方行政官的可能。那时不用在枪林弹雨中出生入死，更可安居享福，何乐不为？于是人人都等待这种机会，战场上的事只好得过且过、听其自然了。

南越之战前途如何

一九六五年七月三日

英国的汤逊爵士是西方有数的游击战专家之一，他曾任英国派驻南越顾问团的首脑，对南越游击战也有深切的了解。以下是他与《新闻周刊》记者就南越最近的情况所做的谈话。

问：你以为越共在今夏可取得决定性的胜利吗？

答：不，我不以为南越政府将遭遇到像奠边府一般的大败。但类似东缓型的战役（南越军遭遇突袭，丧失精锐数营）却可能重复发生十余次。越共的目的在使政府军士气全面崩溃。

问：美总统詹森派美军赴越作战的决定是否正确？

答：我以为这是不能避免的。美国必须派兵赴越以表示支持的决心，借此鼓励南越军的士气。且派兵越多越好，因越共在过去几年来已从排级的部队扩充到团营级，规模甚大。

问：美军如与越共交手，形势有利吗？

答：如果美军能取得“先手”，使越共在他们选择的战场上作战，则取胜的把握甚大，反之，若美军被迫在越共选择的战场作战，则美军可能遭到像南越政府军一样的惨败。

问：你以为美军增援能阻止越共的进展吗？

答：如果处理得当，美军虽然数目远比越共军为少，但相信仍能阻止越共，使其不能为所欲为。

问：何谓处理得当？

答：最重要的是决定政府军应据守些什么地方，然后，大胆地放弃一些无用的地区。目前政府军控制的地区太散乱而不集中，越共乃得逐个击破。以优势的兵力进攻政府军软弱的地方。

问：你以为越南的战事已从游击战发展为阵地战了吗？

答：不，越南之战仍是游击战阶段，不过却是我们以前所未经历过的大规模游击战。

问：你以为越战可有用政治解决的方法吗？

答：在目前来说，我看不出河内或越共肯放弃他们在南越广大农村所取得的控制权，而坐到会议桌上来。

问：你以为美军在南越作战要多少年？

答：英国在马来亚扫荡共党游击队，历时十二年，那时我们的形势远较南越有利。如此看来，美军在越作战最有利的估计也要五年。

联邦和平代表团

一九六五年七月四日

在越南问题上，英国最近表示要组织一个联邦和平代表团，向有关国家试探和谈的可能。这计划本意颇善，但很快就遭到中共与北越的干脆拒绝，使英相威尔逊大感扫兴。

但消息说，威尔逊这个代表团还是要继续努力的，不会就此终止。假使这代表团现在要出发的话，大概最先有一个地方可去，那就是华盛顿。

有一些西方舆论已开始担心，这个代表团原意是要说服共方到会议桌上谈判，但结果非但目的不能达到，却反而改向华盛顿进行说辞，削弱了美国的战斗意志。因为英国民间舆论颇多主张美国放弃越南，就是美国本土也有很多著名评论家持此论调，英联邦代表团难免多少要代表这种观念。

也有人说，中共与北越这样快拒绝“和平团”，相当不智。但持此说法的人，对南越形势不大了解。昨天本栏所引英国汤逊爵士的意见可做解释，他说，越共已控制南越大部分乡村地区，要他在目前放弃这种优势而与人谈判，不啻是一种投降。

什么时候才有谈判的可能呢？除非经过这个雨季，越共在战争中毫无进展，或遭到巨大的挫败，而南越又建立了一个巩固的政权，使他们认为无机可乘时，或许会答应谈判了。

但现在，共方是最有利的时机，中共与北越都欲孤注一掷，在南越做狠狠的一击，纵使不能一战而胜，亦可扩大战争成果，以增加将来讨价还价的机会。

汤逊爵士说，现在北越是决心接受美国轰炸，做出痛苦的牺牲的。

在这种形势下，英联邦和平代表团之遭到拒绝，乃是意料中事。如果这代表团在较早以前组成，或再迟数月组成，其效果恐怕要比现在好得多了。

威尔逊难道不懂事，偏偏在这不合时宜的关节进行和平试探吗？不，英国与美国其实是有默契的。美国政府并不讳言，他在尽一切的可能，以图达到和平。眼前南越形势对美国不大有利。南越政府军节节挫败，美军参战也未有充分取胜的把握，他所能做的只是轰炸北越而已。因此，美国可能在幕后促请英国早点出面试探和谈，以图解决僵局。

明乎此，则担心英国代表团在华盛顿有什么说服的力量，或有什么坏影响，乃是多余的了。

越南的恐怖事件

一九六五年七月五日

越共最近发出宣传，要行刺美驻越大使泰勒和其他美国派在南越的高级将领。美军对这个消息，采取“宁可信其有，不可信其无”的态度，已在加强防备中。

在不久前，越共恐怖分子又爆炸了一个水上酒家，死伤达百余人。为近数月来最大的一次恐怖事件。其中美国人有数十个。

有人说，越共这种行动大为不智，炸毁一座酒家，杀死许多无辜的人，有什么好处？还不是表示他们的残忍？

本港一家西报对这事件加以评论说：越共之到处爆炸，其目的就是要造成“恐怖”，令全城居民人心惶惶，不可终日。至于杀死的是什么人，有无积极作用，乃是次要的考虑。

如果以为越共是专心去行刺美越军的几个将领，那就错了。这样一来，感到“恐怖”的就只是那些将领，而不是所有的人，与越共的目的不符。

越共进行恐怖事件时，只看那环境是否适宜。在适当的时机下，能杀死一个美国将领，以打击其士气，固然最妙，但如不然，只要能杀死几个普通的美国人，则也算是达成“恐怖行动”的目的。

倘若责备他们“不人道”，那是没有经历过越战的人的批评。

若是到过越南，看过那残酷的战场，看过尸骸遍地的情景，就不会考虑“人道”是什么一回事。越南人都已感到生命不值一文，那里流行的是“今朝有酒今朝醉”的思想。

与越共的行动仿佛相似的，是美机对北越的轰炸，军事目标早已炸尽，现时所轰炸的是油库、桥梁与建筑物。据外电报道，许多轰炸情况惨不忍睹。浓烟烈焰，冲霄数里，历久不散，你说没有平民死伤在其中吗？恐怕未必。

然而美国人也是无法之下而出此，轰炸的目的是一种“恐怖手段”，要使北越感到害怕而屈服，接受和谈的建议。与越共之制造“恐怖”，欲迫使美国人离开，手段虽异，目的近之。

你“恐怖”来，我“恐怖”去，仇恨越积越深，是可以预料的事。

战时西贡女多于男

一九六五年七月十五日

星加坡《南洋商报》本月十三日刊出了两篇有关西贡的报道。一篇是直接通讯，一篇是外国记者通讯，相信真实性都很高。

西贡近日的情况是经常出现隆隆炮声，仿佛战火就快燃烧到市内。是谁在发炮？政府军？美军？还是越共游击队？不知道。但炮声清晰，大约不出十五里到廿五里的地方。而且必然是因战斗而发。西贡人听惯了，倒不害怕，夜晚除了被轮到停电的地区，仍然灯火辉煌，生活糜烂。夜总会与酒吧比一年前增设了不知多少，在幽暗的灯光笼罩下，在浓郁的酒精麻醉中，在多情的美女殷勤款待下，战争的阴影暂时在心头消失了。人们不但忘记战争，甚且连戒严时间也忘记掉，在夜总会，一直逗留到凌晨二时，戒严解除的时候，才拖着疲惫的步伐离开（西贡最近戒严时间午夜十一时至凌晨二时）。

由于男人多被征召入伍，西贡已出现女多于男的现象，的士司机都被迫去当兵，要坐的士也困难了。这种现象也许当局者见怪不怪，但认真想想，实在含有相当辛酸的成分。

市场上出现的情况是米价剧涨，蔬菜缺市，食盐难买。这主要因为越共控制了公路线，使各大城市与物资生产者不能联系。例如西贡菜类最大供应地区是大叻，但大叻的道路却时被切断。

新任总理阮孝基下令首都的物价削减一半。他承认西贡的主要粮供，已受越共控制。但他对这道命令的效力，似乎也颇感怀疑。事实上，此举是配合着跟美国签订的一项输入白米协定而采取的。阮孝基呼吁美国建立主要城市之间的永久空运，以确保粮供不致断绝。

由于越共控制了公路，致使主要城市之间的交通，只能用飞机维持。铁道早已被越共破坏。所有乘客的旅行，几个月来都靠空路，而“越南航空公司”只得在一些航线上，做双倍甚至三倍的班机服务。

西贡的电流供应也多少操纵在越共的手中。工程部认为：西贡市已无法依靠“民众”发电厂固定给电，越共屡次破坏它的电线。结果，政府只好向泰国和美国订购发电机，以补不足，美国人的主要办事处和私邸早已装置自己的油气发电机以防电流中断。

洛奇使越的微妙作用

一九六五年七月十七日

美国政府虽然一再强调，美驻越大使的更替并无特别意义，但这里面其实是有意义的。

首先是国内方面。詹森对南越局势的每一决定，都足以引起重大影响，也足以引起反对党（共和党）的强烈攻击。洛奇是共和党的领袖分子，其地位大概仅次于尼克逊。詹森之再用洛奇，无形中在对付南越的事务上，有一个共和党的领袖参与其间。将来即使失败，也可分一部分责任与共和党人，使后者的指责不致过分猛烈，这乃是詹森的极聪明之处。

在南越方面，有人以为洛奇之代替泰勒，是美国倾向和谈的表现。泰勒是四星将军，军人的偶像，假使要打，何必要把泰勒调走？

这一猜测恐怕也与事实相反。在泰勒使越时期，美国一直就强调和谈。华盛顿对和谈的要求已表现得再明显不过，不须要加上一个洛奇来说明。而洛奇私下的论调是极不赞成和谈的。他说，“和谈”是西方化的字眼，适用于欧洲，不适用于亚洲。他主张强硬，主张坚持下去。从这种论调看来，则詹森之用洛奇，不啻是承认和谈已无可能，而决心在南越干下去。

但美国在南越最担心一种局面，那就是美军虽然可以坚持，而南越政府却有一天忽告崩溃，再也组织不起来。美军在南越便登时变得师出无名。既然没有一个合法的政府要求他们在南越作战，则美军非撤走不可。

洛奇之使越，与其说加强对越共的军事行动，不如说是志在刷新南越政府。一九六三年吴廷琰倒台，有人说洛奇是幕后“刽子手”。现在洛奇再次使越，说不定有谁又要遭殃了，一个新的被认为可靠的执政者以代替现有的西贡政权，并不是奇事。洛奇的目的是要减少目前南越政府的岌岌可危的现象。

泰勒的政治组织能力被认为是低于洛奇的。在泰勒使越期内，西贡换了五个短命的政权，而且有一代不如一代之感，如果说泰勒有什么失败，这恐怕是他的最大的失败了。

越战军力的对比

一九六五年七月二十六日

美联社最近有一篇特稿，用问答方式介绍越战的真相。其中有些问题提得很扼要，答得也很精简。这里还录数条如下。

问：南越战斗部队现在的实力如何？

答：在拥有一千四百万人口的南越，武装部队人数已近五十万。正规陆、海、空三军总共有二十五万四千名。地区及地方民兵和非正规军共十七万五千名。沿岸武装部队约四千名。常跟越共作战的南越警察约四万二千名，合共四十七万五千名。

问：过去一年间，此数目是否有增加或减少？

答：尽管有死伤和退役的现象，但人数仍在增加。征兵行动加紧进行。目前的兵员已比一年前多了十二万名。

问：越共的阵容究竟有多大？

答：美国情报相信，越共大概有十五万武装部队，正规主力军人数约四万二千名。除此之外，情报人员怀疑大部分或全部北越的第三百二十五师人员（约一万五千名）已开入南越。有人推测，越共的支持者超过两百万名。

问：如果越共只有二十万名武装部队，而要对付数目比他们多两倍以上的政府部队，依这形势看来，南越为何不能无美国军队而战胜？

答：因为这是一场游击战。大部分军事战略家包括美国策士在内，觉得对付一名游击队员，需要十名至二十名正规军。在五年的战争中，政府部队从未接近这个比例。

问：西贡政府是否比一年前稳定？

答：还是老样子。在过去一年间，南越一连换了五个政府和发生过三次政变。部长人选老是调动和更换。阮孝基在其同僚将领的支持下出任总理，但权力却微不足道。因此随时又有更换的可能。这种不稳定的状态将会延续下去。

问：越战是否有可能导致第三次世界大战？

答：直到目前为止，苏联只略微干预这场战争。虽然偶尔传说中共顾问已在协助越共，但事实上并没有。同时中共部队也未开进北越。美国曾避免轰炸河内或在军事上跟中共交锋。美国的扩大战事将限制在一定的范围内。不过北京随时可能改变政策，而且西贡官员也未完全否定第三次世界大战的可能性。

白宫想用台湾军队

一九六五年七月二十七日

美总统詹森和国防部长麦纳马拉这两天连续密商，所谈的是什么，外人不得而知。但美国记者又透出消息，说华盛顿在考虑用台湾国民党的军队了。

不用说，请台湾出兵南越的念头，在美国总统的脑子里，是转过好几次的。美国在南越不是没有优良的武器，不是没有与游击队周旋的决心，所缺乏的是人力。据估计，最少要有数十万的外来兵力，才可将越共击溃（照美联社估计，与游击队在丛林作战，最少须以十当一，越共兵力二十万人，则美越军应有二百万人的总数，才可与越共一拗手瓜）。美军要调数十万人到南越，则国内兵力势必大大减弱。要如此众多的美国子弟在南越捐躯，美总统心内实有所不忍，况且美国人员是否答应，又是一个问题。于是转来转去，不免转到外国人头上。

南韩早已答应出兵了。汉城当局准备以一万五千名美式装备的精锐之师到南越供美军差遣。但一万五千名，还是太少。在地图上，只要将手指从南韩往下一移，就到了台湾，台湾最少有廿五万军队经常在作战准备中，训练充足，装备优良，然而饱食终日，无所事事。白宫方面早就想以这一支军队去与越共较量一下，可惜障碍重重，难以实现。

最大的障碍是国民党军队一到越南，就给予中共出兵的一个好借口。中共一旦出兵，南越就有引起第三次世界大战的可能，这是美国政府所不想的。

台湾方面本跃跃欲动，很想派兵到南越一战。国府官员向美国解释，种种顾虑都不必要，反正中共出兵越南乃是迟早的事，与其在中共出兵后，国民党军队才开到南越，倒不如先下手为强，现在说去就去。

美国记者透露，各方面的迹象显示，台湾派兵赴越之举，已在华盛顿展开序幕。台驻美大使会谒见美总统，双方谈得极融洽。事后美总统露出欣然之情。

澳洲和新西兰现在都派有象征式的军队在越南作战，菲律宾不久也将派兵前往，但这些军队人数既少，也不善战，在亚洲军队中，真正能战的，舍台湾不作第二人想。美国政府想来想去，想到国民党上面，自是一点也不稀奇了。

西方记者在河内

一九六五年七月三十日

美国在北越轰炸后的情况如何？一位在态度上对北越颇表同情的西方记者贝尔在河内亲身体验到那种滋味，他也见到北越领袖胡志明，听到北越的工、农、学生对轰炸表示的意见。

据贝尔描写，北越到处可看到美机轰炸的创痕。连河内也受到影响，市区内外挖掘壕沟、防空洞，市容被破坏无遗。

贝尔随北越官员乘车出城观看轰炸的情况，他们所乘的一辆汽车用竹叶遮盖车顶，以做伪装。途中恰巧听到空袭警报，贝尔随众人迅速跳出汽车，蹲伏在壕沟中。这时候，他以一个白种人的身份，首次体会到北越人民的心情。

不久，他们继续登车启行，到达离河内百余里外的地区去亲看轰炸现场。美机之轰炸北越早就不限于军事目标，这种情况继续下去，恐怕将更为凄惨。但当贝尔提出这种看法时，北越人民用怀疑的目光望着他。他们对待美机的轰炸表现得坚强而冷静，但他们似乎看不出美国可能对他们的国家有更大的破坏力。正如贝尔访问河内青年学生时，他们都深信南越游击队能取得最后的胜利，但却不知道游击队将要付出多大的代价！

河内虽做种种防空的准备，但人民一切工作如恒，街道间也没有政治标语，或做“打倒美帝”之类的广播，后二种情况在北京是常见的。中共大陆的人民经常处于一种“警戒”状态中，反而北越首都的生活更为正常。

贝尔获得胡志明接见，胡氏的表情一如往常的深思与冷静。他说，越南人民不会为美国的轰炸所屈服的。贝尔问：“如果美国使用原子弹呢?”胡志明引用毛泽东的话答：“原子弹是纸老虎，吓不了我们。”

贝尔在北越的一次难忘的经验，是会见两个被捕的美国飞行员。贝尔和他们同是白种人，但贝尔贵为宾客，桌前有糖果、汽水，两名美国机师却是阶下囚，只坐着两张简单的木凳，身边什么都没有。后来，北越官员大概发现这种尴尬的情况，询问两俘虏要不要饮料，俘虏选择了啤酒。

俘虏之一问北越的官员，他们现在的身份如何。北越官员答：美国没有向北越宣战，因此他们的身份便不是战时的俘虏，不能受俘虏的待遇，而将受到“谋杀者”的处分。

美考虑宣布紧急状态

一九六五年八月六日

大约在几天前，美总统詹森很郑重地声明，他对越战将有重大的决定。全世界新闻记者都是紧张地等待着，相信美国要采取新的行动。但结果，詹森的宣布是较平淡的，或者说，是使人失望的。他除了宣布增兵五万赴越之外，很少其他的新义。

感到失望的不仅是新闻记者，美国军方亦然。在事前，美军方要求总统采取强硬政策，大量征召后备部队，增加军费，大量增兵越南，与越共积极周旋。一般人还预料，美总统可能宣布全国进入“紧急状态”，采取与韩战时同样的措施。

但詹森没有这样做，他显然是害怕“紧急状态”一词太刺激人心。他对越局“和谈”还存着一线的希望。这正是他一贯标榜的“忍耐”的政策。

据说，詹森在事前原准备做较强硬的宣布，他的“智囊”们为他拟订了五项良策，供他选择。一是扩大战争，必要时使用核子武器；一是放弃战争；一是继续保留现状，以现有军力勉强应战；一是在国会宣布进入紧急状态，征召后备部队，增加军费五十亿元；一是增派部队五万人赴越，增加军费十二亿元。

结果詹森避重就轻，选了第五案。

詹森一拖再拖，不敢做冒险的决定，是因国内反对越战的舆论很激烈、广泛。詹森个人主张，对越战任何重大的措施，最好分期宣布，避免过分的刺激。同时，詹森也有所等待。他寄望联合国秘书长宇丹为越南和平所作的努力，这希望虽然是很渺茫的，但假使宇丹的行动落空，则詹森再采取强硬的决定就显得振振有辞，不怕人民的反对。

詹森准备等待宇丹六个月。在这半年内，从事和谈努力的大概还不止宇丹，有南斯拉夫、印度等不结盟国家为主的一派，还有法国、英国……，詹森乐于让任何一种和平的试探都去一试。

但假使越局始终没有什么进展的话，可以想像，美国终有一天要宣布进入紧急状态，全力施为的。

越南之局是个僵局

一九六五年八月十四日

伦敦《泰晤士报》的军事评论员最近指出，越南这场战事中，交战的任何一方在军事上都不可能获胜。

他说，目前河内和北京的口号是要美国撤出越南。这一点只可以由谈判达成，如果要靠武力把美军赶出越南去，根本不成。他认为，美国至少可以在沿岸地区维持几个基地。

他进一步分析了共产党的战略，认为越共现在完全模仿中共的战略：先用游击战发展村庄包围城市，破坏交通，再进行运动战，与敌人做正面的较量，但是较量之前先充分了解情况，决不打没有把握的仗。

然而他认为，这战略用在越南有一个小漏洞，因为美军既在越南作战，共军打起运动战来就难有必胜的把握。美军现在已经有数目不少的军队进入越南，战斗力颇不弱了。不过美国要想在越南胜利，也不可能，因为越共可以同时发动政治和军事攻击，而美国只能发动军事攻势，不能发动政治攻势。

他用英国在马来亚剿共的经验说明，要在军事上奏效，必须有一个好政府，能够在政治上使老百姓相信共产党打败了有好日子过。但是西贡政府如此之不争气，美国即使在军事上获得了胜利，也将在政治上遭受挫败。目前，美国的军力可能会逐渐退缩，缩到沿海的基地上去，团团固守。

其次，他相信南越政府应该办到朝野一体遵守法律，对越共俘虏不能任意虐杀，否则只有制造更多的恐怖分子出来。在马来亚的剿共战中，英国对恐怖分子所加的罪名不外乎“没有执照私自携带武器”而已。这就可以把他们关起来，已经够了，不必施用酷刑，或竟公开枪决的。

第三，他认为南越政府军应该尽可能早日争取主动，因为对付游击队必须采取主动，让他们跟着政府的战术疲于奔命，不能反过来。但是在争取主动之前，必须先巩固自己的军事基地，等基地巩固了，再从基地向外扩展。

美国已经宣布要在南越增兵至十七万，必要时动用一切武器，以免败退。所以越共要赶走美国是办不到的。美国要消灭越共则如上所述，困难极多，难以克服。然而双方都不甘承认自己没有取胜的机会。僵局之僵，正在此点。

螺旋上升的阶梯战

一九六五年八月十六日

美国不断地在越南增强实力，引起了一些问题，迫切地需要解答。美国是富甲天下的大国，出点钱派些兵在越南这样的地方打一场有限度的战争，本来不是一件太过严重的事情，于美国国内生活影响甚微。但是美国往越南派的兵越来越多，显然使美国介入越南战事之举，本质上起了重大的变化。

詹森总统之决定在越南打出个结果来，是否明智，可以争辩，然而不可争辩的是，这一来就与坚尼迪总统一九六三年所公开宣布的政策完全不同了。当时坚尼迪说：

“在最后的分析之下，越南战争总是越南人自己的战争。打输打赢是越南人的事情。我们可以帮助他们，我们可以给他们装备，我们可以派自己的人去当顾问，但是越南人必须自己去打败共产党。”

现在对北越轰炸了几个月之后，美国又在增兵，如此看来，要在北越打胜是不可能了，而在南越要打败倒很可能。说来好笑，空袭北越南本来只为了保卫美国在大南的空军基地，但是由于突袭北越，乃不得不继续增兵。这就是“阶梯作战”的螺旋上升变成了恶性循环。大南基地现在也是美国突袭北越的主要根据地；既为了保卫这基地而空袭北越，为突袭北越而又不得不增兵保卫基地。不久之前美国的驱逐舰开始了炮轰北越海岸之举，则为掩护陆战队和伞兵部队在沿岸的五个地点登陆，而伞兵部队和陆战队的登陆，至少表面上，又是为了保卫美国在越南的基地。兵法上说，最好的防守就是攻击，大概为了这个缘故，原来为了保卫基地而去的美国部队，现在又在向基地以外主动出击了。这叫“进取性的巡逻”。

最近的消息说，这“进取性的巡逻”已经逐渐发展成规模更大的“扫荡巩固战”。这“扫荡巩固”的任务本来由南越部队担任，如今也有美军执行了。这是“阶梯作战”又进了一步。

詹森总统曾说，越南之战中，任何一方均不可能取得纯粹的军事胜利。他的意思是，必须谈判才能解决问题，在共产党同意谈判之前，则维持目前的僵局。

如果他打算放弃这个目标，如果他悄悄地渐渐地要在亚洲大陆上打起一场地面战争来的话，事情就完全不同了。美国国内目前正在为这一点争辩甚烈。但是这争辩，看样子一时也难有结论呢。

苏联派兵赴越的可能性

一九六五年八月十八日

美国骑兵第一师团开赴南越之际，人们自然又会想到两个老问题：(一)中共是否会派出志愿军去越南作战？(二)苏联如何？中共的动向固然值得注意，苏联的态度也值得注意。

早在四月间，苏共领袖布列兹涅夫就在莫斯科招待太空人的宴会上宣称过，说是申请志愿赴越的苏联公民为数颇多。这话引起过一阵极大的关切，因为听口气，现在克里姆林宫中的新政权似乎要打破赫鲁晓夫不理东南亚的政策，可能干预越南事件了。

布列兹涅夫的话究竟可以当真，抑或只是赫鲁晓夫式的虚声恫吓呢？大家猜测纷纭。事实上揆诸近史，苏联立国以来，除了在西班牙内战期间一度派出志愿军作战之外，没有派军队出国打过仗。前几年苏彝士运河发生危机的时候，苏联也曾宣称要派出志愿军，而且是受过沙漠战训练的精锐。苏联步兵也确实准备停当，随时待命开动了。只是匈牙利暴动恰好在这个当口爆发起来，苏联无心援外，这才没有派兵。

布列兹涅夫宣称苏联可能派出志愿军赴越作战之后，接着就有报刊上的言论，以至于工人群众的投书响应，学生们的示威游行，反对把越南战争扩大到十七线以北去，情况相当热烈，态度却是有所保留的。

布列兹涅夫又证实说，苏联的军备已经在运往北越了。他说：“苏联政府已经采取必要措施，加强越南人民共和国的国防能动力量。”苏联外交官们随后又故意地透露出来说：苏联的反飞弹SAM飞弹和其他武器已经在运赴越南的途中了。

SAM飞弹的结构和发射手续相当繁复，没有受过相当训练的北越人一时不能使用的，如要装置起来，就需要苏联“志愿军”先来担任发射任务，同时训练北越人员。那就是说，苏联非派遣军队进入北越不可了。

但是苏联的声明发表之后几天，中共发表了更明白的声明，说是只要越南南方人民解放阵线要求，保证会派出志愿军和拨出武器去越南南方。周恩来随即又警告美国，说是“中国人民一直预备全力支持英雄斗争的越南人民”。苏联自然不能这样干脆，于是不响了。

越南危机渐趋顶点

一九六五年八月二十一日

越南的战况最近是越来越激烈了。越南雨季已经开始，在今后一个月中，通常雨量将较过去的一百天中还多。西方的军事观察家们早就预测，越共会在这雨季中展开攻势，使美军陷入名副其实的泥淖中，不得自拔。美国自然也有准备，所以陆战师团兼程赶到越南登陆，立刻布防。今后一个月中，越南战况只有更往顶点推进，要想缓和是万难了。

美国在越南使用得最多的装备是直升机。在最初，美国本来打算只出动直升机及其机员，而不动用地面部队，就可以抑制越共攻击的。事实上直升机的性能非常优越，能担任各种任务——空运增援部队、空投武器弹药粮秣、抢救伤兵、指挥建路、侦察敌情，乃至于掩护地面部队作战及扫射敌人，几乎无所不能了。殊不知雨季一到，越南变成了一个大泥淖，一片烂泥，把直升机牢牢地黏在地上，无法起飞。

雨季开始之后，越共就采取了新的战术，这种新战术大致如此:(一)破坏南越政府军控制地区的公路、铁路、电讯交通线，让政府军彼此失却联络、孤立作战;(二)政府军自然知道孤立作战的危险，会派出精锐部队，抢修这些残断的交通线，于是越共就找弱点下手，攻占政府军的防地。到目前为止，越共这新战术大体上算是成功的。

举例说，最近政府军花了九牛二虎之力，总算把第十九号公路克复了，于是派出十四个营的兵力，防守公路线，让美国人把修补铁路桥梁的器材和装备运过来。但是一星期之后，这十四营南越军原来的防地不稳了，不得不回去保护，这样一来，千辛万苦打通的第十九公路又落入了越共的手中。

美国的地面部队初到南越，恃着本身的火力凶猛，不知厉害，时常遭受越共的伏击。越共的隐蔽办法巧妙，往往出人想像能力。例如一片池塘，看来毫无异状，殊不知成连成连的越共就潜伏在水中，靠一根伸出水面少许的芦管呼吸，所以美军在南越不但打仗，而且在捉迷藏。

西贡的情形如何呢？越共地下分子固然猖獗，南越政府连一个像样的正式政府都没有，在十位将军的集体领导之下，老百姓过着今天有酒今天醉的生活，斗志低沉。

北越的飞弹基地

一九六五年十一月八日

美空军已开始对北越的飞弹基地展开袭击，在前天的一项行动中，一架美国战斗机被击下。

袭击飞弹基地是一项危险的工作，一来，空军的伤亡率必然增加。二来，在这样的空袭中，可能炸死苏联的飞弹技术人员，伤害美苏的关系。但美国既然开始行动，大概对于这些问题已经作过深思熟虑了。

北越的飞弹基地是苏联协助建设的，主要是SAM式的地对空飞弹。这些基地有些只固定于一处，有些能够转移。

一般人以为北越的飞弹基地，只集中于河内一带，保卫北越的首都。但据最近在日本访问的美国军事评论家鲍尔温说，他所获得的情报显示，北越的飞弹基地相当多，包括已建成的和在赶建中的，大概不下数十个。在河内有固定基地五个。除了河内与海防，南方地区亦有不少飞弹基地在赶建中。

这些防空设备，大大增加美机行动的困难。据河内广播透露，自去年八月至今，已击落美机六百七十四架，鲍尔温指出这数字不确，真正的损失是一百五十七架。但这也是不小的数目。

尽管如此，鲍尔温还是主张美机扩大对北越的轰炸行动，虽然不炸河内市区，但河内、海防有许多目标值得轰炸，油库、机场、港湾等等，这可以增加对北越的压力，在原则上，希望河内更快地答应谈判。时间越迟，对北越的轰炸行动越困难。如前所说，飞弹基地在陆续增加。

对于南越森林区的轰炸，鲍尔温认为B-52战略空军的行动相当成功，给予越共重大的威胁。这是使南越战场形势改观的一大因素。

美在南越使用的战机

一九六五年十一月九日

美国在越南使用的飞机，有多种形式。早就有人说过，越南是美国新武器的试验场。不管有没有需要和对手，美国三军总是拼命将最新式飞机运到越南去试验。

美国海、陆、空军都有自己的飞机。比较上，陆军的飞机较弱，只能担任辅助陆军作战的工作，出击的任务留给海、空军的飞机去担任。但以在南越作战的第一机动师而论，也拥有四百余架飞机。主要是直升机、侦察机和小型补给运输机。直升机有多种形式，其中可以作战的一种配有机枪小炮和火箭，相当厉害。在南越战场来说，也不啻一只小老虎。

但这些飞机与海、空军的新式飞机比较起来，就有如小巫见大巫了。

美国海军飞机数量既多，性能又好，几足与空军分庭抗礼。海军飞机分成两部分，一部分停在航空母舰上，一部分跟随陆战队进驻陆地。

现时美海军使用的最新式战斗机是F-4幽灵二式飞机（Phantom Ⅱ），速度可达两倍音速，升空限度六万六千呎。较之苏联的米格二一型还要优越。能携带一万二千磅炸弹，配有机关炮、空对空飞弹、空对地飞弹，一身能担任多种任务，在必要时还能携带核弹。

较次的是A4D天鹰式攻击轰炸机，体小身轻，时速七百哩，在越南战场上也能呼风唤雨。

F-8十字军型战斗机，时速一千二百哩，装有二十厘米钢炮和响尾蛇飞弹。本月六日担任袭击北越飞弹基地的即此型飞机。

至于空军的各型飞机更多。

美空军各型战机

一九六五年十一月十日

美空军在南越使用的飞机，最普通的有F-100超级军刀机（Super Sabre），F-104星式战斗机（Starfighter），F-105雷魁式（Thunder Chief）战斗机，F-4幽灵二式战斗机，F-101巫道式（Voodoo）拦截机，还有B-52长程轰炸机，等等。

F-100超级军刀机是韩战休战前后的产物，那时候是最新式的战斗机，现在来说，虽不算落伍，但到底不算最出色的了。这种飞机时速八百哩。升空限度五万呎，航程一千六百哩，但可在空中加油。配备有四挺二十厘米机关炮及响尾蛇飞弹。能携带炸弹。

军刀机有多种形式，有一人乘坐的，有二人乘坐的。这种飞机较之F-86军刀机飞得更高、更快、更远。但F-86也有飞弹设备。以上两种军刀机，台湾国府空军也在使用，不过F-100型较少。

F-104星式战斗机较之超级军刀机的出产迟了一年（一九五四），是美国、加拿大和北约空军的主力之一，时速一千四百哩（较超级军刀快了六百哩），最高能飞到九万呎。配备有快速机开炮及响尾蛇飞弹。

F-105雷魁式战斗机出产又迟了四年，时速在千哩以上，能载四千磅炸弹，配有机关炮及空对空飞弹。这种飞机的投弹仪器有特殊设计，在攻击敌人时，效果良好。

F-101巫道式飞机，形式也有多种，是仅次于星式而优于超级军刀的战斗机，一九五七年开始使用。时速一千二百哩，航程一千哩，最高飞五万呎。配备有四挺机关炮及空对空飞弹。

幽灵二式战斗机本是海军先使用的，后来空军觉得其性能优良，仿制一批使用。幽灵机较之星式又进一步，更快，武器更厉害，携带炸弹可达一万二千磅。有毁灭性的威力。

飞机误炸及其他

一九六五年十一月十七日

报载：美机误炸南越一村庄，令村民死伤数人。这种事情，以前也发生过。

有人责备美军指挥当局太糊涂。但事实是南越的空袭次数太多，而南越的环境又太复杂了。

南越之战与一般的战事不同，美军在战场上活动有许多限制。以空军来说，他们有命令规定，在轰炸任何村庄之前，必须先发出警告或传单，令该处人民疏散。除非这村庄是在作战中，或美军正遭到伏击。

美驻越高级军官都有一个认识：要想在南越取得胜利，不仅要打击越共，还要争取民心；后者尤为重要。南越政府之所以一败涂地，是因失去民心之故。一个美国炸弹炸死了一个南越平民，即使杀伤了一百名越共，也得不偿失。但是较低级的美国官兵有不同的看法，长期的作战，使他们麻木了，他们怀疑每一个南越人民，后者与越共的装束，并无区别。“宁枉毋纵”，宁可杀错一个平民，好过留下后患。至于飞机炸死一二个村民，在他们眼中，那是战争的悲剧，无可避免。

所以，有一些美国空军在执行轰炸任务时，并没有完全依照规定，先发出警告或传单，让村民疏散。

不过最近一次的误炸，大概是指挥部的错误所引致的。这种错误的可能性很多，机件的错误，计算的错误，情报的错误……出击次数越频繁，错误越容易发生。而最容易发生的自然还是情报的错误。

美机轰炸北越目标，是由华盛顿所决定，而轰炸南越的目标，则主要由南越美军指挥部负责。在南越有多个空军指挥站，其中各有一高级空军负责人，他们可以做出一般性突袭的决策，而不须再请示上级，这就增加了出错的机会。

通常需要美机出击的情报，可能由前线的军队发来，也可能由特务工作人员发来，这种情报一有错误，就发生误炸，倒是与空军无关。

圣诞前夕在南越

一九六五年十二月二十四日

今年，大约有二十万美国兵士要在南越度过圣诞节。对于许多美国孩子们，这是一个陌生的地方，在几年前，他们甚至连南越在哪里也不知道。

据《新闻周刊》统计，自美国建国以来的一百九十个圣诞节中，有六十六个圣诞节是曾派遣军队到外国作战的。但只有极少数的圣诞节会有这样多的美军驻在异城，而其所面临的环境又是这样的沉重。

自今年十月起，美军当局已考虑如何让美国大兵好好度过这个佳节，使他们不致有离乡别井的凄凉感觉。其中一个计划是发起美国全国人民邮寄礼物慰劳越南的军士。

这几天，很多小包裹络绎寄到了越南，上面所写的收受人是“给南越的任何战士”，这种礼品每天约有二十吨。

美国德萨斯州有一群黑人妇女特地做了三百个果子糕饼，运到南越军营去做圣诞礼物。

另一种从美国寄到的更奇特的圣诞礼是“反对越战”的宣传册子，这是美国本土的反越战机构寄发的。上面劝美国大兵们尽可能放弃战斗。

为了制造圣诞气氛，美国运到大批玩具，分赠与南越的战争孤儿，另向七十万南越难民派送七十七万磅的米和二万五千磅食盐。美国明星卜合和卡露贝嘉也定于假期内赶到南越劳军。

越共已宣布在圣诞节期内休战十二小时，让美军安心度圣诞。美军事当局和南越相继下令，在廿四日下午六时起至廿五日午间，除自卫外，不得开枪。相信这一段时间将在宁静中度过。

《新闻周刊》的圣诞专号刊登了好几个美国军人和他们的家庭照片，这些图片使人想起“谁无父母，谁无子女”这句话，每一个在南越作战的美国士兵，都是有血有肉的人，都有一个温暖的家庭。这些人在越南作战是在为了什么？是为谁而牺牲？恐怕许多美国人都找不到答案。

苏加诺与苏哈托

印尼排华事件

发动军事政变的苏哈托

印尼：新兴与政变

印尼另组新联合国

一九六五年一月十四日

印尼退出联合国，是这几天最受人注意的新闻。这件事的本身并不怎样重要，问题是，印尼退出联合国后，又有什么特别的打算？

据一般新闻观察家推测，印尼可能会另组一个“联合国”之类的组织。这与苏加诺的自大狂的脾气是相当符合的。他的“皇牌”又是“新兴力量”。

当印尼退出世运会时，他发起了一个新兴力量运动会。现在他退出了联合国，自然也有兴趣组织一个“新兴力量联合国”，以与老联合国对抗。因为苏加诺早就指摘过，联合国已让那些殖民主义者大国势力把持了。支持他的计划最热心的，有中共、北韩和北越等国家。至于亚非洲的中立国集团会不会支持这计划，那就不得而知。

此外，印尼退出联合国后，必然加强对马来西亚的敌意行动，虽然苏加诺一再强调，退出联合国与对抗马来西亚是两回事，但印尼的种种激烈表现不能使人相信他的说话。近几个月来，印尼几乎每天都有游击队窜扰马来西亚，在婆罗洲边境，印尼的军队于短短三个月内从二千人扩展到二万人。如果有大规模战事发生，相信这一带必成为主要战场。

英国为了履行他保护马来西亚的责任，上星期已将他的航空母舰“雄鹰”号调赴大马，另加派精锐兵团五百人至北婆罗洲增防，这使英国在马来西亚的兵力突增至五万人，为韩战以来，英国在远东所驻扎的最大的兵力。

印尼退出联合国之举，真正感到兴趣的将是中共和印尼共党。苏联并不同意苏加诺这样做，但印尼还是照样实行了，中共在这上面感到衷心的愉快。此外，这种史无前例的退出联合国的行动，使中共找到讥讽联合国的更大的借口。据传说，苏加诺在北京的怂恿下，已将印尼共党的两个对头党的势力镇压，使印尼共党成为苏加诺之后唯一承继政权的人。如果属实，则亚洲的共党势力就要大大增加，而局势的均衡也要全面改观了。

何时重返联合国

一九六五年三月九日

哥伦比亚电视广播公司的三位记者最近访问苏加诺，提出一些极有兴趣的问题。

问：总统先生，在什么时候或什么情况之下，印尼才会回到联合国去？

（苏加诺）答：只有在联合国、安全理事会和秘书处重新改组之后，印尼才会考虑这问题。今天的联合国并不令我们满意。纵然中共获得进入联合国，而联合国仍然是现在这样子，我们也永远不会加入。

问：如果说印尼和中共的关系在去年已转变得更为密切，而和西方的关系则更为疏远，这说法合理吗？

答：这是不正确的。我们和世界上每一个国家都交朋友。苏班德里奥先生（印尼外长）不止去过中共一国，我本人到过开罗，到过其他国家，为什么这偏偏不引起世界人士的注意？

问：总统先生，印尼曾考虑过组织所谓“新兴力量联合国”的可能性吗？

答：这不是我的意图。我只想趁早建立一个新兴国家会议（CONEFO）。对组织新兴国家联合国（UNEFO）的问题，至少我可以说，在印尼方面，还没有这个兴趣。

问：你以为世界的这一角落，未来是属于中国人和印尼人的吗？

答：是属于世界上的进步力量。这世界在朝着一个进步的方向走。你可以称之为社会主义。所谓进步，乃是一个没有殖民主义与帝国主义的世界。也是我经常说的，没有人与人之间的剥削和国与国之间的剥削的世界。

问：依照总统先生的定义，像美国那样的国家，不可能称为进步力量？

答：恕难作答。

问：你曾重复地说过，你不会对马来西亚发动战争。但派遣游击队登陆和发动战争之间，有什么分别呢？

答：我从没有派遣游击队去登陆大马。那些登陆的是热情的印尼青年，他们是志愿分子。

问：有一些时事分析家认为：共党最终将控制整个印尼，你以为如何？

答：胡说，胡说，简直是胡说。我并不惧怕，对于任何主义学说，我都能容忍，只要它们不损害印尼。

苏加诺答记者问

一九六五年三月十日

苏加诺答美记者所提出的问题，昨天已译了一半，现续译如下：

问：总统先生，你对美国与印尼的关系实际上已不存在而感到不高兴吗？

（苏加诺）答：不存在——这是不对的。自然，如果美国与印尼的关系恶化，我会感到不高兴，我在为增进两国的关系努力中。不过，有时我不喜欢美国的政策，尤其是他对东方的政策。这不仅印尼为然，菲律宾的反对情绪也在增加中。

问：你建议我们现在应如何增进此种关系呢？

答：改变你们对远东的政策。印尼对你们唯一的要求是：让我们自己做我们的事情。

问：如果美国人让越南人去做他们的事情，你以为会如何？

答：那么，越南人就会爱上美国人。现在，美国人干涉他们的内政太深，他们早就生气了。

问：你以为中共有干涉其他国家的内政吗？

答：请举一例。哪一国？怎样干涉？中共是尊重他国的自由的。我不能指责中共对越南的援助，因为越南人现在并没有获得“管理自己国家”的自由。

问：你觉得中共干涉他国的内政是为了他们的“自由”，而我们（美国）却不然？

答：我的经验告诉我是如此。中共尊重各国的权利。在我的经验中，我记不起有哪一次中共不曾尊重我们印尼的自由。

问：印尼与中共不是曾为华侨的地位问题闹得很不愉快吗？

答：是的。但我们不久就解决了，这正因为中共尊重我们的自由。中共接受我们一切的安排。

问：你有想到为美国和中共的恢复关系而做一个中间人吗？

答：不错，我在尽最大的努力，我常同柏拉（印尼驻联合国代表）说，柏拉，试设法说服美国人，他们不应该将中共排除在联合国外。

问：美国人重视的一种自由，是反对政府与批评总统的自由。你们印尼有这种自由吗？

答：有的。或许因为我做得对，我很少得到严厉的批评。人民甚至选我为终身总统。

问的厉害　答的技巧

一九六五年三月十一日

三位美国记者与苏加诺的晤谈是一次成功的访问。这是指所提的问题的尖锐与突出，及应答者的圆婉与利落而言。我们看到每一个问题，都是一般人正想向苏加诺询问的。没有一句问得多余，没有一句闲话。而苏加诺的回答，与一般政要人物也有不同之处，简单扼要，不含糊，不避开要点，很少用"恕不能作答"之类的句子来搪塞。倘使说苏加诺有许多作为领袖的缺点，最少他的口才还是不能否定的。

可惜因篇幅关系，这里未便全部引载，只能节译。其中还有些较小而有趣的问题，例如美记者问："总统先生对英国狂人乐队的意见如何?"答："我在本国已予禁止，正如扭腰舞曲一样。"问："你以为这也是殖民主义的一种形式吗?"答："不，这是一种心理病态。"问："总统先生期待活到最后一面殖民主义者的旗帜降下来吗?"答："不，我不知道上帝几时召我回去。"问："你最近身体好吗?"答："呵，很好，很健康，很好!"

我读过另一些时人访问记，问的人不懂(或不敢)提出尖锐的问题，答的人又顾左右而言他，或引述一大篇人云亦云的理论，结果令人昏昏欲睡，读了比不读还要糟。据说，在访问政要人物的时候，最大胆提出问题的是日本记者，他们所提问题的尖锐和直接干涉私生活，有时候令被问者面红耳赤，不能作答。但日本政坛有这样的规矩，大人物不能责骂记者，否则就是失礼，“不够风度”。所有报纸会一窝蜂地讥笑他，结果更惨！所以日本记者是有恃无恐，什么话都能问出来。

但这三位美国记者先生（Bernard Kolb, Paul Niven, Peter Koliseler，都属于哥伦比亚广播公司）所处的环境不是日本，所问的问题不能太失礼。然而可看出他们的问话在礼貌的抑制中，却是十分尖锐，说得上“咄咄逼人”，锋利无比。苏加诺却也不慌不忙，有条不紊地作答。他的答话相当坦率，斩钉截铁，一是一，二是二，绝无转弯抹角，扭扭捏捏之态。这次访问是在电视上出现的，相信观众必觉得大大的过瘾。

苏加诺只有一处显得紧张和要发脾气的样子，那是当提到印尼共产党可能接管他的政权时，他连道“胡说，胡说，胡说”，可见事实上这是他心中最害怕的问题，而难免在神色中表现出来。

印尼的外国人

一九六五年四月二十六日

椰加达是一个复杂的城市。在那里的外国人很多，他们各有各的生活方式，各有各的工作“秘密”。

有人说，这是一个间谍的城市。东西方的神秘人物都集中在这里。他们一来要窥察印尼的动向，二来要打听彼此间的秘密。例如，中共人员在椰加达到处皆是，你很难确定他们在做些什么工作。苏联人员在这里密切注意着中共的行动。而美国人却在监视苏联。

中共的大使馆是极大的，它远离椰加达华人居住的地方，大门经常关闭。大使馆有一道高高的墙，墙上装有多层铁丝网，益发增加了它的紧张与神秘的气氛。

令椰城成为国际情报中心的原因，不但是美、苏、中、英的人员在此勾心斗角，连许多欧洲人、非洲人也参与这热闹的角逐。例如西德与东德最近展开了一场神经战。西德在椰加达市中心建造了一座美丽的大使馆，在将近完工之际，印尼却突传要承认东德，令西德大吃一惊。他们担心那大使馆要“易主”了。后来，印尼邀请东德代表团到椰加达访问，在欢迎期间，由始至终悬上东德旗，令西德极为尴尬。

在印尼居住的欧洲人，据说最得意的是荷兰人。他们以做生意为目的，不问政治，因此不受印尼政府的怀疑。且荷兰是印尼过去的殖民地主人，一切都熟悉，与印尼人也特别谈得来。

最惨的则是英国人。英国大使馆在去年被印尼暴动青年烧光了，至今苏加诺政府还没有依照诺言赔偿。英国大使只好住在家里办公。你说这是什么滋味?

苏联人还算好的，他们没有受到怎样的歧视。因为苏联给了印尼很多的援助，包括武器与各种建设。苏联大使馆在椰加达也是有数的庞大。但他们常常妒忌中国人，说没有受到像中共一般的优待。信不信由你。苏联人与美国人在这里“老友”的程度，较之与中国人好上一百倍。

苏加诺要改善经济

一九六五年五月十六日

印尼总统苏加诺似乎对本国的经济危机不能再视若无睹了，最近，他在印尼人民大会第三次会议中发表演说，沉重地分析印尼八年经济发展计划的各种缺点。最后说：现在不能不多花点精神在经济事务上。

苏加诺答应，他以后将亲自处理关于主要经济发展的计划工作，并设立一个“国家经济监督委员会”，以推动各种经济建设，由他亲自领导。

苏加诺说，印尼第一步先要做到“自立”，一切得依赖自己。凡是可以向国外输出的物资应尽量增强生产；凡是本国可以出品的物资，应尽量减少输入。以后进口商业将由政府全权处理，私人商号不得擅自输入物资，除非它是获得授权代表政府去做的。

预料这一法令实施后，印尼将减少一大笔资金的外流，而外国消费品也必然大大涨价，人民生活将更苦。

根据这个方针，印尼将极力发展本国的资源，和继续完成各项建设计划。以印尼天然资源之丰，如果能集中全国人力，埋头苦干，相信不出数年，一定会面貌全新，成为亚洲的一个可以自给自足的国家。可惜印尼以前不此之图，却在政治是非圈上打转，以粉碎大马为己任，结果弄得外强中干，千疮百孔。苏加诺如果好好反省一下，也一定会觉得后悔。

印尼的贫穷只有对共产党有利。印尼共党领袖艾迪早就指责说，印尼缺少“真正”的政治家，所以经济会如此困难。言下之意，乃指责苏加诺政府无能，如果换上共产党来执政，情况就大大不同。相信苏加诺听了，定必十分恼怒。这一次对经济的加意改善，说不定就是为了给共党一个答复。

印尼赤化与未来形势

一九六五年六月二十九日

一群日本专家和大学教授，最近在讨论东南亚形势的时候特别提到印尼，其中有六点是相当值得注意的。

（一）日本人认为，印尼地理形势优胜，人口众多，资源丰富，这三点有利条件，使他成为东南亚最重要的国家。他的任何变化，足以影响整个东南亚的形势。

（二）日本学者多数肯定，在苏加诺死后，印尼即将为共党接收。而且接收得非常顺利，不会流一点血。许多人以为印尼陆军足与共党抗衡，这种均衡看来已过去了，在印尼军队中，出现越来越多的同情共党的分子，而陆军领袖则缺乏雄才大略的人物。

（三）但日本人并不以印尼将为共党控制而烦恼，相反地他们极之乐观。京都大学的学者说："印尼为共党接收后，说不定才是它的黄金时代的发展，那时候日本有机会与印尼做充分的经济合作。"日本人预测，印尼共党执政，将全力发展其经济，不似苏加诺时代之顾忌诸多，畏首畏尾。

（四）日本人有一种奇特的看法：亚洲共党将不会受共产国际的指挥。他们相信，不论南越还是印尼，这两个国家一旦由共党执政，决不会盲目听命于莫斯科或北京，因为二国的民族观念很重，而事实上，世界共党由一个领导中心指挥的日子，已经过去了。

基于这种看法，日本人并不怕印尼赤化，也不怕越南赤化，故日本舆论大多数促美国自越南撤兵。

（五）印尼共党支持苏加诺政府提出的NASAKOM（民族主义、宗教、共产主义）体制，表示他们尊重宗教，这是相当特殊的一点，日本学者相信印尼共党执政后，也不会改变这种方针，或者长期容纳宗教的存在也说不定，如果属实，这就是印尼共党的民族特色之一。

（六）印尼共党势力甚大，党员有三百万，同情者有二千万。它掌握全国三分之一以上的选票，这种事实的存在，使苏加诺根本不作消灭共党之想，而改采“合作”的态度。一般人甚且相信，苏加诺现行的政制，已逐渐为共党政权奠下基础了。

苏班德里奥出国

一九六五年十一月七日

据报载，印尼外长苏班德里奥被迫出国“游历”，外长之职另由人代替。

苏班德里奥身兼第一副总理及外交部长，是苏加诺的得力助手。直到今年九月三十日为止，许多人还预测他是苏加诺的继承人。但自陆军在政治舞台上得势以后，两“苏”(苏加诺和苏班德里奥)就处于不得意的情况下。

不久前，陆军暗中发起了一次反对苏班德里奥的行动，椰加达的街头上忽然出现“吊死苏班德里奥!”的标语。陆军派送千万本小册子，上面提出责问:“谁是九月卅日反革命行动的主谋人?”内容解答强烈暗示是苏班德里奥。

上星期，一群示威分子列队到椰城外交部大厦，高声要求苏班德里奥辞职。

到了上周末，苏加诺已无法控制陆军的情绪，迫得做了一步退让，答应以国家情报机构的掌管权交与陆军(苏班德里奥原是这一机构的最高负责人)，但让苏班德里奥保留外长的职务。

这一职务当时就被人预测不会保留得长久的，但没想到那么快，不到数天，就传出苏班德里奥被迫出国的消息。

一般人视苏班德里奥为亲中共分子，也是这个原因，使他成为印尼陆军的眼中钉。这一次他之被迫出国，象征着苏加诺权力的消失，他又打了一个大大的败仗。

苏班德里奥一去，陆军反对的矛头很可能便会针对苏加诺。纵然军队给他面子，让他再留恋一个时期，大概也不会长久，只要陆军自信它的力量已经巩固，而共党亦不足为患时，自会有人出面取而代之。现在陆军倾全力打击共党，其目标正是如此，难道苏加诺不知道么？但只是无法可想而已。

印尼共党命运

一九六五年十二月八日

印尼局势一再演变，陆军看来已占尽了优势，印尼共党简直没有还手的能力。人们会问，印尼共党是不是就此宣告崩溃了呢？抑或共党尚有什么“皇牌”没有用出来？

直至今年九月卅日为止，印尼共党是“非共国家”中最能创造形势的一个。它隐然具有将印尼政权“和平接收”的能力。很多西方评论家估计，只要苏加诺一死，印尼就会落入共党手上，这只是时间的问题而已。

印尼共党成立于一九二〇年，在一九四八年时只有五千人，到了一九六五年，发展为三百万人。共党更自称有一千二百万的群众支持者。在一九五六年的选举中（印尼近十年来唯一的选举），共产党取得压倒的优势。他们的领袖成功地联络中间路线的人物，使右派政党相形之下，显得微不足道。

印尼共党的最大的敌人是陆军。共党领袖艾迪这些年来一直是致力打击陆军的力量，并设法渗透陆军。连陆军领袖芮苏贤也承认，印尼共党大概取得百分之十的陆军的支持。共产党的估计却还要高，认为有百分之八十，他们甚至以为，在内战打起来时，陆军会分成两边，一边亲共，一边反共，自己先拼个生死。

九卅政变是不是共党发起的，现在还不能明确地肯定，但从许多迹象看来，共党和政变确是很有关系。有人以为，正是共产党对各方面支持者（包括陆军）的估计过高，才会同意此次政变。而在举事后，却发现形势并不是那么有利。举例说，共党以为大量群众会予以支持，而结果群众却跟着陆军的鼻子走。更明显的是，由共党领导的拥有三百万会员的工联会竟在此次政变中“志愿”宣告解体。

印尼共党渗透最成功的是空军。但空军对政变所能起的作用并不大。芮苏贤说过：“空军是不足畏的。只要陆军将各处机场封锁，切断电油和米格机燃料的供应，空军即告瘫痪。”

现在印尼各地军区正逐步将共党解散，并宣布为非法，印尼共党显然吃了一次极大的败仗。至于它何时才能在狼狈的败退中立定“脚跟”，予陆军一次反击，这就要看下回分解了。

苏加诺是政变发起人?

一九六五年十二月十日

关于印尼九卅政变的起因，现在有一个较新的传说，西方的政治家和评论家认为相当可信。

这消息说：发动政变的是苏加诺（间接地），而惹起整个事件的“祸首”则是印尼外长苏班德里奥。

原来在今年九月初（政变出现之前约一月），印尼陆军首长开了一个秘密会议，检讨印尼的局势。主题是“假如苏加诺总统去世后，印尼将会出现何种局面?”，出席会议的有陆军第一号人物芮苏贤将军及其他陆军首长。

这原是一般性的会议，并没有特别的目的。但当时身兼印尼情报部长的苏班德里奥，接到情报人员的密电，得悉陆军举行的“秘密会议”，而内容却是有关“苏加诺死后的情形”，不免大吃一惊，以为陆军要发动政变，杀死苏加诺，立刻将这消息向苏加诺报告。

苏加诺听到这样重大的消息，不及详加考虑，即下令一个外间不大闻名的安东将军以迅雷不及掩耳的手法，将六名重要陆军人物先行拘捕。

安东自年轻时即与印尼共产党有很深的关系，得到这一命令，认为十分重大，即暗中通知共党总部，共党高级人士觉得这乃天赐之机，大可利用之将陆军势力一举击垮，并控制印尼大局，乃将苏加诺的“拘捕”命令改为“刺杀”，同时部署各种抵抗陆军反攻的安排。

但安东的举事并不完密，陆军头号领袖芮苏贤逃脱了，他迅即召集一师军队进行反击，卒将安东击败。

而共党在“一着错，满盘差”的情况下弄得一败涂地不可收拾。事情过后，陆军深恨外长苏班德里奥，就是这个原因。

苏加诺的舞会

一九六五年十二月十一日

经过政变后的印尼首都，现在还未完全恢复平静。在椰加达市郊，所有主要公路都有军队把守，检查一切过往车辆。在市内，以苏式坦克、法式坦克或英式装甲车配备的军队，把守政府官员住宅、大厦和重要机关。在主要十字路口，军队架起了高射炮，指向天空，严防飞机袭击，因为印尼空军，是同情共产党的。但天空上一片平静，没有一架飞机经过，各地的空军基地基本上已为陆军控制了。

军队从上到下，人人都在戒备中。休班的兵士骑脚踏车进市区时也带着枪。尽管苏加诺用言语及行动极力促市民保持平静，不要把九卅政变当作一件大事(在他的语气中只是一次小风浪)，但军队却是十分严肃地对待这次事情，他们显然下了决心，要将印尼共党消灭。

苏加诺极力保持镇定的态度，可从最近一次活动看出来。两星期前，他举行了一个舞会，款待高级政治家和报社编辑，这是政变以来的第一次派对。

苏加诺穿了时髦的礼服，露出轻松的笑容，热情招呼宾客，仿佛什么事情都未发生过。他向三百多来宾先做了短短的演讲，对国内形势做了一个分析，向人们打气一番，劝他们不要颓丧。

然后，他除去鞋子，只穿一对蓝袜子与客人一同跳舞、唱歌，表情十分快乐。

他与他的第四夫人夏丁妮一同引导宾客跳舞，在晚会进行当中，他又以一首自撰的曲子演唱。然后他说：“在任何时候，我们都要靠自己——音乐也是如此。”

舞会在十二时结束，苏加诺和夫人乘车离开。宾客们在感动与兴奋之余，一起起立鼓掌送他离去。

但尽管气氛如此轻松，明眼人却觉得苏加诺憔悴了。因为在过往，晚会是到天亮才结束的，现在却只在午夜就结束了，足见苏加诺的心情已与以前不同。

印尼的新局势

一九六五年十二月二十五日

印尼的局势现在已发展至一个新的阶段：在各区共党纷纷被禁而转入地下的情况下，陆军已控制整个政局，目前欲以全力改善印尼的经济，医治政变留下来的创伤。例如，发行新币就是军人当权后的新政之一。

苏加诺似乎不再具有什么权力，他所做的是一个傀儡的工作。西方人士感慨说：苏加诺从前是一个善变戏法的魔术家，现在他仍然如此，可惜局面已非，他的观众只限于一小撮陆军将领，他的技术也只能作为取悦芮苏贤等人的手段了。

最近苏加诺任命芮苏贤为“最高作战指挥部”的军事司令（与苏哈托不同，苏哈托只是陆军总司令），布旺奴主持经济事宜，阿杜根尼主持社会内政事宜，后二人虽然是“文官”，但都是军方属意的人选。这一来，芮苏贤已经大权在握，俨然是“总统”之上的总统。

所谓“最高作战指挥部”等于是印尼的总统办公处与内阁，令人注意的是，外长苏班德里奥没有在“指挥部”内取得任何名义，这是失去权力的表现。尽管他仍叫作“外长”，但一般人相信，他不久就要垮台。

在九卅事变后，早就传出苏班德里奥可能被逐出国，因为芮苏贤等视他如眼中钉。现在这消息又传出了。印尼官方安打拉通讯社发表了一个消息，苏班德里奥将赴荷兰访问，以促进二国的关系。这一去，如果成为事实，自然是永不回来，与放逐无异。由于安打拉社已为军方控制，这一消息自然是军人放出来的。

据推测，印尼军人要赶走苏班德里奥，倒不完全因他与政变有关，而是因他太亲中共的缘故。印尼经济千疮百孔，今后军人主政，势必要向美、苏二国大量要求援助，那时有一个亲中共的外长，怎能向美苏说话？所以苏班德里奥是迟早要下台的，不论是用什么形式。

印巴军备

印巴战场之一角

第二次印巴战争中的印军士兵

印度军队发起大规模进攻

印巴：冲突与外援

巴基斯坦的选举

一九六五年一月十三日

巴基斯坦最近举行大选，在这次选举中使人注意的有二点：一、这是巴基斯坦有史以来，第一次较为民主的选举。二、重要对手只有两人，一个是前任总统阿育汗，一个是位女性，法地玛珍娜（巴基斯坦国家创始人的姐姐），她是联合反对党提出的候选人。

在选举初期，珍娜女士的声势很盛，一度压倒阿育汗。但到了决胜阶段，阿育汗终于节节领先，以巨大的票数获得胜利。

阿育汗是在六年前政局混乱的时候，借军队的助力而夺取政权的。六年来，他施行铁腕统治，国家逐渐获得安宁。在这期间，阿育汗的施政手法也渐加节制，向民主让步。到了今年，阿育汗终于将他自己和他的政权交给民众判断，是否有条件继续执政下去。而人民的答案是肯定的。

从巴基斯坦重选阿育汗为总统，可以看出亚洲人的心情，他们看重现实的安宁更多于抽象的民主。与其获得虚伪的民主的样式，而让国家社会动荡不安（像南越的情况），倒不如缺少一点自由，老老实实，安安静静过日子的好。

自然，阿育汗的当选还有其他的理由。巴基斯坦是一个回教国家（“巴基斯坦”即“清真”国的意思），男性为主的风气根深蒂固，要选出女人当总统，总是难以想像的事。反对党在提出珍娜女士作为总统选人的时候，太没有考虑了。

参与这次选举的主要是中产阶级知识分子(他们是通过选民选出来的)，但这些人极容易与官方权力人士带上某种关系，于是他们很自然地为了自己的地位着想，而投阿育汗一票，目的在为了保持现状。

在珍娜女士领导下的一批青年民主人士的努力是不容抹煞的，他们废寝忘食，为一个民主国度的目标而奔走，虽然已经失败了，他们发誓说“必将再来一次”。

亚洲一位新尼赫鲁

一九六五年三月二十六日

巴基斯坦总统阿尤布汗最近访问中共，这对他本国是一件大事，对亚洲来说也是一件大事。巴基斯坦本来是美国的一个忠实盟友，忽然一而再，再而三地与中共亲热起来，这就使人觉得不大寻常。

阿尤布汗这次访问中共，是在他重新当选为总统后的第一次外交行动，这强烈地意味着，他今后的外交动向将自西向东转。而此次访问又恰巧在巴基斯坦议会及地方选举之前，政府议员很显然地会以此加强他们的声势，以期取得压倒式的胜利。

但阿尤布汗在行前叮嘱他的官员们不可为此事做过大的宣传，只能作为通常的国际访问之一，巴基斯坦各地报章上的报道，都是尽量的节制。这是阿尤布汗的聪明处，他不想为此事过分伤害美国的感情。

中共政治家们自然也不是愚笨之辈，他们知道阿氏所顾忌的是什么，所需要的是什么。他们一开始就向他保证说，非常了解他的处境，巴基斯坦与美国的关系，决不会影响与中共友谊的发展。于是，阿尤布汗获得心理上的解脱，他轻松了。在演讲和谈话中，他敢于自由地表示意见，他说，为了获得亚洲的安定与和平，中共应与美国成为好朋友，紧密合作。

在中共面前强调美国人的重要性，这是别的访问贵宾从来没有尝试过的。有之，恐怕还是以尼赫鲁为唯一的一个。尼赫鲁已经死了，再也没有人提起这一问题。现在，阿尤布汗重新挑起来，有人说，这有重大的作用，说不定他会成为中共与美国调整关系的中间人，而阿氏本人也将取得过去尼赫鲁所享受的同等的声望。

阿尤布汗访问完北京之后，又将访问莫斯科及华盛顿，这一行动尤其令人相信以上的猜测。当西方记者询问阿氏，为什么他将中共之行放在最先的时候，阿氏笑答："这只因为他们邀请的次序是如此。"

除了政治上的意义之外，巴基斯坦正进行第三个五年计划，中共已答应全力为之支援。难怪，西方评论家们说，阿尤布汗此行不论在个人声望、国家地位与经济利益上，都取得百分之百的成功。

印巴之战

一九六五年五月六日

印度与巴基斯坦最近打了一场小型的战争。发生的地点是印度西部与巴基斯坦接壤的地方，称为“兰恩”。这兰恩是一块长三百二十英里，阔五十英里的低地，夏天长期积水，冬天却干如沙漠。如果不是最近因地质探测，发现这区内可能藏有石油，谁也不会要这片土地。但巴基斯坦和印度却挥动干戈，在这里打起仗来。

是真正为了未来的石油而战吗？决不是，这一场战争的因素，完全是政治性的。观察家以为，这是巴基斯坦觉得印度在僵持未决的卡什米尔问题上不肯妥协，所以发动这一场小型战事，把印度迫到会议桌上来。巴基斯坦选择这时间做军事活动是十分适当的，由于印度充满内忧外患，自顾不暇，饥荒、内部的分歧，加以北部边防严重，不得不派大军驻屯，以防中共挥兵南下，这一来，西部自是空虚了，巴基斯坦乃大可乘机进逼。

兰恩因有六个月的时间积满咸水，本是印巴两国自然的边界，但巴基斯坦以为，根据水界分国线的规例，是以河流的中线为国界。故此也要求以兰恩的“中线”为分界，即二国将之平分。印度不肯，他认为兰恩根本是印度的，无争辩的余地。

巴基斯坦最近在深入兰恩区一哩处设一国界柱，这很自然引起印方的不满，战争即告开始。巴军出动坦克大炮，向印军攻击，印军已无准备，装备更差，狼狈溃退，在这一役中占了便宜的自是巴方。

在英国的斡旋下，战事暂时是停止了，大概双方将要进行谈判。印度指责巴基斯坦使用美国式军械向印军进攻，根据美故国务卿杜勒斯的诺言，印、巴二国如果谁先使用了美式军械去攻击对方，则美国将协助受攻击者。印度企盼以此取得美国的支持。

印度政府的危机

一九六五年六月七日

印度政府逐渐出现一个危机，这是执政党内部对总理地位的角逐。自沙斯特里登台后，他的稳健平实的作风，不大取得印度人的好感。反对者指责他软弱，并企图利用多数人对尼赫鲁光荣时代的怀念，将他轰下台来。

在这些人中，最热心的是尼赫鲁的妹妹潘迪夫人。因为她最易使人联想起尼赫鲁，也最易使人幻想她能重振尼赫鲁时代的威风。潘迪夫人现年六十四岁，曾出任印度驻莫斯科大使、华盛顿大使、伦敦大使和联合国大会主席，以她的声望和应付各大国政府的经验，确具有出任总理的资格而有余。

为了谋求她本身的发展，潘迪夫人一直在找寻沙斯特里内阁的漏洞，猛烈予以攻击。最近她又在国会发表一篇演词，除了指责印度政府贪污无能外，还将沙斯特里骂得一文不值。她说："沙斯特里先生犹豫不决，性情缓慢，只求原则性的妥协，缺乏坚强的领袖才能……一个出色的领袖，绝不是畏首畏尾的。他应具有个人杰出的光芒……而我们现在正缺乏这样一个人。"

潘迪夫人的发言，引起反对党和执政党许多议席的热烈鼓掌，沙斯特里铁青着脸，一语不发。后来他也没有出言反驳，他一向都是采取"任劳任怨"和"逆来顺受"的态度的。

在印度执政党内，还有许多人欲得总理之位而甘心，他们是：铁道部部长巴地尔（SK.Batil），孟买地区的政治领袖、国大党主席卡马拉尔（Kumaraswami Kamarar），加尔各答政治领袖哥茨（Atulya Ghosh），钢铁部长列迪（Sanjiva Reddy），及前任财政部长狄赛（Movarjy Dcesai）等人。

这些人可能与潘迪夫人联合起来，推倒沙斯特里。或各走极端，使现任执政党四分五裂，而予反对党及共党可乘之机，这是十分可虑的。

印度与苏联

一九六五年六月八日

印度总理沙斯特里最近到苏联去访问了一次。这有两个目标，一来为了增加他个人的声望，二来是要求苏联给予更多的援助。

在第一点上，沙斯特里并没有得到预期的成功，到莫斯科打了一转，引起世界的注意并不大。反不如巴基斯坦总统阿尤布汗在苏京来得吃香。关键是阿尤布汗到过北京，又将到美国访问，使他成为三国意见的转述人。沙斯特里代表的只是印度本身的利害，意义自然大减。

但这并不是说，苏联不重视沙斯特里的访问，克里姆林宫的巨头们急于争取印度的友谊。因为苏联要在亚洲发展，必须有一个“基地”。印度是亚洲的大国，仅次于中国，为了与中共分庭抗礼，为了不让中共在亚洲“独霸天下”，苏联在在均需争取印度。

除了印度之外，苏联还想争取巴基斯坦。莫斯科的理想，是苏、巴、印三国能组成一种类似“联盟”的势力，但印度与巴基斯坦因有克什米尔问题的阻碍，一直互相仇视，致成这“联盟”的障碍。此次印度总理沙斯特里到苏访问，相信苏联将要求印度对克什米尔问题让步，与巴基斯坦取得协议。如果印度肯这样做，苏联愿大量援助印度，以作酬报。

但印度人对克什米尔感情强烈，沙斯特里内阁如做丝毫的让步，都可能引致反抗与暴动，基础薄弱的沙氏内阁可能因此倒下台来。这是沙氏所不敢为的。

所以印度总理真正访苏的结果，大概仅是争取到一些苏援。这几年来，苏联经援印度的数目仅次于美国，成为他对共产国家援助之外最大的开支。老实说，苏联之援助印度是有点得不偿失的。

此外，因中共已拥有原子弹，印度可能要求苏联与英美在一起，给予他一把核子伞的保护。但苏联与中共的冲突还未至公开为敌，因此苏联不可能答应印度这种要求，顶多不过婉言加以敷衍而已。

苏联对印度的援助

一九六五年八月二十日

苏联对印度的援助使西方不快——例如最近印度向西方洽购潜水艇不成而向苏联洽购，英国就大为紧张；也使中共不快——甚至于可以说，形成了中苏共摩擦的一大因素。事实上，苏联对印度确实援助得很起劲，印度计划委员会（委员长就是总理沙斯特里）曾经公开宣称，苏援是印度经济建设中的一大支柱。

苏联开始援助印度，乃在十年以前一九五五年二月，当时双方协定了兴建一座钢铁工厂。这以后，苏联与印度之间的经济合作就年有扩大。目前，在苏联援助下兴建的印度大工厂就有三十五座，有的已经完成，有的还在施工。

明年初，印度的第四个五年计划即将开始了，这五年计划的重点放在农业上，目标要至少达到生产量增高到每年百分之五的比率，工业建设自然也大力进行。在工业建设方面，印度又着重于国营（公共）工业的建设，恰好苏联在这方面给予印度援助，印度自然感激。

然而援助的事情也不能只有单轨交通，主要还是靠双方的贸易进展。换言之，印度必须有东西卖给苏联，苏联才能源源不绝地援助印度。这两国的贸易情况如何呢？印度计划委员会副委员长梅塔最近在苏联《时报》上发表谈话，说是过去十年当中，苏印贸易增加了百分之八十之多，而印度对外贸易总数只增加百分之二十而已。上次印度总理沙斯特里访问苏联的时候，又与苏联当局订成协定，今后五年中苏联与印度之间的贸易还要增加百分之一百。由此可见苏联对印度拉拢之殷勤了。

据梅塔的谈话，苏印之间不但在经济合作上年有进展，进展甚速，在其他方面的关系上也有改善，例如在国际政治上的观点，双方就越来越接近。

但是苏联与印度的接近使北京确实不安。如所周知，印度在许多方面与中国大陆处境相同，两者同样在埋头苦干，力争上游。如果中共成功，亚非拉丁美洲国家很可能就会步中共的后尘，走向共产主义，如果印度成功，那些不发达国家自然就会向印度看齐，所以印度与中共之间的竞争绝不仅仅在中印边界那一片不毛之地，而是有更基本的原因。

印度、中共、英国

一九六五年十一月二日

印度副外交部长迪纳斯辛，不久前在吉隆坡接见记者。这位辛先生外表温文，态度谦虚，言语得体，是一个上好的外交人才。下面是他的答问：

问：在印巴冲突之后，你以为印度的外交政策应做何种调整？

答：外交政策是一种经常变动的东西，基本目标则不变。为了适应每一种新环境，外交政策自有调整的必要。不过目前我们感到满意的是，外界对于印度在克什米尔的地位及其要求和平解决纠纷的决心已有充分的了解。既然如此，我们就无大量修改外交政策的必要。

巴基斯坦与中共的串谋极其明显，中共的所谓“最后通牒”和其他行动，完全是为了协助巴基斯坦。

问：印度有感到要与其他亚洲国家加强关系，甚或组成一种联盟的需要吗？

答：嗯，与外国加强关系，是任何时期都需要的。特别像我们这种亚洲落后国家，常有许多共同的困难。不过“结盟”是一个不愉快的字眼，印度不会考虑。

问：印度将不理人民的压力，继续保持不造原子弹的政策吗？

答：是的，印度在目前只考虑原子能的和平用途。

问：纵然中共有了原子弹，也在所不计？

答：是的。

问：印巴的战事对贵国与英伦的关系是否有所破坏？

答：我们对英国公开支持巴基斯坦的态度，感到很不愉快。英国明知我们在法理上及道义上都是正确的。以后英印的关系如何，就看英国人的态度，如果他继续做那种不合理的支持，我们会严重考虑彼此的关系。

问：你对亚非会议看法如何？

答：如果这会议能举行，印度一定参加。我们的愿望是这会议能为亚非国家带来和平，在会上，应当重新强调和平相处、不结盟、不侵犯别国的观念。

日本首相佐藤荣作

韩国总统朴正熙

韩国军队上街驱赶人群

韩国民众上街抗议韩日基本条约

日韩：敌意与和解

日本热心援助南越

一九六五年一月十日

日本首相佐藤荣作后天（十二日）将到美国访问，在访问之前，接见了“美国新闻与世界报道”的记者，畅谈有关南越及中共的问题。

佐藤说，南越距离日本虽远，但由于它的动荡对亚洲影响颇大，因此对日本的利益也有严重的牵连。只要这样想一想：南越的局面乃是共党在亚洲的扩张行动所造成的，那么就值得每一个亚洲国家警惕。

在问及日本是否将以军事行动援助南越时，佐藤说，日本没有这种准备，因为日本宪法中有禁止重整军备的条款，使它不能这样做。但除了军事援助之外，日本愿意为南越做各式各样的“服务”：例如经济和技术方面的支持，目的在使南越局势稳定，人民生活改善。这种援助可通过联合国而达成，日本将在联合国的组织中担任重要的角色。

南越局势能不能通过谈判而改善？佐藤以为不能，即使美国愿意谈判，共方也不肯。再说，美国不会从南越撤兵，佐藤认为那是不可想像的局面。

在谈到中共问题时，最先接触的日本与中共贸易的情况，美国记者问：日本和中共做生意，是表示与美国的政策有所不同吗？

佐藤说，美日两国之间有着略为不同的见解，但日本的“经济”与“政治”分离的原则，美国人并不反对，事实上，美国的其他盟友，如加拿大与澳洲，也在与中共通商，他们将大量的小麦售与中共。只要大家遵守一个原则，不将战略物资售与中共，这个问题就不显得那么严重。佐藤又说，关于阻遏中共的发展问题，不适宜于用在任何方面。美国阻止中共的军事扩张那是正确的，在这一点上，日本愿充分与美国合作。

中共有了核子武器，会有什么样的后果？佐藤说：日本对于中共之拥有核子武器，并不惊惶失措。因为中共在发展核子的路径上还有很长的路要走。目前，日本尽可信赖美国的安全协助。但是对于中共的“警觉性”，却不能不提高了。

问及日本会不会成为中共与美国之间的斡旋人，佐藤笑说，我不知道将来的情况怎样，现在来说是不可能。如果中共与美国的关系友善，我们愿意从中协调，但他们现在还是敌人。

日本的“佐藤时代”

一九六五年一月二十二日

日本首相佐藤荣作，最近访美完毕回国。在访问之前，佐藤强调，此行目的在与美总统詹森建立私人的交谊，及设法提高日本的地位，俾在国际事务上，与美国成为并肩的搭档。

过去十余年，日本的经济已从逐渐恢复而至空前繁荣。好比一个人，一旦发了财之后，就想扬名，日本也有这样的想法。

一九六四年是这种思想的高潮，日本高级知识分子刊物，经常发表评论，要求日本在国际上争取更高的地位，洗刷二十年来战败国的耻辱。佐藤首相于去年登台后，立即抓住这种时代的风气，强调声明，在他任内，将积极为这目标而努力。

日本政论家将日本分为“池田时代”与“佐藤时代”。过去数年来，在池田首相的领导下，日本埋头工作，不问外事，已经储藏下丰富的财源与精力，为今天的“佐藤时代”提供足够的条件。什么是“佐藤时代”的精义？日本将在不违背与美国合作的原则下，表现独立的精神。积极推进与亚洲各国的关系，援助落后国家，以一个强有力的热心公益的“大阿哥”姿态，出现在国际舞台上。

西方报刊以为，这是不可避免的趋势，就像一个已经成长的小孩，你再也不能把他困在家中。日本的工业成就殊足自豪，它仅次于美、苏、西德和英国，而成为世界第五名先进国家。在个别工业范围中，它占着相当的优势，它的原子粒工业，世界第二（次于美国）；造船业去年世界第一（超过美英）；化学与钢铁工业，世界第三；电影出品数量，世界第一；书籍出版数量，世界第三；汽车出品数量，世界第五；摄影机出品数量，世界第一。而最难得的是，日本的工业出品逐渐以精密化著称，一洗过去专制廉价品的丑名。

世运会去年成功举办，益发增加了日本人的信心。这样一件大事，他们办得那样完美，那样顺利。他们相信，在任何国际大事的处理上，他们也不会输与其他强国。

“佐藤时代”的独立精神的具体表现，可能从中共开始。佐藤已取得詹森的同意，与中共进一步发展文化和经济关系。其次，日本在今年春天将首次参与在阿尔及利亚举行的亚非会议，在这两洲的许多困难事务上，日本必然获得重要的发言权及表现能力的机会。

日本与南韩的敌意

一九六五年二月十三日

日本与南韩是两个很特殊的国家，它们同处在自由阵线，又是那么接近，然而两国却永远怀着敌意，不论旁人怎样设法拉拢，它们的感情总是不能和好。

两国的仇恨是日积月累的。韩人深深地恨日本人，特别是一九一〇年到一九四五年，日本占领韩国时，对韩人种种的虐待，使韩人永远不能忘记。而日本人说起韩国，却又带着鄙视的态度。因为他们记得这个国家过去曾经是他们的“奴隶”。

这两个国家尽管经常坐在一起开会谈论，却永远谈不拢。

最近，在美国的调停之下，两国又开会了。开会的主题有三点：(一)赔偿问题。南韩要求日本对过去占领韩国卅五年所遭受损失的赔偿。(二)李承晚线问题，这是当年南韩总统李承晚规定下来，禁止日本渔民在自韩国海岸起、伸展至二百英里地区的海面上捕鱼。(三)韩侨问题，是指韩国留日六十万侨民国籍之处理问题。

除了上述这三大问题外，尚有一个枝节问题，那便是一个小岛的纠纷。在日本海中有一个荒岛，现在为少数南韩士兵占领，但日本说这个岛的主权是属于日本的。

如果这些问题不能解决，则日韩友谊很难建立。在所有的问题中，最难解决的又是赔款问题，关于这问题，去年已大致取得协议，日本同意付予南韩一笔约合十七亿港币数目的款项，另给予约十一亿的贷款，作为恢复友谊的先声。而南韩方面，即以释放历来日本越犯李承晚线的渔民，作为交换条件。

第二个困难的问题是李承晚线。日本似乎愿意准许南韩渔民，享有到日本沿海十二英里海上捕鱼之特权。但是韩国坚持不放松李承晚线，因为日本机动渔船，技术上太优越，南韩渔业幼稚，不得不以此线设防，保护韩国的渔业。

日本海是两国共有之海，它供给二国千万渔民的生活，这个问题，两个为本身之利益，都不肯相让，看上去是最难取得协议的一个问题。

自从一九五二年两国举行商谈以来，这是第七次的会商。美国是极愿意日韩能够联手，成为阻遏共党势力的一道坚固防线的。

南韩较南越幸运

一九六五年五月二十三日

亚洲有一对难兄难弟，那是南韩与南越。南韩打了一场韩战，经过几次政变，至今还没有把元气恢复过来。但是较之南越，却又似乎幸运得多。最少它有一个渐趋稳定的政府，而且没有大量的共党地下武装的窜扰，人民虽穷，却还不至横死于战祸之下。最近朴正熙访美，更增加了这位南韩强人的声望，看来在三两年内，他的地位是稳固的。

朴正熙是一个很平凡的军人，没有出色的政治才能，在性格上，也缺乏动人的光彩。但是他能够用铁腕政策，将南韩稳稳控制，使免于频繁的动乱。只这一点就够美国政府对之击节赞赏了。最近由于朴正熙做了两件令华盛顿称心的事，使白宫领导人很满意，决定请朴正熙访美，并给予最隆重的上宾欢迎礼。

这两件事是什么呢？第一，南韩用主动和解的态度，与日本政府商谈，恢复二国正常的关系，解除了十余年来日韩问题的僵局。韩人对日人在战争统治期间的深仇大恨，虽然不能忘怀，但经过正式建交之后，相信会慢慢化解开来。而日韩不久也就可以合作，组成“东北亚”的军事联盟，使美国在亚洲的“反共防线”连绵紧接，不再有任何漏洞，这对华盛顿来说，岂非一件可喜的事？

第二，美国在南越进退维艰，这场仗眼看要长期打下去。美国不愿意单独负担这局面，而且美国军队数量也有限，不想大量放入这一地区。恰巧这时候，南韩表示愿意派兵二万余名到越助战，并立刻付诸实行，先派二千名赴越。这又是令美国政府感到说不出的喜悦的。

在这种情形下，美国决定给予南韩大量的援助，除了每年已定的七千万美元援助外，另额外贷款一亿五千万元，及其他许多经济和商业上的便利，以助南韩完成其五年计划。

不过，南韩的局势也不是毫无隐忧的，最近就发生了一次政变，因事机不密而被破获，有四十余人被捕，主要是军人。另有一些军官在逃。各地学生民众对政府不满的情绪，也还很浓厚。朴正熙能不能使南韩安定，就端看他有没有那样的聪明去起用有才能而民主的政治家了。

日本的"青年军"

一九六五年八月三十日

一九六一年，美故总统坚尼迪有一个"青年和平工作团"的计划，派遣七千名青年到五十个国家去进行和平援助工作。目的在协助世界上的落后国家，及促进各国与美国的友谊，这计划获得相当的成功。

日本紧接着在一九六二年至六三年期间，也欲仿效坚尼迪的计划，向亚非国家派遣青年科技工作者，但出乎意外地却碰了大大的钉子。

在亚洲，印度、巴基斯坦、锡兰都表示不欢迎。印尼的报章严厉地批评日本的"青年和平团"的计划，是"模仿美国的小丑式的行为"。

非洲国家也向日本人说，他们看不出日本学美国人的样子，有什么好处。

在菲律宾，日本派来试探的成员被人投掷石子。

日本官员这才发觉，过去日本军阀在亚洲人心中所留下的恶劣的印象还没有磨灭。日本人以前所提出的"亚洲人的亚洲"的口号，后来证实原来是想达到"日本人的亚洲"的目的。

但日本人没有就此放弃那计划，政府通过驻各国的大使馆、商业团体、派往各地的访问团，继续向各国解释，邀请亚非国家派遣代表到日本去，参观日本的经济成就，使他们了解日本确有协助各国的能力和决心。

各国的青年学生也接受日本的邀请，到日本去留学，到东京的大商行去服务。通过这些努力后，亚非各国对日本的疑惧近日已逐渐减少。

现在有十二个国家接受日本的青年科技工作者到该等国度去服务，他们包括曾投掷石子的菲律宾、寮国、巴基斯坦和印尼。

志愿到外国去工作的日本青年，服务期为两年。农业与轻工业的专家，最为吃香。这些青年代表团，不久将分别出发。

尽管如此，亚非各国大概仍怀疑日本的青年工作团有如下的不正当的目的：(一)利用外国作为培养本国青年的场所；(二)为日本的商业侵略做先锋。且看日本青年如何努力去消除别人的疑虑吧。

日本的假想敌

一九六五年十一月二十三日

美国与中共如果交战，日本将采取什么样的态度？这不是一个幻想出来的问题，据说日本政府已经拟订好一个详细的计划，包括三军的调派与指挥，以及日本自卫队与美军如何合作等办法，名之曰“飞龙计划”。这一计划与“三矢计划”不同的地方，是“三矢”的假想敌是以苏联为首的共产阵营，而“飞龙”则将苏联这一假想敌去掉，单单对付中共和北韩。这些计划当然是高度的机密，但据日本军事评论家小山内宏说，他已搜集到有关这计划的相当详细的资料。以下是其大略：

当美国与中共正式开战时（不论哪一方先发起），美国马上就将驻在日本的第五空军司令部移至琉球，这里就成为前线作战司令部，而日本的空军（航空自卫队）也将受其指挥。

日本空军虽以防卫日本本土的领空为任务，但驻在北海道的空军则不参加保卫本土的工作，而待机以警戒北方海面的动静，以防苏联的入侵。

日本海军（海上自卫队）担任防卫日本海内海的任务，而太平洋上则由美国第七舰队担任巡防任务。日本陆军视乎必要也将被调到琉球或韩国作战。美国掌管前线的最高指挥部将设在檀香山。从这个计划看，是以琉球作为最前哨，万一琉球被攻下，则退守日本九州基地。

从小山内宏所透露的计划中尚知道，在发生战争的二小时之内，在日本领空飞行的所有民用飞机，必须在最近的各机场强迫着落。并且在八小时之内，所有民用飞机都必须停飞。这些民用飞机将受日本防卫厅的支配，而成为日本空军势力的一部分。

该作战计划还包括许多细节，对一切的部署相当周详，设计者犹如大战已发生在眼前一般。当这计划为外间敏感人士所获知的时候，日本有关当局解释说：这计划的内容是无法实施的，不过作为一种备忘录而已。

日本不是共产国家，对于与共产阵营可能发生战争的情况先做一个筹划，本亦无可厚非，不过观乎“飞龙计划”制订的有声有色，难怪中共常常指责日本与美国联合与他为敌了。

南韩的心理战争

一九六五年十二月二十一日

这几年在表面上趋于宁静的南韩，其实骨子里并不宁静。由于(一)学生的暴动,(二)失业和贫穷,(三)各种政客的野心勃勃,(四)共党的破坏和扰乱，南韩社会经常像一锅煮沸的水，翻腾不安。

以上四个因素，尤以后者最令南韩当局头疼。共党在南韩的活动相当广泛，而其有利条件甚多。穷人的增加，就业的困难，为共产主义造成极好的温床。共党又利用南韩人民根深蒂固的反日情绪和逐渐增加的反美心理的人，进行煽动，这就使南韩隐伏下爆炸性的危机。

目前共党在南韩所做的宣传集中在下列三个要点:(一)南韩军派赴南越作战，为他人卖命;(二)韩日复交，南韩利益被出卖与日本;(三)美国往南韩设立军事基地，使南韩冒上受核子袭击的危险。这三种宣传都很易取得南韩人民的同情。

共党的目的是很明显的，他们想破坏南韩与美、日的交情，扰乱社会，而最终达到在南韩成立一个共党政权的目的。

为了对付共党特务的活动，南韩政府现正以全力布置反间谍网，在全国进行反击。南韩的反间谍机构也叫“中央情报局”，与美国相同。为了取得人民的合作，情报局常出重金悬赏，征求共谍线索。南韩人民对政府虽然没有什么感情，但对巨额赏金却是极感兴趣的，因此收效颇佳。

此外，南韩当局采取宁枉毋纵的态度，只要有一点点嫌疑与共党有关的活动和人物，一律加以惩治。戴上红帽子而入冤狱者不知凡几。南韩的监狱一再增加而不够应用。

这一场“心理战争”打下来，谁胜谁负，尚在未知之数。自然，这与南韩社会的现状有很大关系。如果南韩经济能力谋改善，人民安居乐业，则共党纵有如簧之舌，也难破坏这社会基础。反之，那危机就愈伏愈大了。

英国公主玛嘉烈

印度总理沙斯特里

印尼总统苏加诺

英国政治家邱吉尔

人物：政要与名流

赫鲁晓夫的生活费

一九六五年一月十五日

自赫鲁晓夫三月前下台之后，很少有人真正知道他的消息。有人说他已经失踪，有人说他受到新政权的迫害，有人说他在莫斯科居住，寂寞度其余年。这些消息都有未见可靠之处。美国合众社记者亨利·塞比罗，曾在苏联探访新闻三十一年，他最近发出的有关赫氏近况的消息，被认为是最权威的报道，本报“要闻版”在数天前摘要刊出。这里再予补充。

据塞比罗说，赫氏依然精力充沛，外貌并无若何改观。苏联政府为他保留了一座漂亮、舒适的房子在莫斯科的列宁山上。但赫氏拒绝接受，却选择住在莫斯科以西二十五哩的一座乡村别墅中，这别墅坐落在莫斯科河畔，四周是一片松林，深得幽静的情趣。

赫鲁晓夫不但丝毫没受到迫害，而且可以说生活得相当舒适。他每月可拿到折合三百三十三美元的生活津贴，这是苏联政府所给予的显要人物最高的津贴数目。赫鲁晓夫的妻子也可取拿到每月一百三十三美元的生活补助费，这是普通人民的最高津贴。在这些生活费之外，苏联政府特许赫氏使用五个佣人，这些佣人的薪金由国家支付，直到赫氏老死为止。赫氏出入有私家车代步，司机也由国家供给。

赫鲁晓夫日常的消遣，是在别墅近郊射猎，或在附属别墅的农庄中，看他所饲养的猪和种植的混种麦子。他不愿见任何人，除了最亲近的亲戚，所有友朋、记者、外国来的代表，他一概拒绝接见，这或许是苏联新政权对他的要求，但赫氏本人也懒于款待任何客人。赫氏的亲属与他一样，没有受到什么伤害。他的闻名的女婿阿祖贝，虽然被撤除了消息报总编辑的职务，却在另一家画报中担任副总编辑，生活仍极舒适。

赫鲁晓夫的孙女尤莉亚在一家新闻社工作，她办事的地方只距离嘉琳娜·比列兹涅夫的写字间几个门口，嘉琳娜是现任苏联巨头比列兹涅夫的爱女。

日本首相的鞋带

一九六五年一月二十三日

日本首相佐藤外貌潇洒，精明能干。有人以为这是他的不幸。东方人讲究才不外露，日本人也是如此，他们愿意首相是一个相貌平庸的人物，不要太聪明，不要太积极，不要太敏锐，但应当宽宏大量，仪态可亲，能接纳别人的意见。这一切与前任首相池田很相近，但与佐藤似乎就不大适合。

佐藤自幼长得聪明伶俐，他母亲对他很偏爱，常常鼓励他与两个兄长竞争，但这并不是容易的事情，佐藤的大哥哥一郎后来是日本的海军副司令，二哥哥岸信介是日本的前任首相。

佐藤家的亲戚们批评说：这三弟兄中，大哥哥最聪明，可惜没有性格；小弟弟（佐藤）最有性格，可惜没有脑袋。不过，这当然是比较而言。没有脑袋的佐藤，别人已经嫌他太聪明了。

佐藤身体粗壮，精神甚佳，他在自传中写，年少时身体羸弱，在运动场上拉单杠的时候，要同学们把他举上去，结果还是常常跌下来吃泥沙。后来他决心锻炼，身体才好起来。

佐藤的太太是个貌不惊人的人，但很谦虚和蔼，她说："我结了婚十年，才开始了解我的丈夫。"在佐藤未当首相之前，她一向穿西式服装，现在为了给日本人一个贤妻良母的感觉，才穿上和服。

不要看轻这极小的细节，日本人却非常讲究。佐藤自当选首相后，放弃了许多以前的习惯，以争取民众的好感。例如，他穿鞋子的时候，一向是不动手绑鞋带的，照例由他的秘书躬身替他绑上。现在佐藤自己把鞋带绑上了。

佐藤青年时代在铁道省服务，做了二十四年，升任为次长。在大财团的支持下，他投身入政治圈子。一九五四年，他被一宗大贿赂案的谣言所牵涉，而辞去党总书记的职务。三年后，他哥哥岸信介任首相，他出任财政大臣，不久，岸信介因民众反美暴动而下台，佐藤再次去职。以后，他支持池田勇人为党领袖，据说池田答应在下一届回过头来支持他。果然池田实现了他的诺言。

邱吉尔说过的一些话

一九六五年一月二十六日

邱吉尔常自谦说，他没有受过多少教育，但是他的口才极佳，在战时说过许多令人难忘的话。这些言语使英国人受到鼓舞而勇气百倍地战斗下去。下面是最有特色的一部分：

“我向参加这政府的同僚们说道：我没有什么可贡献的，有的只是鲜血和勤劳，眼泪与汗汁。”（一九四〇年就任首相时发表。）

“只要给我们工具，我们自然会把任务完成。”（一九四〇年二月与罗斯福会面时说。）

“曙光已照在我们战士的钢盔上，它温暖了我们的心，这不是战争的结束，也不是结束的开始，或者让我们说：这是‘开始’阶段的结束吧。”

“我们不会退缩或倒下……我们将在沙滩上作战，在登陆阵地上作战，在原野和街头作战，在山冈上作战，我们永不会投降……”（一九四〇年六月邓苟克战役之后）

“因此让我们全体负起我们的责任，并紧紧记住：如果英国和他的联邦能存在千年之久，人们仍旧会说：‘这是他们最好的时刻。’”

“对于失败只有一个答复，那就是胜利！”

“在人类斗争史上，从没有那样多的人欠下这样少的人这许多的恩惠!”(一九四〇年八月赞扬英国皇家空军的辉煌战绩。)

“勇敢不辞是人类德性的第一项，因为有了它才能保障其他德性的存在。”

“因胜利而产生的问题比失败而产生的问题轻松得多，但绝不是说，前者比后者要简单。”

“这五年所走的路是漫长、艰难和危险的。在这路上丧生的人，并不会白白抛了他们的生命。那些勇往直前走完这条路的人会为踏着这光荣的路而骄傲。”

“英国是唯一的民族，他们乐意听到坏的情况——甚至最坏的。”

“只要我们在一起，没有事情是不可能的，但如果分开了，我们会一同失败。”(谈英美关系，至今仍常被人引用)。

苏加诺的谈话

一九六五年二月十二日

在各国领袖中，苏加诺的口才是第一流的，即使与他不同政见的人，在与他谈话的时候，也常为他的魅力所折服。

美国《新闻周刊》摘录了下面的谈话，作为苏加诺言论的代表，也展示他的“天才横溢”的口才的一部分。

他有一次谈到他自己：“美国大使侯活钟斯先生（他是我所喜爱的一个人）曾戏称我是罗斯福与奇勒基宝的混合型，我对两者都很喜欢……英国哲学家罗素说我是二十世纪最伟大的思想家之一……也有一次，法国一本杂志说苏加诺是一个‘伟大的勾引者’。不错，对女人是一个伟大的勾引者，对国家也是如此。我尤其喜欢后一形容词。

“我或许具有说服人的能力……这可能是我个性上的一个特点。人人都说是一个有魅力的人。但我想，我同时也是一个能在强敌面前解释理由的政治领袖。请莫以为苏加诺能预知过去未来，当我预测什么的时候，我是根据对历史客观规律的认识。因为我懂得一门科学是非常有用的，那就是马克思学说。”

在谈到他受的教育时，苏加诺说：“我离开物质的世界走进心灵的世界。我会见许多伟大的人物，在和他们的交往中培养了我的人格。”

关于印度尼西亚，他说："我们祖国是东南亚最伟大的国家。当我宣布独立时，印尼只有七千二百万人，现在他已经有了一亿人，因为印尼的土地是肥沃的，我们像兔子一般繁殖……"

关于革命，他说："我再强调一次，革命需要三种精神：浪漫的精神、积极的精神、辩证的精神。"

关于世界斗争，他说："今天世界上有两大阵营。第一个阵营由帝国主义者、老殖民主义者、新殖民主义者、资本主义者，及一切希望保留现状的人组成。但真正的多数属于第二个阵营，后一阵营的人要求改变世界的现状，打倒帝国主义。他们是新兴国家的力量。……所以今天世界上的斗争，是保守力量在对抗新兴力量！"

谈论他自己的身体时，他说："我的精神很好，除了我的肾脏之外。我的肾脏是一个制石工场，可惜所产的不是钻石……"（苏加诺患肾结石症）

威尔逊是条“硬汉”

一九六五年二月二十日

英国首相威尔逊是苏联主席米高扬的老朋友。这两人的交情有一段故事。

威尔逊是战后首任工党政府的贸易委员会主席。他曾经三次代表英国到苏联去与米高扬商谈贸易问题。这种任务实际上是“讨价还价”。

第一次是探讨性质，双方交换一下能做些什么生意。真正的谈判开始于第二次。据说，一晚接着一晚，威尔逊与米高扬不知疲劳地在谈着贸易的细节，威尔逊坚持他在七项条约上的观点，声明如不符理想就宁可让谈判破裂。米高扬逐一让步，直到完全“撤退”为止。这一次谈判使二人得到真正的了解。虽然辛苦，但两人都感到愉快。

第三次，威尔逊到苏联去又与米高扬做了一次马拉松会谈。一共谈了十七个钟头，直至凌晨六时，威尔逊又得到他的胜利。接下去是开会庆祝，但是有许多随员支持不住，也有些人不胜伏特加酒力，主人特别在酒会上摆下睡榻，以备应用。威尔逊却一直站着与米高扬在一起，眼看着三个苏联人与两个英国人因过度疲乏而被人抬走了。事后，威尔逊笑说：“三比二，我们胜了！”

从这一次起，米高扬在心底里佩服威尔逊是条“硬汉”，他到处向人说："英国有个威尔逊，是最辣的谈判对手！"

现在威尔逊是英国首相了，他不久将要访问苏联，异日再与米高扬相逢时，两人的地位已颇有不同，而谈判的目标也从贸易改到政治。两人数数头上的白发，也许会拊掌大笑。

威尔逊少年肄业于牛津，最喜辩论。他的特长使他乐意采取"巨头外交"。据英国外交界分析，威尔逊一定会主动促成国际上巨头的频频聚首，到将来，各大国元首随时通一个电话，约过来吃一杯酒或吃一次宵夜的情况会常常出现了。

戴高乐健康如何?

一九六五年三月二十九日

“戴高乐健康如何?”这是法国人关心的问题，也是世界上许多人士关心的问题。关心的原因可分两种:有等人希望他早日归西，有等人希望他长命百岁，都是从本身利益观点出发。对法国人来说，自然希望他长命百岁，因为他这些年来的政绩，其影响如何且勿置评，确是使法国的威望增加不少。

戴高乐今年七十五岁，自去年四月施行过一次前列腺外科手术后，谣言即满天飞，说他再活不了多少年。戴高乐与别的国家元首不同，他的身体情况是严格保守秘密的，据估计，除他的家人外，真正了解他健康的人不超过六个，这更加引起外人猜测的兴趣。

去年十二月，法国一本低级趣味杂志“迅速”大胆地列出段报道，说:“有迹象显示，总统先生的疾病已遍达全身，在他四月间的手术后，恐怕活不过十八个月至廿四个月。”

去年二月，戴高乐政治活动频繁，谣言暂告中止，本月份又死灰复燃，这一次不是在报章上，而是传在政界和医学界人士口中，说戴高乐患上虚弱症，每天必须注射两次以维持精神正常状态。某些内阁部长在言语中暗示，戴氏的健康在衰退中了。两星期前，戴高乐的新共和同盟党前书记呼吁将党改组，以吸引更多的选票。这暗示着戴高乐的健康有了问题，如果戴高乐无事，他永远是法国人崇拜的对象，就不需要以其他方法来吸引选票。医学界人士则说：戴高乐近期因身体不佳而节制饮食，已瘦了三四十磅，这当然不是一种好现象。

也有人猜度，戴高乐故意放出健康不良的消息，以达到某种政治目的，因他上月说过一句话："你们可以得到保证，我有一天总会死的。"

不管真相如何，一位巴黎的外交家分析说："如果谁以为戴高乐死去，法国的政策就会改变，那是绝大的错误。在戴高乐之后，接替的必然仍是戴高乐派。不同的是，他们缺乏了戴高乐的光彩而已。"

瘦小的沙斯特里

一九六五年四月十八日

在尼赫鲁之后，不论谁来当印度总理，都是吃力不讨好的。因为尼赫鲁的名气太大了，印度人对他的崇拜太强烈了——不幸，这个继任人落在瘦小的沙斯特里头上。

沙斯特里实在貌不惊人，他出身不好，家境贫寒。毕业于一家毫无名气的大学。身材又瘦又小。生平旅行过的地方，没有远过尼泊尔。口才生硬，态度畏缩，至今仍说不好一口英语。他与出身贵族、聪明博学、兴趣多样、谈笑风生的尼赫鲁相比，简直相差得太远了。当他被选为新总理时，印度人几乎不敢置信。就是沙斯特里本人也说："在尼赫鲁之后做事是困难的，他的影响力太大了。"

然而这些日子来，沙斯特里的地位却显得很稳固，没有听说过有谁要和他过不去，有谁要争做他的总理。这有两个解释：一、印度今天的总理太难当了，没有谁愿担上这苦差。二、沙斯特里在平平无奇中却还隐藏着他的过人之处。

沙斯特里已六十一岁，见过的世面不能说不多，如果说他缺少外表的光采、缺少冒险的精神，那么最少他是稳重的、踏实的，这对于困难重重的印度或许正合适。

除了心脏稍弱之外，沙斯特里的精力还不算太坏。他几乎将一天十余小时的工作时间都放在政务之上，没有一分钟能做他自己喜欢的事情，例如看一本消闲的书、和他几个心爱的小孙儿玩玩，等等。

沙斯特里不但外貌谦虚，内心也是十分的抑制。唯一最大的“奢望”是写一本书，一本关于印度政坛发展的书。这对他来说，是应写得有余的，因为这几十年来，他非但亲眼看见，而且亲身经历过印度政局的发展。此外，如果可能的话，他还愿意写一本文艺小说，写一个贫穷出身的人的遭遇。这就是他的愿望了。

胡志明的继承人选

一九六五年七月十六日

今年五月，胡志明恰好是七十五岁。到了这样的高龄，许多人不免考虑到，胡如果去世后，谁来继承他的地位的问题。

现任北越总理范文同，是热门的人选之一。范氏在学生时期就反抗法国殖民政府。十九岁到广州，入黄埔军校，在广州与胡志明认识。一九二八年回到西贡教书，领导学生运动。一年后，被法国政府拘捕，判坐苦工监六年。一九三三年赴莫斯科参加共产党，以后一直从事北越的革命事业，现年五十九岁，精力饱满。有丰富的外交与政治经验。

第二个热门人选是国防部长武元甲。他虽是一员猛将，却并不是老粗。曾获得政治经济系博士学位，做过教授。一九三九年，武元甲逃亡到中国，他的妻子、爱儿和妹妹都被法国人拘捕。妻子在狱内病死，妹妹被枪决。这些伤心事使他不堪回首，也益发增强了他的革命意志。越南奠边府一役，武元甲世界闻名。他是北越军人的英雄偶像，与胡志明、范文同三人同被西方记者认为是“亲苏派”。

第三号人选是长征，现在是北越国民大会常务委员会主席，是“亲中共派”的领导人。有一度被认为是继承胡志明的当然人选。做过记者，著作颇多。长征是胡志明的早期合作者之一，与毛泽东一同受过训。

第四号人选是黎笋，北越共党第一书记。不过黎笋继承胡志明的可能性，比前面三人要弱。

还有一个机会不大但仍须注意的人还是新任外交部长阮维祯。他与黎笋都是亲中共派的人物，最近忽然出任外交部长，可能表示北越的政策倾向中共一边。事实上，美国愈轰炸北越，后者的经济情况愈恶化，依赖中共的地方就愈厉害，这是不可避免的事。

不过以上数人，不论是谁成为北越的领袖，都不会改变北越现行的政策。所以非共国家对于谁承继胡志明一事，并不显得特别热心。

泰勒离越另一看法

一九六五年七月二十三日

美前驻越大使泰勒之离越，有两种看法，一种是从美国主动着眼的，认为华盛顿欲改变对南越的策略，或是重新改组南越政府（日前已谈过）；另一种看法是被动的，泰勒之离越，乃受南越军人政府压力，华盛顿不得不加以接受。

据说，泰勒因其地位尊崇，年纪也较大，面对南越的一群少壮军人（多在四十岁以下，三十岁左右），不免有点看不起眼。这种态度虽不至表现于为傲慢，但最少已露出长者对后辈的心情，令南越的军事领袖们感到深深的自卑和难堪。其实他们无论年纪多轻，阅历多么浅薄，总是一个国家的代表人物。而泰勒不论地位在美军如何尊崇，年纪有多大，他终究不过是一个大使。

这还罢了，泰勒最近又曾极力阻止阮孝基出任“总理”，原因就是觉得他年轻（三十四岁），无经验，不足以当此大任。但阮孝基结果还是当上了总理，可见在二人之间多少已有心病。

此外，南越军人领袖不满泰勒的还多，主要因为泰勒是一个四星将军，由他担任大使，有点不伦不类。在美军派驻越南人数日多的情形下，南越军人领袖很怕美军控制一切（包括整个南越的军事指挥权），而泰勒则成为高高在上的太上皇。喧宾夺主，声势太盛，此正是泰勒遭忌的地方。

南越政府如果不满泰勒，他们可以通过南越驻美大使向华盛顿反映，说不定泰勒也听到一点不满的风声，思虑之下，不如自动向华盛顿请辞。这是完全符合他的性格的。

泰勒一九一八年从军，其时年十七岁，今年已是六十四岁的老人。老实说，他对于南越大使这种头疼的差使也没有什么留恋，况且他妻子健康甚差，很想在老年期间，与妻子多聚一个时期。他去意已决，詹森也不再挽留（或是不想挽留）。于是不久，洛奇的任命便决定了。

神秘万分的戴高乐

一九六五年八月五日

许多人说戴高乐越老越神秘，这话颇有几分道理。近几年的法国政府，一切政策都在最高层决定，而且非到最后期间决不宣布。非但新闻记者蒙在鼓里，就是许多高级官员对政府将要做什么事情也不知道。

譬如说，今年十二月就要举行大选，戴高乐要不要参加还未决定，或是早已决定，并不宣布。总之，到现在为止，没有人敢说戴氏的动向如何。连戴高乐最亲近的太太都不知道。

如果你问戴高乐太太，戴氏是否参加竞选，她一定会告诉你，她是不愿意老戴干下去的，因为老戴健康不佳，再做一任元首，劳心劳力，不是开玩笑的事情，但最后，戴高乐太太不脱贤妻的本色，她会微笑地下个结论：如果老戴执意要干，她不会阻止他。

最妙的是，许多与戴高乐深交的人，亲口向他试探，问他参不参加大选，结果获得不同的答案。有些人得到暗示，戴氏是准备退休的。有些人得到暗示，戴氏决定多干二年。弄得这些人啼笑皆非。他们知道，可能戴高乐本人也还没做出决定。

暑期，戴高乐照许多官员的习惯，离开京城去度假，在这一度假期内，他可能要拟订重要的个人计划了。

事实上，今年法国的大选，太难捉摸，反对派始终提不出适当的人物是与戴氏一拗手瓜。如果戴高乐出面，自然戴高乐顺利地再当一任元首，但如果戴高乐决定退休，谁是承继他的人却是疑问。

最有可能的当是总理庞比杜，这位朝气蓬勃的政治家，是戴高乐亲自发掘，一手栽培的，为人冷静寡言，但机智、能干，极为戴氏欣赏。戴高乐如退休，定必全力支持庞比杜出面竞选。要不就由戴氏再执政二年，然后转让与庞比杜，一般以为后一种可能性甚大。

苏联的第一夫人

一九六五年十一月一日

在莫斯科的许多“秘密”之中，两位“第一夫人”的生活也是其中之一。没有人知道比列兹涅夫夫人和柯西金夫人做些什么事，或在家庭里怎样过活。

从前，赫鲁晓夫夫人在克里姆林宫还接见一些妇女界的代表或外国来的客人，但比列兹涅夫夫人和柯西金夫人并无这种任务。她们也很少举行晚会，或是邀宴苏联政府的官员。

谈到服装，这两位夫人更不像西方国家的“第一夫人”能作为妇女界的代表，她们的服装是很随便的，最好的貂皮大衣穿在她们身上，也显不出时髦之处。

比、柯二夫人都没有职业，虽然一般人猜想，她们是受过高深教育的女性。

莫斯科的一般家庭主妇上街买菜，但比、柯二夫人不用做这种工作。有人协助她们。而事实上，有一家高级商店专供苏联重要官员的家庭选购，货色应有尽有，不愁缺乏。

一般人更很少知道，比列兹涅夫的次子来希尔是消息报的记者，他今年二十岁，还在莫斯科新闻学校念书。比氏的长子年三十余岁，现在苏联对外贸易部做事，最近随贸易代表团到过英国。比氏的女儿三十二岁，芳名嘉露娜，也是一个记者。她嫁过二次，首任丈夫是一个马戏团员，现任丈夫是一个出色的经济学家。

柯西金的家庭最近从格连斯基大街搬到列宁山去居住。柯氏有两个女儿。

柯西金太太是一个高大、头发金色的妇人，她年轻时可能是一个美女。虽已将近五十岁，身材仍不坏，最少较之比列兹涅夫太太要好看，后者的臀部太大了。苏联女人一过中年就易发福。

两位夫人还没有私家车，她们出入乘搭政府的车辆，据说也很方便。

玛嘉烈的琐闻

一九六五年十一月十一日

英公主玛嘉烈现在美国访问，美国人对这位嘉宾，较之许多国家的大人物尤感兴趣。各地报章天天都以巨幅版面报道她的行动。

以下是一些较少人知道的玛嘉烈公主的琐事。三十五年前，当她出生的时候，她的生育登记号码是“十三”，一个不祥的数字。后来有一个英国主妇自动将她的初生的婴孩领了那个号码，而让玛嘉烈公主改排“十四”，避开了不祥的字眼。

玛嘉烈公主二十五岁的一年，在一个教堂卖物会中看管一个玻璃丝袜的摊位。有一个青年走过，要一对丝袜。公主笑问：“什么尺码?”青年脸红道：“我不知道。那位小姐大概和你的尺码差不多。”公主说：“那么你需要八号了。”这件事在公主日后的回忆中，仍然认为是一个有趣的事件，常常提出来谈笑。

玛嘉烈佩戴一条颈链，上有十八颗珍珠。自她第一个诞辰起，每一年生日，她都收到一枚珍珠作礼物。她用一条金链将它们串起来，戴在腕间，直到十八岁时止。

玛嘉烈在私生活上打破了皇室的许多传统，其中之一，是当她在一九六四年怀孕的时候，仍然没有退出社交生活和她所负担的社会工作。

玛嘉烈的小儿子凌俐，三岁的时候就开始学习舞蹈，这是玛嘉烈的意见，她说："孩子能走的时候，就能跳舞。从前母亲常说，没有什么比舞蹈更能培养一个人的姿态和仪表。这是真的。"

一九四五年八月，玛嘉烈还是一个小女孩的时候，写了一封信给她的音乐教师，多谢他给她一本舒伯特的乐曲。这封信有一些孩子气的说话，后来在纽约要举行拍卖，英国驻华盛顿大使急忙去讲情，终于用九十元的代价买了回来。如果真的拍卖，谁也不知道那价值是多少。

世界各地时装专家都注意玛嘉烈的装束，自从婚后，玛嘉烈很少再围一条丝巾在头上。法国时装专家认为这是聪明之举，因为二十几岁的妇人，再戴一条丝巾是不明智的。

林赛当选的意义

一九六五年十一月十六日

本月二日，美国共和党议员林赛获选为纽约市长，这在美国政坛上是一件大事。

所谓“大事”，还不在于纽约市长这一职位的重要，而在于林赛当选所代表的意义。

林赛是共和党内的开明分子(与极右派的保守分子对立)，去年美国选举总统，共和党保守分子高华德参加竞选，林赛公开表示不予支持。这使他大大地引起注意，也使极右分子恨之刺骨。

今年，当他决定参加纽约市长的竞选时，共和党保守派就提出他们的候选人柏克尼以为对抗，这使林赛又多了一个敌手，另一个是民主党的候选人比姆。

选举结果，林赛以1,166,915票获胜。比姆获票1,030,771票。柏克尼最少，只有339,127票。

高华德大大丢了脸，这表示美国极右分子之不得人心。(其实，如果他们得人心，去年在总统选举时早就得胜，不让詹森当选了。)

在美国政坛上，纽约市长的地位一向被认为仅次于总统。能当选为纽约市长，下一步就能竞选总统。

在如此的形势下，林赛之成为一九六八年的总统候选人似无疑问。而高华德则无形中被击败了。

林赛的当选，为共和党人带来一种鼓舞，去年总统竞选时失败的闷气一散而空。今后在其他大城市的选举中，共和党的开明分子必然获得更大的声势，而共和党无意中已得到答案：他们应选择何种路线。

至于共和党的另一位要人纽约州长洛克菲勒，自离婚及再婚的事件发生后，已失去民众的拥戴，今后林赛势将取他的地位而代之了。

林赛年四十三，高六呎三吋，他的英俊的容貌，据说使他多获得好几万妇女的选票。他的演说也是动人的，问题是他能不能实现所说的计划。纽约市的治理，千头万绪，谈何容易，如果他的才能不及他的外表，则在四年后被淘汰也是可能的事。

美政府第二人

一九六五年十二月二日

美国防部长麦纳玛拉抵达西贡的消息，是这几天全世界报纸的第一页新闻。

麦纳玛拉在美政府的重要性如何？他虽是国防部长，但由于越战日渐扩大，他的权力也随之发展。许多人都说他现是美总统以下的第一人。不久前，詹森患病，麦纳玛拉成了越战的全权指挥。华盛顿官员有人暗中称他为“助理总统”。连国务卿鲁斯克的权力也在他之下。

麦纳玛拉是一个外表如学者型的人，带一副金边眼镜，十分斯文。他经常给人一种精力饱满的感觉，对越战的各种繁琐计划的安排，从不厌倦。由于美国防部是直接负责越战最高机构，有人更戏称“越战”为“麦纳玛拉的战争”。

麦纳玛拉的军事常识极丰富。他的判断力也相当卓越，詹森对他的计划无不言听计从。许多对于越战的决策，与其说是詹森的主意，不如说是麦纳玛拉的建议。

麦纳玛拉的行动与其性格十分配合，迅捷、果断。昨天才在欧洲，今天忽然到了西贡。他与美三军首长的关系处理得相当圆滑，从他成为美国在职最长久的国防部长，可想见他是有两三度“散手”的人。

自越战扩大以来，美国防部人员不断扩大，最主要的是国防部的情报控制室，在这里，对越战的各种行动，了如指掌，空军何时出动，轰炸了什么地区，得到什么成绩，这里迅速获悉。何时何地需要人力物力支援，这里也马上知道。多米尼加事件是一个例子，虽然对于多米尼加的行动是否合理，外界反应不一，但美军行动之迅捷，是毫无疑问的。

国防部的人员骄傲地说："以前在决定出兵到某一地方的时候，最少要十几二十个钟头，但现在只要四个钟头就可付之行动。我们用电脑计算出何处有可调的兵力，有什么最便捷的运输方法。"

麦纳玛拉的私人汽车和住宅卧室都有无线电与总部联络，他常在半夜三更起床收听越战情报，而且经常在床上或汽车中做出决策。

苏领袖赞麦纳玛拉

一九六五年十二月三日

昨天说过，美国防部长麦纳玛拉是一个精力旺盛的人，他不论出现在什么地方，都有一种生龙活虎的姿态。在处理国防部的事务上，他在国内外都得到不少的赞扬。

最显著的是来自克里姆林宫的称赞。一次，在莫斯科的宴会上，苏联的军事专家乌斯狄诺夫向美国大使说："我向你们的麦纳玛拉学到很多东西。"当他说这话的时候，苏联总理柯西金正在旁边，他点头同意说："在我们国家中也用得着这种人。"

美总统詹森对麦纳玛拉的称誉，更时时带在口中。一年前，詹森颁发国会奖章与一个越战英雄，在演说中他忽然提到麦纳玛拉："……站在我右边的是国防部长麦纳玛拉，他代表……美国最优秀的部分。"

詹森与麦纳玛拉每天要通六七次电话，即使在半夜中也把麦纳玛拉叫醒，他简称麦为"卜"(麦纳玛拉的小名)。

国防部的职员对他们的首长也颇有好评。一个老职员说："外间许多对麦纳玛拉的无聊的攻击是不必介意的。他为国防部做了很多的工作，有不少的贡献。他似乎是那样一种人，在一百次事件之中，他对了九十五次。"另一个职员说："如果说麦纳玛拉是政府中最强硬的一个部长，这因为他是最能干的。他每次参加会议时总是准备充分，无懈可击。”

麦纳玛拉出长国防部以来，有许多大胆之作。他结束了好些可有可无的部门，停止了可有可无的武器的生产，为美政府节省不少金钱。最显著的是，取消了B-70轰炸机和“天矢”式飞弹的制造。

一九六〇年，詹森与故总统坚尼迪一同参加竞选时，说过一番话：“国防部需要全面的改组。我们要有一个敢面对国会的人。他能阻止三军首长各为自己打算、一窝蜂地制造武器的狂热，能做出正确的决定，该取消的基地就取消，该开设的基地就开设，把美国的作战能力发挥到最高峰。”现在看来，詹森正得到这样一个人选。

六十年代英国女皇和西德总理

美国中央情报局

罗马教廷梵蒂冈

苏联太空行走第一人

社会：趣事与传闻

埋葬尸体的游戏

一九六五年一月二日

在一次剧烈的地震后，人类的精神反应如何？心理学家在南斯拉夫的史科甫尔地震事件后得到了丰富的经验。

一九六三年，史科甫尔城发生罕有的大地震。二十万居民中，有一千人死亡，三千三百人受伤，建筑物全部毁坏，居民集体迁出。史科甫尔城在转瞬间成为一座废墟。

各地的心理学家、医生，冒着生命的危险（连续的地震是随时可能发生的），赶到史城去收集资料。他们发现在全城人口中，只有四分之一能够即时恢复清醒，协助救伤人员工作。当时有二十个汽车司机运载尸体去埋葬，后来越运越害怕，只有四个司机继续工作下去。

在地震过后，人们有种出奇的现象，是尽量和群众聚集在一起，仿佛能见到越多的人就越放心，特别是猎人。最初，小孩子们被抢救离城，父母发狂地不肯让他们走。在人们的劝说下，父母们才肯答应。小孩被撤到安全地区后，也是一夜哭泣到天明。

基本上，因地震的惊悸而致神经错乱的人并没有。有少数人在地震过后，出现轻微精神失常的现象，但不久即告恢复。

医生说，人类有种保护的本能，在巨大的惊吓后，会变得麻木，对于身边一切茫然不觉，史城的居民正是这样，有一半在灾祸以后，只剩下一种生存的本能——吃和睡。此外，不会思想，不会伤心，不会忧虑，到好几天后，才恢复正常。幸亏有这种本能的“保护”，使他们不至于因过分凄惨的刺激而至神经错乱，或因悲伤过度而丧生。

这种现象会传染给别人，当史城以外的人到达现场时，有不少受了这种现象的感染，也变得浑浑噩噩，不知四座周围发生什么事情。

在麻木过去之后，人们才懂得害怕。只要犬吠一声，人们也会惊得拔足而逃。原来，狗吠声是被传说为地震的前奏的。夜晚，许多人又梦到地震的情景，从梦中跳起。儿童们在以后的日子里，以地震和埋葬尸体作为日常的游戏。

美国计划中的新运河

一九六五年一月六日

自巴拿马运河事件发生以来，美国与巴拿马的关系闹得很不愉快，直至如今还没有澄清。为了彻底解决，美国总统詹森最近在白宫宣布，准备建造一条新的运河，这运河的功用将与现有的巴拿马运河相同，但要摩登得多，便利得多，使任何船只都可以通过。

新运河的路线有四条可以选择：(一)利用现有的巴拿马运河，将它加以改造，使它适应新的需要；(二)在现运河之东二百哩选择路线，仍在巴拿马国境之内；(三)在哥伦比亚国境内；(四)在尼加拉瓜国境，部分通过哥斯达尼加。

这个计划宣布之后，立即得到良好的反应。有关的国家都表示愿意在他们的国境内有一条运河，从政治观点看，增建一条新运河，美国与巴拿马的摩擦必将大大减轻，届时，二国之间可改订新的合作条约，将旧日的创伤忘掉。从技术观点看，新运河将有许多改良，原来的运河缺点如下：(一)高过海面八十余呎，必须利用水闸将船只举高降低，费时失事。每天只能通过五十到六十艘船只。一艘轮船为了通过，有时要等足十五小时。新运河如建成，将与海面平行，废除水闸的麻烦。(二)世界上约有五百五十艘轮船不能载重通过旧运河。另外还有五十艘商船及美国的廿四艘军舰，因体积庞大，根本不能驶入。(三)在战争时期，只有一条运河可能因原子弹的轰炸，而至永远堵塞。多一条运河就可减少这种危险。

大约在半个月内，詹森将要做出最后的决定——关于新运河的路线问题和建造方法。最可能的建造方法是使用原子能爆炸。其法是在河道上挖掘三百个深洞，平地深六百呎，山岗深二千五百呎。洞与洞间的距离为八百呎。每一个洞内存放原子物质，选择一个没有风的日子(以免原子碎片飞散)进行爆炸，一举将河道炸开。其费用预算约为五亿美元，较之旧日开发运河的数字三十亿元，减少了六分之五。这样一项工程，如果顺利完成，可以称得上是和平利用原子能的一个良好榜样。

厕纸缺少　报纸畅销

一九六五年三月二十三日

埃及逊王法鲁克去世的消息在报上刊出，使人很自然地联想到今日的埃及(阿联)。阿联的地位无疑已比法鲁克时代大大增高了，然而人民的生活却不见得有多大的改善。饥饿、贫困并没有脱离埃及国土。“每周三日食无肉”是阿联的可耻的标志。

京城开罗的黑市贸易情况十分猖獗，许多商品都有两种价钱，一种价钱是官定的，存货早已售完，一种价钱是黑市的，要高出数倍以上，存货却是十分充足，要多少有多少，只要有钱，什么都能买到。

因此，纳萨总统在今年一月所颁布的每星期内“三天食无肉”的限制，只能影响贫苦人家。入息好的家庭早就用黑市价钱购备大量的肉类、鸡、鱼放在雪柜内，足够一星期的享用。

街头的黑市商品售卖情形几乎是完全公开的。美国人在开罗看到一种啼笑皆非的现象是，他们所送给埃及穷人的救济品，十四磅装的奶粉、乳酪、面粉，一罐一罐地摆在商店售卖，——上面依然留有“美国礼物不得售卖”的字眼。

最近有一样物品的缺乏，却真正使埃及人伤脑筋，那是厕纸。由于商人们没留意到这小用品的严重性，在黑市货仓里也没有厕纸的存货。不知如何，市场上的厕纸忽然缺货起来，起初，价钱涨了数倍，到了后来，再贵也被人抢购一空，有钱也买不到一卷。阿联全国立刻陷入厕纸荒的危境。

如果有一家商店，传出有一批厕纸抵达的消息，立刻便像野火一般传到每一个主妇的耳朵。霎时那商店被包围了，不但在数分钟内所有厕纸销售一空，连它的店子设备也全被打烂。

有一样绝对预料不到的后果是，由于厕纸的缺乏，报纸竟大为畅销起来。过去，阿联读者选购报纸的标准，是在乎它的新闻报道准不准确，社论公不公允，现在则不然,——在乎它出纸多不多，纸质好不好。越多越好，纸质越滑越佳。

有一些外国报纸的航空版，是用又滑又薄的纸质印刷的，这种报纸一到开罗，立即被抢购一空。

太空游泳的军事意义

一九六五年三月二十七日

全世界的医生们，都很有兴趣地等待着苏联太空人里奥诺夫的第一手报告，他在大空逗留十五分钟的特殊感觉，是对医学极有帮助的。

医生们最想知道的，是他在太空浮游时有无头晕的感觉。因为人在太空中失去体重，既不能站立，也无所谓“上”与“下”的分别，他只能说出所乘太空船的位置是在“这里”，地球的位置是在“那里”。他可能在太空翻一个筋斗，却不觉得是翻筋斗，而只觉得地球和太空船在他周围打了一个转。好像一个饮醉酒的人，当他倒在地上时，不觉得自己倒下，而只觉得那街道“倒”在他头上。

太空人步出船舱，严格来说，实际的用处并不大。因为人在太空中，不能完成什么重要的工作。有之，是在极危急的时候，作为逃亡之用，即由甲太空船走进邻近的乙太空船。

不过有一点值得注意的是，苏联太空人步出船舱，远较美国太空人为复杂(假使美国人也做此种尝试的话)，因为苏联太空船与美国太空船的气压构造是不同的。前者使人感到与地球上的气压相似，太空人处于其中，与处身地球上差不多，美式太空船的气压则恰巧相反，它是与太空相似的。太空人在船舱内已经习惯各种太空环境的感觉。因此，美国太空人如踏出太空舱，他只要打开门就行了。但苏联太空人还要经过一个“变压室”，使他先适应外面的环境。

除去实际效用不谈，太空人里奥诺夫的宣传效果相当强大。美国人遭受一次重大的打击，他们必须快马加鞭，以图赶上苏联。太空竞赛的第一个终点是登陆月球。美国不希望在各项枝节表现上追及苏联，而只希望在最终点的决胜（到达月球）时能比苏联占先一步，或最低限度，并肩而至。

到达月球的迟早，本来影响不大，真正重大的是它所包含的军事意义，科学家早就说过，飞弹可以从太空船上发射，而由地球上的人控制。太空科学发展能够占先，即军事力量占先，现虽不能说美苏二国有心利用太空科学做军事用途，但各以小人心度君子腹，谁也不敢在这一环上失败，那是可以想见的。

一位“识捞”的记者

一九六五年三月二十八日

赫鲁晓夫在莫斯科公开露面的四十八小时之后，意大利一本时事周刊以封面大字标题刊登了一篇《赫鲁晓夫访问记》。这篇文章轰动一时，六个欧洲国家立即予以转载，美国《纽约时报》也以第一版将之列出。一般人看了以后，认为这是赫鲁晓夫重登政坛的迹象之一。

但是第二天，《纽约时报》在第十版刊登了一则有关该访问记的消息，原来苏联外交部否认赫鲁晓夫接见过那样一位记者，说那篇访问记纯属虚构之作。

在这时候，西方的苏联问题专家们也纷纷发言了，他们说早就知道那篇文章是假的，因为赫鲁晓夫的签名，笔迹近似拉丁化，与赫氏的真正签名相差甚远。那篇访问记的原文(各报影印刊出)也显示不是用斯拉夫字体的打字机打出的，而是法国打字机的字体。

真相不久即告大白，这是一位法国记者尚卡特的杰作，他在巴黎解释说：这不算是一种骗术，只能说是一种误会。他没想到后果会那么严重。

一九六〇年，当赫鲁晓夫访问巴黎时，尚卡特见过他。以后尚卡特“作老友状”，每年寄一张问候卡片给赫氏。去年十二月，他寄了一封信给赫氏，用法文写满十张白纸的问题，请他答复。结果没有下文。尚卡特并不死心，他又托一位到莫斯科去的法国名人(一位女性)，顺便询问这一件事。

那位名人不负所托，她向苏联的几位高级官员提到这件事，八天之后，苏联人把有关尚卡特提出的问题的全部答案交给她。她带回巴黎交给尚卡特。

尚卡特马上把这篇访问记高价卖给意大利的时事周刊。后来他说：“这是不是赫鲁晓夫亲自回答的有什么关系呢？最少他是苏联官方所回答的。”

不错，对于尚卡特来说，那确实没有什么关系，因为他赚了各国刊载的版权费足足一万美元。

英女皇访问西德

一九六五年五月十一日

英女皇在本月梢将要访问西德，这是一次引起激辩的访问。

过去两次英女皇出国，都曾引起不安，一次是访问非洲的加纳，一次是访问加拿大，两地的激进分子都威胁要行刺女皇，但结果平安无事。这一次访问西德，却不是害怕有什么危险，而是英国人难忘两次世界大战的惨痛经历和纳粹的残酷。许多英国人要求女皇取消此行。

但英国政府却不愿考虑这一措施。大约在七年前，西德已故总统侯斯访问过英国后，他们就等待英女皇的回拜，这一次如果英女皇取消访问，将使英德关系受到很大的打击。

对这一次访问，美国人是暗感满意的。美国欢迎任何盟国与西德亲近的举动，并希望英国人忘掉纳粹的仇恨。

尽管英女皇之行已不能改变，但其中有五小时访问西柏林的安排，仍引起极大的辩论。因西柏林在东德境内，环境复杂，很可能受到突而其来的暴动或示威，而使英女皇陷身于危险内。更恐怕共党因此而发动对女皇不利的事件。为了这一点，英工党政府已保证，在万一有危险时，女皇的西柏林之此行将予取消。

此外，英人不高兴女皇在西德访问她的亲戚。英皇夫有两个姐妹嫁给西德的王子。女皇此次访问西德，可能与皇夫住在其中一位小姑家里。

在历史上，英国人访德更有一次不愉快的记忆。英女皇的曾祖父爱德华七世，年轻时访问德国，住在一座别墅中（即现在彼德斯堡豪华大酒店所在地）。第一晚便因喝多了酒，而拥吻一个漂亮的德国女孩子。后来他的名誉受到各方的指摘。

这一次，英女皇访问，据说又被招待到彼德斯堡大酒店中。敏感的英国人立刻便觉得有种不佳的预感。

最后要说到英女皇本人的感想，她对一切争论都不放在心中，过去每次出国都传说有危险，但她总是用镇静、温柔的态度去应付一切。结果她的风度博得所有人的好感，没有一次不是满意归来。或许这正是女皇的过人处。

拉丁美洲走私趣闻

一九六五年五月十二日

拉丁美洲走私的猖狂，使许多美洲人常常自嘲地承认，这比起共产党活动的祸害更为剧烈。据《新闻周刊》载，走私集团所私运入口的各种商品，占了拉丁美洲各国的输入总额百分之二十以上。

阿根廷在去年举行过一次走私品拍卖，价值达一亿美元，其中有一千五百架豪华汽车，堆积如山的尼龙织品、收音机和电视机。还有化妆品和烟酒。但这批物资与所有进入阿根廷的私货比较起来，只不过是九牛之一毛。

拉丁美洲走私之这样发达，有人认为是各国制造的日用品供不应求之故，各国政府又提高进口关税，使货品价格极其高昂。走私集团便利用这种弱点，从外汇输进物品，大做黑市生意。

以多米尼加为例，进口货的税率平均在百分之七十以上。在哥伦比亚，一些货品抽税达百分之一百五十。阿根廷对牛排酱油、新式玩具及香水课税百分之二百。许多当地人受了巨额利润的吸引，纷纷铤而走险，以经营私货为生。除了这种职业走私者外，凡是有机会出国之人，莫不顺便当上水客，在回国时带上一些手表、香烟和日用品，女人则带衣料和食物。

除了运入欧、美、日本货之外，在拉丁美洲本身之间，也有许多奇妙的走私，危地马拉人，把墨西哥出产的任何东西，都设法私运入口。哥斯达黎加政府所发行的彩票，奖金太少，哥斯达黎加人便把巴拿马的彩票偷带回国出售，贪取巴拿马彩票的巨额奖金。

威士忌是各国大量走私的对象。美国汽车在阿根廷的售价比在美国的价格贵三倍，走私集团就以农业机械的名义瞒税进口。走私品从海、陆、空三方面涌进来。智利的海军有一次和一艘货船进行一场空前凶猛的肉搏战，这才得以没收整船的走私品。委内瑞拉的走私集团，当走私品被官方破获没收之后，立即组织竞买集团，在官方拍卖该批物品时，控制价格，以低价购进，然后又向市场抛出，仍然有利可盈，有一些走私集团用两架同一类型的飞机，领取同一的执照，以一架进行走私，一架做正当的飞行，以便和警方捉迷藏。此外，把威士忌装入油船的油舱里，把金刚钻包在朱古力糖里，把香烟放在货车夹板里，这些方法虽然很普通，却都是走私者的法宝，防不胜防。

日本人高了四吋

一九六五年五月十四日

战后，日本人在逐渐增高，最近有一个“好消息”，据日本文部省统计，在高中毕业的学生平均有五呎七吋高。这比起他们的祖父来，足足高了四吋。

如果日本人能普遍维持这种高度，他们比起任何亚洲人都不见得怎样逊色。这是战后日本人集体努力的结果。进食更多的蛋白质和脂肪，较少地蹲在塌塌米上，多去参加健身活动。日本青年都肯遵守这些条件，所以在体格上有良好的发展。

日本的女性据说也比前漂亮了。一般来说，她们较前更活泼些，更修长些。受了欧美风气的影响，女学生们爱穿西洋服饰。不过，也有一些日本男人，他们的审美观念是保守的，总觉得日本女人穿和服更有媚力。正如许多日本男人喜欢丰满的女性一样，这种心理有点特殊。法国肉弹碧姬巴铎在日本人眼中，据说是“太瘦了”。

日本的另一项调查，也是一个“好消息”。据总理府去年向大部分人调查的结果，有百分之八十七的人自称是“中产阶级”，百分之一的人是“上等阶级”，百分之八的人才是“穷苦阶级”。

这百分比如果是正确的，则日本将是最“资产阶级化”的国家，也可说是最富有的。问题在于他们对“中产阶级”的定义不知如何，这尺度的伸缩性太大了。

还有一项调查，说明日本人的思想在这几年来逐渐接近西方。反美的情绪已远不似以前激烈，但他们也不反对与中共建交和通商。大多数日本人建立了一种自信，他们觉得可以与共产国家自由来往，也不愁有被赤化的危险。

日本的情况说明了一个道理，要防止共党渗透的最好方法，是改善这个国家的人民生活。

梵蒂冈的财富

一九六五年六月二十八日

梵蒂冈有多少财富？这是一个极大的谜。谁都知道罗马教廷是很有钱的，它的资产遍于全球，足与世界任何大国媲美，但是它有钱到什么程度？

据说在教廷之内，一共只有六个重要人物晓得。管理财政的是一个特别的部门，这部门的办公室与教宗特别接近，任何人到此均得止步。它的收入与投资从来不向世界公布。

英国的《经济人报》曾根据梵蒂冈在各地的资产，试做一个估计。据说，梵蒂冈的财产大约与法国的黄金及外汇储存的总和相等。

教廷在意大利有三家大银行及许多分支银行，此外还有各项投资的公司：地产、建筑、邮轮、煤气、钢铁、化学等等。教廷在意大利拥有一家电影制片厂、一间航空公司、一间巴士公司。

以上所有在意大利的投资，不过是教廷财产的十分之一。

为了这笔财产的庞大，意大利政府最近主张向教廷财产抽税，包括产业税和营利税。意大利副总理指责政府放弃这项抽税的权利，无端损失数百万美元。但这项建议是否为政府接纳，还不得而知，因为意大利有许多同情教廷的人，他们不主张这样做。

教廷除了各项投资及物产外，它本身有一个“藏珍部”，各项珍宝、古物、名画……价值无从估计，全世界最伟大的古董收藏家，来到梵蒂冈博物院，也不禁为之失色，因为各项宗教的文物太精彩了。

梵蒂冈也做股票生意，在意大利、在美国都拥有巨大的数目。据说纽约股市有五分一以上的股票属于教廷。

梵蒂冈还有一个世界著名的图书馆，藏书七十万册，不少是世间秘本，其中有手抄本和木刻本，没有人知道它们的价值如何。

尼泊尔京城的间谍

一九六五年七月九日

亚洲已成为世界政治斗争的中心。大部分亚洲国家的首都，几乎不能避免地成为间谍活动的地区，连一个小小的尼泊尔也不例外。

尼泊尔与中、印为邻，京城是加德满都。自从中共与印度发生边界争执后，这里就开始热闹起来，各种神秘的“国际人物”逐渐增加。

首先是印度，他派出大批特务分子，在尼京刺探中共的活动。因为尼泊尔与西藏接近，在这里可以打听出中共兵力在西藏驻扎的情形。只要一有向印边调动的消息，印度便可预先防患。此外，印度担心中共用各种手段争取尼泊尔，使他脱离印度的势力而投向北京，印度特务必须时刻将中共的政治活动向新德里报告。

在中共方面，自然也不“执输”。他在加德满都有严密的间谍网，其活动情形除了与印度针锋相对外，还有更大的作用，便是与美苏勾心斗角。苏联也在争取尼泊尔，作为他向亚洲发展的踏脚石。中苏双方都想消除他方对尼泊尔的笼络作用，务使尼泊尔不致一边倒。其次，中共在此宣传反美的思想。这是一种深谋远虑之举，虽然美国与中共在尼泊尔没有太大的利害冲突，但中共深深知道，将来在亚洲拗手瓜的唯一大敌是美国，故此预先埋伏下反美的种子。

美国与中共的想法完全相同，许多西方时评家早就一针见血地说出，所谓亚洲问题者，不外是美国与中共的斗争而已。中共要赤化亚洲，或控制亚洲（一如美国对拉丁美洲的样子）。但美国在阻止中共做这种发展。

在尼泊尔京城，美国也有庞大的地下活动组织，分别与中共、苏联周旋。相较之下，苏联的特务活动是较弱的，因为苏联人没有适当的掩护，他们的特殊的身份太容易被人发现了，不过苏联驻尼泊尔大使馆的许多人员，本身就是间谍。

这里还有巴基斯坦和尼泊尔本国的特务……

各种间谍斗争，真可说洋洋大观，在街上突然出现的一个美丽女郎，陋巷的娼妓，或是酒吧间的吧女，都可能负有传递消息的任务，她们把消息卖给多方面。

难怪有人说，加德满都已取永珍（亚洲间谍中心）的地位而代之了。

波兰的电子计算机

一九六五年八月二十四日

波兰是一个小国家，在共产集团中并不以工业著称，但是其电子计算机（电脑）制造，在共产集团中仅次于苏联。虽然电子计算机的专家们一致认定，共产集团的计算机水准要比美国和西欧为低，但是他们不能否认，波兰在若干方面（例如计算机的程序方面）有独特的成就。

目前，波兰大概有四十台电子计算机。美国有两万。比较之下，波兰似乎不算什么，但是许多比波兰大的国家连一台自己制造的电子计算机都没有，比较之下，就可见波兰的难得了。波兰在电子计算机资料整理上成就最大，而这成就，又多半是路卡路兹维基博士的功劳。

路博士是波兰科学院数学机器研究所所长，现年四十岁。他最初研究计算机的时候，只有两个助手，因为当时波兰的电子工业规模还小，但是今天，路博士的研究所中已经有几百人在工作了。波兰是欧洲最先实行工业自动化的国家之一。一九六一年，路博士和他的助手们就发明了一种系统，用电子计算机控制工业生产，与西方的同类系统不相上下。明年，波兰将会推出一组新的自动化计算机，共分五型，大小具备。这一组计算机又与美国的同类产品可以颉颃。然而，路博士声明他的计划虽然与美国的颇为相像，却非抄袭美国。“因为在这方面，”他说，“只有两个原理可以付诸实践。”那就已不谋而合了。

不过路博士不否认波兰的电子工业得到过外国的好处，他承认他和他的助手们从外国得到这许多有用的研究成果，包括英国的在内。现在波兰的计算机工业已经发展到超过本身需要的地步，除了自用，预备输出了。波兰目前的五年计划中规定了许多工业部门需用计算机，此外如政府机关、大学、科学研究中心等，也需要计算机。据路博士说，目前他们在打算把计算机用到国家经济计划工作上去。

然而必须指出，波兰的电子计算机工业并非百分之百地自给自足。以往它向国外输入若干零件，今后还打算向国外购买。然而无论如何，路博士现在是国际资料整理协会副主席，可见波兰在这方面的国际地位了。

苏联间谍秘传

一九六五年十一月六日

曾经轰动一时的苏联间谍彭可夫斯基案，主角的日记将被编印成一册四百多页的书籍，下月在美国出版。这本日记，据说是从莫斯科私运出来的，如果内容真实，不啻是“世界间谍史”一项珍贵的文件。

彭可夫斯基于一九六二年秋天被苏联当局拘捕，一九六三年受审，叛国罪名成立，判处死刑。从他在一九六一年与英国人威恩接触起，至被捕时止，共向西方供应了五千多项情报，都是关于军事或政治的高度秘密。

当彭可夫斯基受审期间，苏联力求掩饰真相，主控官指他是一个生活放纵的浪子，他所供应西方的情报，都是第九流的无关重要的消息。但最后莫斯科将他判处了死刑，可见他的罪行，非“一死”不足以补偿。

彭可夫斯基向西方透露的情报，自然不是全部正确的，例如，关于“原子能飞弹”一则就颇为可疑，他说：一九六〇年，赫鲁晓夫曾夸口说有一项秘密武器，那武器就是一种用原子能推动的飞弹。但当时尚未研究成熟，赫氏心急，催促手下的将军们试验，结果飞弹在发射台上爆炸了，杀死实验人员三百人，包括苏联飞弹元帅尼迪林在内。

这个消息很耸人听闻，但西方科学家不大相信苏联在一九六〇年就开始研究原子能动力的飞弹计划。

但彭可夫斯基神通广大，在苏联最高军政层有许多朋友，他的消息总是令西方情报人士深感兴趣。尤其是彭对苏联间谍网分布的了解，十分清楚，他能将许多人名指出来。所以在他被捕后，莫斯科马上重新调整他们的海外间谍部署。

彭的最大的对西方的“功劳”，是在古巴危机时，美故总统坚尼迪不知应否对苏联采取强硬态度，委决不下，他的左右建议他向最秘密的苏联情报人员征求意见，这便是彭。结果得到复电：“苏联核子部队未在战争准备中。”坚尼迪马上对赫鲁晓夫提出“哀的美顿书”，得到外交上的大胜。

黑海边的别墅

一九六五年十一月十二日

法国外长墨维尔，最近到黑海边的比兹安连去会晤苏联总理柯西金。有一小群西方记者获得苏当局的允许，也一同去参观了那个著名的别墅——历任苏联领袖度假的地方。

起初，记者们几乎看不出有什么特色。

那是三幢很普通的房子，几乎是一样的格式，二层楼，前面有一个面向黑海的露台。屋顶上另有天台可以晒太阳。每幢房子有一道蓝瓦顶的走廊，走廊上有乒乓球之类的设备。

三幢别墅分属于苏联第一书记比列兹涅夫、总理柯西金、主席米高扬。如果说这里有什么代表“权力”的地方，那是一道高达九呎的围墙，环绕着这三家别墅，以及围墙大门外那穿着灰色制服的卫兵和土黄色制服的官员，当苏联式的轿车开进门闪时，他们行礼致敬。

经过围墙的大铁门，约须行驶五分钟的汽车，通过一条两旁植有高大松树的路径，才抵达别墅，这里的环境是可爱的，屋后是盖着雪花的高加索的山峦，前面是黑海沙滩。三个别墅前，各有一条花径直通海边，苏联领袖和他的家人在有兴趣的时候，可到海边去游泳。

但即使在天气寒冷的时候，他们还是有戏水的地方。在比列兹涅夫和柯西金的别墅中间，有一个室内的热水泳池，水的热度可以随意调节。泳池用透明的玻璃为墙，天气热时，这玻璃墙可像手风琴一般地推向一边折叠起来。

泳池的后半部有一个洋台，苏总理柯西金与法外长会谈的地方就在上面。当他们闲谈时，他们的妻子和孩子们就在泳池嬉戏。

一般来说，苏联领袖度假时的享受是极端“资本主义化”的。在泳池畔晒太阳、划艇、看电视、看自备放映机放映的首轮影片……

晒了一个月黑海边的太阳的柯西金，变得又黑又结实，他告诉法国外长他喜欢钓鱼，但他并没有说，钓到了什么。

黑海边的环境据说对身体十分有益。但是坐在这里享福的苏联领袖，他们不知道能在这里耽上多少寒暑，记得一年之前，苏联总理赫鲁晓夫刚刚在这个别墅中高谈阔论完毕，不久就回去接受他下野的命运了。

美国中央情报局

一九六五年十二月二十日

美国中央情报局建立至今，已差不多有二十年的历史。这一个专门负责“冷战”的机构，受过共产集团的许多诅咒。但对美国政府或美国人来说，它也许不如外间人所想像的那样“丑恶”。

中央情报局成立于一九四六年一月，是杜鲁门在任的时候下令设立的。当时的本意是作为国家安全委员会的一种武器，供应总统和美国政府以冷、热战所需的一切情报。

到今天，它已是一个庞大的组织，其庞大的程度几乎与美国国务院和美国国防部相等。它的开支之大，也令人难以想像。不过其中许多费用，对外从不透露。

它负责收听六十种语言的播音和阅读全世界的报刊，每天所阅览的数量在六百万字之间。

它派遣间谍到世界各地，并部署各大洲的反间谍网。男女间谍的数量如何，又是只有少数人知道的一个秘密。但仅从他们有时能操纵和指挥某一个国家的政变来看，可知其力量的强大。间谍的工作占中央情报局所有工作的比重五分之一。

与共党特务工作的目的相反（他们的目标是在世界各地破坏现状，建立新政权），中央情报局的间谍工作是“维持现状”。尽量协助各国右派政府对付革命者，但有时它也发动破坏工作，例如一九五四年，危地马拉的左翼政权被推翻，就是中央情报局的杰作。一九六一年，它策动古巴难民向古巴进攻，但失败了。今年，多米尼加政变时，它也拟插手。

中央情报局每天以一份精简扼要的报告给予美国总统，其中开列一切该局认为总统应知道的消息。

中央情报局的总机构设在华盛顿附近，上面没有招牌，没有标志，只有他们自己的人能出入。情报局的人员常在美国政府各种聚会场合出现，你不难将他们辨别出，因为当问及他们所属的机关时，总是支吾以对，说不出所以然来。

后　记

《明窗小札》是我在《明报》以“徐慧之”笔名撰写的专栏。从一九六二年十二月到一九六八年十月，前后大约六年。

这些集子所收的文字，是从近二千篇中挑选出来的，之前都没有结集成书出版。这次编选时，主要根据内容来分门别类，加上小标题注明，完全是为了方便读者的阅读。每一篇文字都注明了发表的日期，排列按照时间先后的顺序。每一篇文字的内容，和当日《明报》发表时完全相同，不作任何改动，以保持其历史的原来面貌。

我写《明窗小札》，一九六七年曾经中断几个月，其余的几乎是每天写一篇，写完次日在《明报》上发表，大都是对当时的国际形势和重大新闻所作的分析和评述，也有对政坛人物的介绍。当年的电信和通讯远没有今天的发达，除了参考每天的电讯稿外，更多是借助翻阅大量的外来期刊和报纸，从中选择重大新闻和事件，摘译之后加以综合，尽量说出事件的真相，也表达了自己的分析和看法。这些事件和人物已经成为历史，在当时却是全世界都关注的新闻和重要人物。

孔子说：“温故而知新。”读者们当可发觉，所表达的见解和评述，我都尽力保持“明辨是非，客观中立”的立场，是非未必完全明辨，客观和中立却是一贯的，其中的推测与预断，也幸而没有重大错误。

《明窗小札》预计出四册，每一册按照年份来标明，文字多的分为上下册。每一册都附有新闻照片，希望让读者们能更直观地接触历史和事件。

《明窗小札》的收集整理和出版策划，承李以建先生和吴玉芬小姐协助良多，谨致谢意。

金庸

二〇一三年五月二十八日